LES QUATRE CÔTÉS DU TRIANGLE

J'AI LU

ELLERY QUEEN	*ŒUVRES*
LE MYSTÈRE DU THÉÂTRE ROMAIN	*J'ai lu* 2103***
LE MYSTÈRE DE L'ÉLÉPHANT	
LE MYSTÈRE DU SOULIER BLANC	
DEUX MORTS DANS UN CERCUEIL	
LE MYSTÈRE ÉGYPTIEN	*J'ai lu* 1514***
LA MORT À CHEVAL	
LE MYSTÈRE DES FRÈRES SIAMOIS	
LE MYSTÉRIEUX MONSIEUR X	*J'ai lu* 1918***
LE MYSTÈRE ESPAGNOL	
LA MAISON À MI-ROUTE	*J'ai lu* 1586***
LE MYSTÈRE DU GRENIER	*J'ai lu* 1736***
LE MYSTÈRE DE LA RAPIÈRE	
LE QUATRE DE CŒUR	*J'ai lu* 1876***
LA VILLE MAUDITE	*J'ai lu* 1445***
IL ÉTAIT UNE VIEILLE FEMME	*J'ai lu* 1489***
LE RENARD ET LA DIGITALE	*J'ai lu* 1613***
LA DÉCADE PRODIGIEUSE	*J'ai lu* 1646***
GRIFFES DE VELOURS	*J'ai lu* 1675***
COUP DOUBLE	*J'ai lu* 1704***
L'ARCHE DE NOÉ	*J'ai lu* 1978***
LE ROI EST MORT	*J'ai lu* 1766***
LETTRES SANS RÉPONSE	
LE VILLAGE DE VERRE	
LE CAS DE L'INSPECTEUR QUEEN	
LE MOT DE LA FIN	*J'ul lu* 1797***
L'ADVERSAIRE	
ET LE HUITIÈME JOUR...	*J'ai lu* 1560***
SHERLOCK HOLMES CONTRE JACK L'ÉVENTREUR	
FACE À FACE	
UN BEL ENDROIT PRIVÉ	*J'ai lu* 1811***
LA DERNIÈRE FEMME DE SA VIE	*J'ai lu* 2052***
LES DENTS DU DRAGON	*J'ai lu* 2148***
LA MAISON AUX ÉTRANGERS	*J'ai lu* 2192***
LES QUATRE CÔTÉS DU TRIANGLE	*J'ai lu* 2276***
Recueils	
LES AVENTURES D'ELLERY QUEEN	
LE DRAGON CREUX	
CALENDRIER DU CRIME	
BUREAU DE RECHERCHES	
Romans sous le nom de Barnaby Ross	
LA TRAGÉDIE DE X	
LA TRAGÉDIE DE Y	
LA TRAGÉDIE DE Z	
LA DERNIÈRE AFFAIRE DU DRURY LANE	

ELLERY QUEEN

LES QUATRE CÔTÉS DU TRIANGLE

TRADUIT DE L'AMÉRICAIN
PAR LAURE TERILLI

ÉDITIONS J'AI LU

Ce roman a paru sous le titre original :

THE FOURTH SIDE OF THE TRIANGLE

LE PREMIER CÔTÉ

Sheila

Ce mardi moite d'août Dane échafaudait des projets pour le week-end. Plusieurs choix s'offraient à lui. Il pouvait se rendre à une invitation dont l'idée directrice était de s'embarquer sur une péniche à Newcastle, Pennsylvanie, et de se laisser paresseusement glisser le long des canaux à travers le Bucks County, en regardant, installé à l'ombre d'un dais, le côté gauche de la mule remonter vers le nord sur le chemin de halage – à moins que ce ne soit le côté droit qui descendait vers le sud. Une promenade sur l'eau, loin des rues âcres envahies par les gaz d'échappement de l'été métropolitain, avec de grands arbres verts qui formaient une voûte de fraîcheur, c'était bien tentant. Le soir, lucioles, lampions dans le jardin et danse étaient au programme.

Il pouvait aussi retrouver des amis à Fire Island où il serait plus facile de nager – Dane adorait le surf. Ça avait aussi l'avantage d'être moins loin.

Une troisième solution consistait à se rendre près de Rhinebeck, chez d'autres amis qui habitaient une propriété située un peu plus haut en remontant l'Hudson. Cela impliquait nager dans une piscine – Dane avait horreur des piscines – et le désagrément de se mettre en habit pour les repas. Mais la nourriture serait excellente et il pouvait compter sur la compagnie de quelques femmes exquises. De toute façon il était sûr d'une chose. Quoi qu'il décide, il fuirait New York qui s'était transformée en fournaise. Sous aucun prétexte il ne resterait sur place. Mais c'était compter sans les impondérables. Du moins sans la terrible découverte qu'il fit au sujet de son père.

New York s'appelait encore Nieuw Amsterdam lorsque le premier McKell était arrivé en Amérique à la suite d'un petit différend avec le laird de son clan. Ce ne fut pas sans inquiétude que l'immigrant mécontent observa par la suite la bannière royale des Stuart flotter au-dessus de sa cité-refuge, Peter Stuyvesant capitulant sans résister. Mais l'affront qui opposait les deux cousins soupe au lait n'importait apparemment pas au duc d'York et à ses lieutenants. McKell se décida enfin à sortir de sa retraite. Avec prudence il se mit à acheter un peu pour revendre un peu, puis à importer pour exporter en modeste quantité. Bientôt ce McKell fondateur prenait femme, engendrait sa progéniture et mourait dans la foi presbytérienne, léguant aux siens des biens d'une valeur de 500 livres sterling accompagnés de la devise : « Sois rusé avec l'argent et ne le dépense qu'à bon escient ».

Son fils aîné eut à cœur de suivre ces préceptes et s'y conforma avec tant de rigueur qu'il avait la réputation de ne pas dépenser d'argent du tout. Toujours est-il qu'il laissa dans le coffre-fort familial 1000 livres sterling et un sloop amarré sur le fleuve Hudson. Par la suite il en fut toujours ainsi, chaque héritier McKell surpassant son prédécesseur en esprit d'initiative et en habileté à faire fructifier le capital initial. Au cours de la guerre civile, le McKell régnant, un certain James, prouva qu'il était l'homme qu'il fallait. Il paya quelqu'un pour s'enrôler à sa place dans l'armée et se chargea de fournir à l'armée de l'Union du bois de noyer noir pour fabriquer les crosses de fusil. Quand il mourut, frappé d'apoplexie, il laissait derrière lui un million de dollars environ. Ne bénéficiant d'aucune guerre pour éprouver son patriotisme, Taylor, le fils de James, employa son énergie à faire prospérer l'entreprise familiale dans le domaine du sucre, du café et du tabac. Il eut aussi la prévoyance d'investir dans la navigation à une époque où la marine marchande américaine, ne s'étant pas encore relevée des raids des confédérés et de l'essor du chemin de fer, n'était qu'un tas de bois pourri qui croupissait. Il mourut à un âge avancé et légua à son jeune fils qui répondait au nom d'Ashton plus de 3 millions de dollars et un banc dans l'église épiscopale de la Grâce de New York.

Ashton McKell avait la cinquantaine affirmée lorsque son fils fit une découverte renversante à son sujet. Nombre des contemporains de ce roi du commerce qui n'avaient pas même réussi à conserver intact leur héritage d'origine incriminaient les syndicats, l'impôt sur les revenus, le grand krach boursier, et ce traître à sa propre classe pour justifier leur infortune. Il n'en allait pas de même pour Ashton McKell.

Avant l'âge de vingt-cinq ans, il avait doublé sa quote-part d'héritage, somme qu'il ne tarda pas à doubler une seconde fois par la suite et même d'ailleurs à multiplier bien au-delà. Les bateaux de la compagnie McKell croisaient dans chaque mer du globe. Sous diverses marques le café McKell approvisionnait plus de foyers américains qu'il n'en aurait fallu pour contenter les sociétés concurrentes, café qui le plus souvent se sucrait au sucre McKell (vente en gros uniquement). Et il était à peu près sûr que les cigarettes inhalées après la tasse dudit café contenaient les produits de la « National & Southern Tobacco Company », une usine entièrement aux mains des McKell. La valeur combinée des intérêts d'Ashton se situait entre 80 et 100 millions de dollars. Ashton lui-même ignorait le montant exact de sa fortune. Et il possédait toujours le premier shilling avec lequel le premier McKell à s'installer en Amérique avait bâti cet empire.

– Dane, dit Lutetia McKell. J'ai une confidence à te faire au sujet de ton père.

Le dynamisme d'Ashton était increvable.

– Y aller mollo ? avait-il répliqué un jour à son médecin. Si j'avais un tempérament de mou, j'aurais passé ces vingt dernières années à découper les bons de réduction. Vous appelez ça vivre ?

En effet, une existence calme qui prendrait fin en douceur, ce n'était pas pour lui. Il se plaisait à évoquer Zachary McKell. Le vieux Zack était tombé raide mort à l'âge de quatre-vingt-douze ans après avoir coupé lui-même son bois de chauffage pour l'hiver plutôt que de payer à un bûcheron la somme exorbitante d'un dollar par unité.

« Au diable la modération. » Tel était le credo d'Ashton. Il fumait vingt cigares par jour, avait une alimentation riche, travaillait, n'oubliait pas de se détendre et se battait ferme. Au sein de son quartier général il déléguait à ses collaborateurs aussi peu d'autorité réelle que nécessaire, juste assez pour ne pas perdre de son efficacité.

Physiquement Dane ressemblait beaucoup à son père. Il avait hérité du teint coloré, du nez à la César, du menton impérial et des cheveux bruns bouclés que les femmes aimaient caresser. Mais si les yeux du père avaient le gris froid de ses ancêtres venus des rudes et tristes Hébrides, le regard du fils avait le bleu porcelaine de celui de sa mère. De même que l'expression autoritaire de la bouche d'Ashton faisait défaut à Dane sauf lorsqu'il se laissait emporter par une de ses violentes colères.

– Maman ! s'écria Dane. (Il se leva d'un bond de son fauteuil, feignant une surprise qu'il n'éprouvait pas réellement. N'était-ce pas curieux ?) En es-tu bien sûre ? C'est incroyable !

« Enfin, pas si incroyable que ça », pensa-t-il.

Le scepticisme d'Ashton au sujet de son fils ne datait pas d'hier. Ses pires craintes avaient vu le jour dès l'enfance de Dane. Un garçon qui préférait les livres au football, Mendelssohn à *Old Man River* (et plus tard Mozart à Mendelssohn), les langues aux maths, la religion à l'économie, l'histoire antique à la gestion des affaires et la collection de monnaies anciennes à la thésaurisation du dollar ! Quelle espèce de McKell avait-il engendrée ? Ça passerait, tout comme, quand Dane eut l'âge de les fréquenter, cette répugnance pour les bordels auxquels il préférait la poésie.

– Ça lui passera, ne cessait de se répéter Ashton, inquiet.

Quand Dane était à l'école primaire, son père ne doutait pas un instant que le collège le « changerait ». Groton ayant échoué dans sa mission, peut-être que Yale réussirait. Au fond de lui Ashton estimait qu'un stage dans le Marine Corps serait radical pour lui tremper le caractère. Mais naturellement il était hors de question de faire entendre raison à Lutetia qui considérait la loi sur la conscription comme une insulte aux honnêtes citoyens.

Dane continua donc à poursuivre sa propre voie et malgré ses inquiétudes, Ashton demeurait confiant. Puis, Dane laissa tomber ses études et disparut sans prévenir. Son père le retrouva en train de suer sang et eau sous un soleil implacable dans une plantation de tabac concurrente en Caroline du Nord. Il fut ensuite manœuvre sur un cargo de marchandises McKell, changea de bateau à Maracaibo, au Venezuela, et réapparut six mois plus tard à Greenwich Village, vivant avec une fille aux cheveux longs, aux pieds sales – car elle marchait pieds nus – et avec de la peinture sur le nez. Il passa la plus grande partie de l'année suivante à bourlinguer et à camper dans des repaires de vagabonds. Au cours des trois années suivantes il fut tour à tour figurant à Hollywood, débardeur, copain-copain avec un gang de *braceros*[1] à la frontière mexicaine, plagiste à Santa Monica, ouvrier sur une plantation d'ananas à Hawaï, et enquêteur pour le compte d'un reporter alcoolique de Chicago chargé de la rubrique criminelle qui craignait de se faire arnaquer et peut-être aussi de recevoir un coup de couteau au fond d'une impasse. Quand Dane rentra enfin à la maison, maigre et avec l'air affamé d'un Cassius, sa mère passa trois mois merveilleux à lui mitonner de petits plats délicieux. « Ce qu'elle n'a encore jamais fait pour moi », remarqua amèrement Ashton.

– Depuis des siècles tous les McKell sans exception prennent la direction des affaires de la famille, observa Ashton.

– Moi, répondit Dane, je romps la chaîne.

La consternation de son père était telle qu'on eût dit que Dane venait d'annoncer sa résolution d'entrer dans un monastère trappiste du Kentucky et de faire vœu de silence.

– Tu veux dire que tu refuses de gérer notre fortune ?

1. *Bracero :* ouvrier mexicain admis aux États-Unis pour les travaux saisonniers des champs.

– Pourquoi le devrais-je ? Les affaires, quelles qu'elles soient, y compris celles des McKell, ne m'intéressent pas. De toute façon ce n'est pas comme si je n'avais pas le choix.

Dane était plutôt pâle mais son menton McKell ne tremblait pas.

– Que diable veux-tu dire ? s'écria Ashton.

Un silence pesant lui répondit.

« Du moins, pensa le père, il ne se montre pas impertinent. Il se rend compte que ce n'est pas le moment de plaisanter. »

Ashton n'aurait pas supporté de je-m'en-foutisme de la part de son fils.

– Je suis majeur, dit Dane. Ça ne me donne pas simplement le droit de voter et de m'inscrire à la loge. Grand-père McKell et grand-père DeWitt se sont chargés d'assurer mon avenir. Pourquoi est-ce que je me lancerais dans les affaires ?

– Tu as donc l'intention de vivre sans travailler ? Dane, c'est une honte.

– Non, ce n'est pas ça du tout. Je vais travailler, mais je vais faire un travail que j'ai choisi... Enfin, reprit-il pensivement, je ne l'ai pas plus choisi qu'il ne m'a choisi...

L'existence d'Ashton ne se bornait pas uniquement à faire fructifier son capital. C'était un pratiquant à la foi inébranlable et un membre du conseil paroissial. Une idée lui traversa aussitôt l'esprit.

– Tu désires entrer dans les ordres ? s'écria-t-il, atterré.

– Comment ? Non ! (Dane se mit à rire.) Je vais écrire.

Il y eut un temps mort.

– Enfin, reprit Ashton, je ne comprends pas. Ecrire ? Ecrire quoi ?

Un écrivain ? Ashton sondait sa mémoire. Avait-il jamais connu d'écrivain ou quelqu'un qui connaissait un écrivain ? Il y avait bien Corliss, le fils de Lamont, mais c'était un socialiste. Et ce jeune Vanderbilt, Cornelius. Lui, il n'avait même pas cette excuse. Et oui, l'amie de feu sa mère, Mrs Jones, qui avait écrit des romans sous son nom de jeune fille, Edith Wharton. Mais Bon Dieu ! c'était une femme !

– Ainsi tu vas écrire, fit-il lentement.

Écrire quoi ? se demanda-t-il tout en cherchant dans sa tête une explication plausible qui justifierait cette nouvelle lubie. C'était sa mère. Sa mère avait trop gâté Dane.

– De la fiction, dit Dane. Des romans surtout. Je me suis familiarisé avec la nouvelle. Un magazine en a publié une mais je suppose que tu n'as pas trouvé le temps de lire la copie que je t'avais envoyée. (Dane esquissa un sourire.) J'ai de la chance. Je veux dire que j'ai de la chance d'avoir les moyens d'écrire sans avoir à me soucier de l'argent pour le loyer ou la facture d'électricité ou a fortiori pour faire face à des échéances. Beaucoup d'écrivains sont obligés d'écrire des trucs qu'ils n'aiment pas, des trucs alimentaires, juste pour que la chaudière continue de marcher. Moi, je ne suis pas dans ce cas…

– Grâce à l'argent que tu n'as pas gagné, interrompit son père.

– J'ai reconnu que j'étais privilégié, papa. Mais j'espère justifier cette chance en écrivant de bons bouquins.

Dane observa avec attention l'expression de son père et ajouta prudemment :

– Ne te méprends pas. Fournir à la société sucre et café, c'est un emploi que je suis loin de mépriser…

– Merci ! répondit Ashton, sarcastique.

Néanmoins, la remarque de son fils l'avait touché.

« Du moins, songea-t-il à part lui, ce garçon ne m'accuse pas d'être un ignoble exploiteur, un pourri de capitaliste. Il sait gré à nos ancêtres d'avoir su gagner honorablement leur vie depuis bientôt trois cents ans. »

– Seulement, cette vie-là, elle n'est pas pour moi, papa. Je vais écrire. Je le veux. Je dois le faire.

– Eh bien, fit Ashton, nous verrons.

Et Ashton vit qu'il ne s'agissait pas d'une crise d'adolescent attardé ni d'un caprice, mais au contraire d'une saine et solide ambition.

Dane prit un appartement à lui dans un des immeubles légués par son grand-père Gerard DeWitt. Il procéda avec gentillesse et pendant longtemps, il ne s'écoula pas un jour sans qu'il passât chez ses parents. Ashton savait que ce n'était pas tant parce que la maison lui manquait que par égard pour sa mère. Le garçon travaillait d'arrache-pied, son père se devait de l'admettre. Dane ne s'octroyait qu'un week-end de libre par mois. Le reste du temps, il le passait entre quatre murs avec pour toute compagnie la fumée de cigarettes et l'élan impétueux de sa machine à écrire. Il écrivait, récrivait, détruisait, recommençait.

Son premier roman, *L'enfer le matin*, fut un échec total. Les grands journaux l'ignorèrent et ceux de moindre importance se montrèrent impitoyables. « *L'enfer le matin,* c'est l'enfer à toute heure », lisait-on par exemple dans la section « Livres » d'un journal de province. On le traita de « Nelson Algren riche », de « Kerouac instantané » et « de phalène dans la barbe de Steinbeck ». Une critique femme (elle ferait mieux de rester chez elle à laver les couches sales de son morveux, grommela Ashton McKell) remarqua : « Il est rare qu'un si maigre talent combiné à une telle somme de travail produise un résultat aussi médiocre. »

Dane qui, en bon vieux combattant, avait encaissé ces coups dans un silence sinistre, éclata en pleurs lorsqu'il lut ce commentaire acerbe. Son père – seule Judy Walsh, la secrétaire particulière d'Ashton, savait que le magnat avait versé de l'argent à un service de publicité – tempêtait et fulminait.

– *L'Informateur de Duxbury !* Cette feuille de pacotille n'est bonne qu'à envelopper de la morue.

Enfin, le premier accès de colère tombé, vint le réconfort.

– Du moins, il va renoncer à ces enfantillages.

– Tu crois, Ashton ? interrogea Lutetia.

Cette conversation avait lieu au cours d'un de ces dîners familiaux auquel Dane n'assistait pas, ses absences étant de plus en plus fréquentes.

Il était clair que Lutetia ne savait si elle devait être navrée pour son fils ou ravie pour son mari. Son dilemme fut, comme toujours, de courte durée.

– Je l'espère, chéri, dit-elle.

Après tout, Ashton devait avoir raison s'il estimait qu'écrire était mauvais pour Dane.

– Vraiment, je ne vous comprends pas, intervint Judy Walsh.

La jeune femme jouissait d'un statut un peu plus particulier que celui d'une simple employée invitée chez son patron. Ashton exigeait de sa secrétaire des horaires extravagants et lui dictait parfois du courrier dans son bureau bien après minuit. C'est pourquoi Judy dînait souvent chez les McKell.

La présence de Judy était, bien que pour

d'autres raisons, également essentielle à Lutetia. Mrs McKell avait toujours déploré l'absence d'une compagnie féminine, regret cependant jamais avoué. Ses quelques nièces étaient beaucoup trop émancipées à son goût. Restait donc Judy, une orpheline à la mise soignée, efficace, directe, et qui pourtant sous cette apparence d'indépendance cachait un besoin que seule Lutetia avait compris, un besoin semblable au sien et très féminin, un besoin profond de tendresse. Judy avait des cheveux qui tiraient sur le roux irlandais, un petit nez busqué très irlandais et un regard bleu franc, irlandais lui aussi.

– Vraiment, Mr McKell ! s'était écriée Judy à la réflexion d'Ashton. Renoncer à ces enfantillages ! On croirait une mauvaise réplique dans un téléfilm de troisième catégorie. Connaissez-vous donc si mal Dane pour ne pas savoir qu'il n'abandonnera jamais ?

Le nez dans son assiette, Ashton s'était contenté d'émettre un grognement.

Le deuxième roman de Dane, *Les chasseurs de renards*, fut également un échec. Le *Times* le qualifia de « Faulkner à l'eau plate ou style Nouvelle-Angleterre ». Quant au *New Yorker*, son commentaire fut laconique : « La première expérience d'un adolescent avec la vie se révèle ne pas être ce qu'il avait cru. Novice ». Le *Saturday Review*...

Dane persévéra.

En définitive, c'était le genre de mois d'août typique de New York qui rendait techniquement possible la transformation de l'épiderme en pâte feuilletée si on marchait à Coney Island[1], torse

1. Coney Island : célèbre plage de l'Atlantique agrémentée d'un vaste parc d'attractions. Anciennement du hollandais « konijn eiland », l'île aux Lapins.

nu, de la promenade en planches jusqu'à la mer, sans toucher une seule fois le sable torride. C'était la saison où les tranquilles Monsieur Tout-le-Monde qu'on n'avait jamais entendus élever la voix couraient dans les rues, menaçant les passants d'une hache... Où les New-Yorkais qui n'avaient pas l'air conditionné utilisaient leurs ventilateurs, et où ceux qui n'avaient pas de ventilateur dormaient par terre dans la cuisine devant le réfrigérateur ouvert, de sorte que les circuits, trop chargés, explosaient, rendant inopérants réfrigérateurs, ventilateurs et appareils à air conditionné.

Les humeurs s'exacerbaient, les gangs grondaient, les maris frappaient leurs femmes, les mères frappaient leurs enfants, les bureaux fermaient tôt, le métro redonnait la énième représentation de *L'Inferno*. Dans l'air étouffant et moite les cœurs défaillaient et renonçaient à s'acquitter de leur rôle de muscle-pompe à sang, et Lutetia confia à son fils que son père avait une autre femme dans sa vie.

– Maman ! (Dane bondit comme un ressort de son siège, simulant une surprise qu'il n'éprouvait pas réellement.) Tu en es vraiment sûre ? C'est à peine croyable !

En vérité cette nouvelle ne l'étonnait pas autant qu'il voulait bien l'assurer. Même si quelques instants auparavant, Dane aurait pu jurer en toute sincérité que l'idée de l'éventuelle infidélité de son père ne l'avait jamais effleuré. Etrange. Depuis l'aveu de sa mère, cela semblait inévitable.

Dane avait ceci en commun avec la plupart de l'humanité, il ne pouvait imaginer ses parents unis dans une étreinte amoureuse sans en éprouver de malaise. Néanmoins dans son cas, les explications freudiennes qui justifient ce comportement s'agrémentaient de complications particulières dues au genre de père et de mère qu'il avait. Sa mère, semblable à un crustacé accroché à son rocher, recevait plus qu'elle ne donnait. A peine capable d'exprimer son assentiment et de prouver sa loyauté, elle se laissait ballotter au rythme reposant des marées. Quelque part au plus profond de lui, l'idée qu'elle était la partenaire de lit la plus minable qui existât sur terre le hantait.

Aux yeux de Dane son père était en revanche un individu à la sexualité épanouie, tout comme ses autres pulsions. Ce n'était pas tant que son père ait une maîtresse qui surprenait Dane, mais de ne s'en être pas aperçu plus tôt.

– Enfin... En es-tu sûre ? C'est incroyable, répéta-t-il alors qu'au fond de lui, cela était toujours allé de soi et que la confidence de sa mère venait en quelque sorte confirmer ses doutes.

– Oh, oui, j'en suis sûre, chéri, dit Lutetia. Ce n'est pas le genre de choses que j'irais inventer.

« En effet, pensa Dane. Tu imaginerais plutôt une révolution communiste et un commissaire du peuple réquisitionnant ton plus beau service en argent. »

– À vrai dire depuis quelque temps je... enfin, j'avais des soupçons.

– Mais maman, comment l'as-tu compris ?

Le visage de camée de Lutetia s'empourpra légèrement.

– J'ai demandé à ton père ce qui se passait. Cette incertitude m'était devenue intolérable.

– Qu'a-t-il dit ?

« Ainsi, tu as bel et bien une vie mentale après tout, remarqua Dane à part lui. Marrant de découvrir ses parents quand on est adulte. »

Il portait une affection jalouse à sa mère mais

il aurait dit à son sujet qu'elle avait une cervelle d'oiseau.

– Il a dit : « Je suis navré. Il y a une autre femme. »

– Comme ça ?

– Enfin, chéri, je le lui ai demandé.

– Je sais bien, mais... Et qu'as-tu dit, toi ?

– Que pouvais-je dire, Dane ? C'est la première fois que je suis confrontée à une situation pareille. Je crois avoir répondu que j'étais navrée moi aussi mais que je préférais savoir la vérité. Ce qui est vrai. Oh, oui !

– Et ensuite ?

– Ton père a acquiescé de la tête.

– Acquiescé de la tête ? C'est tout ?

– C'est tout.

Comme il faisait une grimace de dégoût, elle reprit :

– Excuse-moi, mon chéri, mais tu voulais savoir.

– Et la conversation s'est terminée là-dessus ?

– Oui.

Incroyable. Du Noel Coward[1].

Soudain, Dane se rendit compte d'un autre phénomène. Il avait ressenti ces derniers temps un certain trouble au sujet de sa mère, malaise dont il n'avait pas eu clairement conscience. C'était probablement ce qui expliquait sa répugnance à quitter la ville. La dépendance de sa mère à l'égard de son entourage était également ancrée en lui.

Comme Dane l'avait expliqué un jour en plaisantant à Judy Walsh, sa mère appartenait à une espèce en voie d'extinction, disons, s'il existait

1. Sir Noel Pierce Coward : acteur, dramaturge, scénariste et producteur de films anglais, 1899-1973.

des degrés dans ce domaine, peut-être pas aussi éteinte que le coq de bruyère, le pigeon migrateur ou la perruche de Caroline, mais néanmoins beaucoup plus rare que le bison.

Anna Lutetia DeWitt avait une hérédité chargée. Née six ans après la mort de la reine Victoria, Lutetia, avec sa grâce délicate, transmettait l'esprit victorien jusqu'au milieu du XXe siècle, le soignant avec la dévotion d'une prêtresse élue par les dieux de la flamme éternelle. Il est vrai que, ayant perdu sa mère jeune, elle avait été élevée par une grand-mère collet monté, née Phillipse, qui n'avait jamais laissé personne, encore moins Lutetia, oublier cette ascendance prestigieuse. La vieille dame se considérait, sur le plan spirituel du moins, comme une fille d'Angleterre (les Phillipse avaient été tories pendant la révolution) et mettait un point d'honneur à se vexer quand on la prenait pour une épiscopalienne.

« Je suis catholique anglicane », rétorquait-elle.

Néanmoins, le caractère de la grand-mère n'expliquait pas entièrement celui de la petite-fille. Du côté paternel Lutetia hérita de toute la fierté et de tous les préjugés de ces immigrants hollandais repliés sur eux-mêmes qui peuplèrent la région de New York et d'où la famille était issue. Ecartelée entre les vertus bourgeoises de la morale victorienne et celles de l'éthique hollandaise, Lutetia n'avait pas eu de chance.

Dans son for intérieur, elle estimait qu'il était « mal » de laisser ensemble et sans chaperon des jeunes gens de sexe opposé dans n'importe quelles circonstances. La liberté du XXe siècle la surprenait et l'offusquait. Le mot même de « sexe » devait être pudiquement tu par les « dames » en présence de leurs congénères masculins. Rien que le recours à l'anodine périphrase « une autre femme », qu'elle venait d'employer devant son fils, lui avait pris toute son énergie. Le lexique de Lutetia comprenait d'autres distinctions sociales. Ainsi, Judy Walsh était l'associée de travail de son mari (et quel déchirement c'était d'admettre qu'une jolie jeune femme travaillât dans « les affaires » !). Si elle avait considéré Judy comme une employée ordinaire, elle l'aurait immédiatement rangée dans la classe des domestiques.

Lutetia avait mené la vie protégée d'une jeune fille de milieu aisé. Après avoir fréquenté, comme il se devait, les meilleures écoles de jeunes filles, elle avait effectué, comme il se devait, son tour d'Europe convenablement chaperonnée. Elle n'avait jamais mis les pieds dans une boîte de nuit (Lutetia appelait ce genre d'endroit un cabaret), car après tout un night-club, c'était une sorte de saloon. Elle sirotait un verre de sherry à l'occasion, considérait la bière comme un aliment qu'on prend pour grossir, et le whisky comme un alcool exclusivement réservé aux hommes. Elle aimait consacrer au moins une heure par jour à son travail de couture, mais le reposait dès qu'elle n'était plus seule car il s'agissait invariablement de layettes confectionnées pour une communauté de sœurs converses de sa paroisse qui assistaient de « malheureuses » jeunes femmes.

– Maman est un véritable phénomène, avait confié un jour Dane à Judy. Je l'aime, mais passer une heure ou plus avec elle, c'est comme vivre une représentation de *Berkeley Square* !

– Dane ! Quelle idée !

– J'ai dû vivre avec elle, Judy.

Les femmes divorcées qui se remariaient vivaient dans l'adultère. Il n'y avait rien de plus à dire sur ce sujet, si ce n'est bien sûr qu'on était navré pour les enfants.

C'est dans le domaine du sexe et du mariage

que l'éducation rigide de Lutetia McKell s'exprimait le plus radicalement. Une femme se mariait vierge. La seule pensée qu'il pût en être autrement était inacceptable. Quant à prendre un amant, c'était une idée tout aussi absurde que de se faire manger par un ours. Les lits jumeaux lui étaient aussi étrangers que les tapis de prière ou les crachoirs. Néanmoins faire chambre à part servait certaines situations conjugales.

Elle savait obscurément que dans les mers inconnues où évoluaient les maris, il existait des monstres, des « femmes de mauvaise vie », et qu'à chacune d'entre elles se vouait un coureur de jupons. D'une certaine façon elle désapprouvait cet état de choses tout en l'acceptant. Dans ce sens-là, Lutetia McKell répondait beaucoup plus au portrait type de la Française appartenant à la classe moyenne qu'à celui de l'aristocrate anglaise ou américaine. L'immense fortune dont elle jouissait lui apportait un bonheur d'ordre pratique qui signifiait qu'elle avait les moyens de se livrer à ses œuvres de bienfaisance et de faire des cadeaux. En ce qui concernait les dépenses courantes et le budget de la maison, elle ne se souciait ni de signer un chèque ni d'ouvrir un porte-monnaie, et il ne lui était jamais venu à l'idée de revendiquer ce droit que sa qualité d'épouse lui octroyait.

Lutetia McKell vivait là où son mari avait choisi de vivre, voyageait où, quand et comme il en décidait, achetait ce qu'il lui demandait d'acheter et dirigeait la maison comme il l'entendait. Elle était heureuse quand son mari avait l'air content et s'affligeait quand il n'était pas dans son assiette. Elle n'avait aucun espoir ou désir d'envergure qui ne soit celui d'Ashton et n'en ressentait aucune frustration. Et pourtant... il fréquentait « une autre femme »...

« Bon sang, quel vieux schnock ! », pensa Dane. Il était navré pour son père, mais au fond de lui c'était plutôt sa mère qui le préoccupait. Elle était si démunie, si inexpérimentée. Comment pourrait-elle affronter une situation de cet ordre ? Elle ne ressemblait pas aux autres femmes.

– C'est la première fois que cela se produit entre ton père et moi, dit-elle en serrant les lèvres de façon presque imperceptible comme pour dire : « et ça n'aurait jamais dû se produire ». (Mais son commentaire n'irait jamais plus loin qu'un simple pincement des lèvres.) Je sais bien que les hommes éprouvent, enfin, certains sentiments que les femmes peut-être n'éprouvent pas... et qu'il existe sans aucun doute des situations où ils... on... ne peut pas se contrôler... Mais avec ton père, Dane, c'est la première fois. J'en suis tout à fait sûre.

On eût dit qu'elle plaidait la cause de son mari devant un tribunal attentif, assise sur sa chaise, les mains sur les genoux. Il n'y avait pas de trace de larmes dans ses yeux bleus d'enfant. Une silhouette fragile de porcelaine entre deux âges.

« Il n'aurait pas dû faire ce coup, ruminait Dane. Pas à maman. Elle est bien trop démunie. Malgré les insatisfactions de leur vie intime, il n'aurait pas dû faire d'elle la victime d'une des plus banales tragédies conjugales. Pas après avoir vécu toutes ces années auprès d'elle. Pas après s'être emparé de son petit Moi victorien et l'avoir façonné à sa convenance. »

Qu'avait-elle en dehors de son mari ? Ashton McKell était sa raison de vivre. Désormais, elle était comme une planète arrachée à son soleil.

La colère gagnait Dane, ce qui l'amena à un peu d'introspection. Au départ il avait eu tendance à porter sur l'affaire un regard d'homme. Quel effet ça devait-il faire de rendre visite à son père et de trouver dans sa maison une créature maigre et sèche comme du petit bois, aux cheveux teints et à la quarantaine aiguë ? « Dane, voici ta belle-mère. » « Oh, Ashie, non ! Appelez-moi Gladys, Dane. » Ou Gert, ou Sadie.

Dane frissonna. Sûrement son père n'était pas tombé aussi bas. Il n'avait pas pu s'acoquiner avec une gonzesse arrogante, sortie d'une société de night-clubs.

– Maman, a-t-il parlé de divorce ?

Étonnée, Lutetia tourna son regard clair vers son fils.

– Enfin, quelle question, Dane ! Certainement pas. Ton père et moi n'envisagerions jamais une telle chose.

– Pourquoi ? Si...

– Les gens de notre milieu ne divorcent pas. D'ailleurs, notre Église ne reconnaît pas le divorce. Moi, je ne le désire pas, et quand bien même, ton père n'y songerait pas un instant.

« Tu parles ! », pensa Dane, le visage contracté.

Il s'abstint toutefois de rappeler le détail que Lutetia omettait délibérément. Deux époux pouvaient toujours obtenir un divorce civil et à condition que ni l'un ni l'autre ne désirent se remarier, aucune règle de l'Église épiscopalienne n'était enfreinte. Comment sa mère pouvait-elle tolérer l'adultère ? A sa stupéfaction, Dane découvrit qu'il avait lui-même vis-à-vis de cette situation un point de vue démodé. Ou était-ce simplement qu'il se mettait à la place de la malheureuse femme humiliée ?

Tout à coup les données devenaient confuses. Il se surprit à penser à la richesse de sa famille. Cette fortune ne représentait rien à ses yeux. Il ne l'avait jamais particulièrement convoitée et n'avait pas non plus participé à son accroissement. Pourvu des héritages de ses deux grands-pères, il avait même à plusieurs reprises refusé de justifier son statut de légataire vis-à-vis de la fortune de son père. Pourtant l'idée que la totalité de ces biens puisse devenir la propriété de « l'autre femme » lui parut intolérable.

– Il t'a trompée, maman. Comment peux-tu accepter de continuer à vivre avec lui ?

– Tu m'étonnes, Dane. Ton propre père.

Voilà qu'elle était prête à pardonner l'adultère ! Est-ce qu'une personne en train de se noyer refusait la bouée de sauvetage qu'on lui lançait sous prétexte que c'était sale et graisseux ?

Lutetia était assise sur le siège qu'un jeune favori du frère du « Roi-Soleil » avait offert à sa favorite. Inconsciente de l'aspect historique de son fauteuil et apparemment dotée d'une patience à toute épreuve, elle regardait sans le voir un tableau de l'école de Fontainebleau où étaient peintes des nymphes d'un brun rougeâtre alanguies sous les frondaisons de grands arbres. À l'emplacement de ce tableau s'était dressé autrefois le portrait de la grand-mère Phillipse en robe de bal le jour de sa présentation au baron Renfrew un siècle auparavant.

– J'accepterais de divorcer bien sûr si Ashton le désirait, poursuivit-elle de sa voix raisonnable, mais je suis persuadée que cette idée ne lui a pas traversé l'esprit. Aucun McKell n'a jamais divorcé.

– Alors, pourquoi, Bon Dieu, t'avoir parlé de tout ça ? s'écria Dane, à bout.

De nouveau le regard légèrement réprobateur.

– Je te prie de ne pas invoquer Dieu à tort et à travers, mon chéri.

– Excuse-moi, maman. Pourquoi t'avoir parlé de cette autre femme ?

– Ton père ne m'a jamais rien caché.

Dane faillit lever les bras au ciel d'exaspération. Maîtrisant son impulsion, il alla à la grande fenêtre et regarda Park Avenue.

Sa mère pouvait protester de la loyauté de son mari. Dane n'était pas dupe. Son mari lui avait caché beaucoup de choses et s'il n'était pas prêt à divorcer, c'est parce qu'il n'était pas amoureux de cette femme. Et ceci rendait Dane encore plus furieux. Cela voulait dire qu'il s'agissait d'une simple toquade, d'une liaison passagère de mauvais goût, d'une partie de jambes en l'air sans importance pour laquelle il n'hésitait pas à tracasser sa femme et à risquer un petit scandale minable dans la presse à sensation si l'affaire venait à transpirer.

« Pauvre maman », pensa Dane.

Jusqu'à présent elle s'était toujours tenue à distance du scandale. Désormais, il l'attendait au coin de la rue. Le nom d'une dame apparaissait trois fois dans la presse : le jour de sa naissance, le jour de son mariage, le jour de sa mort. A ce credo désuet, Lutetia souscrivait totalement. Ne se rendait-elle pas compte des conséquences possibles de l'attitude inconsidérée de son mari ?

Dane se retourna vers sa mère et lui fit part de son inquiétude.

– Naturellement, j'y ai songé, répondit Lutetia en opinant de la tête. (Y avait-il une lueur de quoi que ce soit au fond de ses yeux bleus ?) Et j'en ai parlé à ton père. Il m'a assuré qu'il n'y a aucune chance que l'affaire s'ébruite. Apparemment il se montre très discret. Il doit prendre ses précautions.

« Non, je suis bien éveillé, se dit Dane. Ceci n'est pas un rêve. »

Sa mère s'était souciée des précautions dont s'entourait son mari infidèle afin d'éviter le scandale. Ce point éclairci, enfin rassurée, elle passait sur le reste. L'attitude de son père était aussi incroyable que celle de sa mère. A moins que, lassé de la docilité avec laquelle sa femme se pliait à sa moindre exigence, il alt fini par ne plus éprouver à son égard que du mépris.

« Ai-je jamais compris mes parents ? », pensa Dane.

Il éprouvait la souffrance de l'homme moderne qui, frappé de l'incapacité à communiquer, est le plus souvent inconscient de son impuissance.

Ah, on pouvait parler de la mièvrerie de la fidèle Griselda ! Dans le conte de Clerk l'héroïne faisait figure d'une ardente rebelle comparée à sa mère qui s'était consacrée avec tant d'opiniâtreté au seul bonheur de son époux qu'elle s'accommodait même de sa trahison ! « A moins que ma réaction ne fasse de moi une sorte de fat à la coupe de cheveux à la Buster Brown ? » Il y avait d'ailleurs quelque chose de sublime dans l'humilité de Lutetia, si on prenait cette humilité pour un trait de caractère.

« Peut-être est-ce moi qui n'ai pas évolué ? »

– Maman, fit-il gentiment. Qui est-ce ? Tu le sais ? Il te l'a dit ?

De nouveau elle l'étonna. Cette descendante de *Knickerbockers*[1] sourit de son sourire doux et modeste.

– Je n'aurais pas dû te parler de cette histoire, chéri. Je le regrette. Tu as tes propres problèmes. Au fait, as-tu résolu ce point qui te tracassait ? Dans ton troisième chapitre ? J'y ai pensé toute la journée.

Elle continua sur ce ton, écartant le sujet de l'infidélité de son mari comme elle aurait rangé son ouvrage de couture pour un travail plus urgent.

« Il va falloir que je me débrouille tout seul pour savoir qui est cette femme, décida Dane.

1. Dietrich Knickerbocker, auteur fictif d'une *Histoire de New York*, personnage d'origine hollandaise de Washington Irving. Surnom des New-Yorkais, surtout ceux d'origine hollandaise.

En admettant qu'elle le sache, jamais maman ne me le dira. Sa morale victorienne lui interdit probablement de prononcer le nom de cette créature au risque de s'avilir. »

– Oublie donc mon troisième chapitre, maman. J'ai une dernière chose à te demander et ensuite nous ne parlerons plus de rien. Veux-tu venir habiter chez moi ?

L'acte le plus méritoire de sa vie jusque-là avait été de prendre un appartement à lui.

Sa mère le regarda.

– Merci, chéri, mais non.

– Tu vas donc continuer à vivre avec papa comme si de rien n'était ?

– J'ignore qui est cette femme, répondit Lutetia, mais j'ai épousé ton père et ma place est auprès de lui. Non, je ne vais pas le quitter. Il serait malheureux.

« Décidément tu es la magnificence personnifiée, songea Dane, et tu mens par la même occasion. Du moins, tu te mens à toi-même, ce qui est plus plausible et plus en accord avec la psychologie moderne. Mon Dieu, la vieille bique a du caractère en réalité. Elle ne s'avoue pas vaincue. »

Dane donna un baiser plein de ferveur à sa mère et sortit.

Il lui fallait donc découvrir l'identité de la maîtresse de son père. Pourquoi devait-il se mettre en quête pour démasquer « l'autre femme » ? Refusant de comprendre ses intentions au-delà d'un certain seuil, il s'étonna à peine de ce besoin qui s'imposait à lui et chassa en hâte de son esprit l'idée que le véritable mobile de son comportement avait un lien quelconque avec Freud.

En fait, cela avait surtout un lien avec sa mère. Imaginer sa mère, pâle et fragile, rassemblant son courage pour livrer bataille contre les forces du cynisme, incarnées par son père, l'emplissait de compassion. Le combat était inégal. Il devait trouver un moyen d'aider sa mère – et de punir son père ? Dane ne s'interrogea pas plus avant. Un instant seulement – instant effroyable – il envisagea de confronter son père avec la vérité et de lui demander sans détour qui était sa maîtresse. Il y renonça aussitôt. Ce serait beaucoup trop gênant. Soit son père le saisirait par le revers de sa veste et le jetterait à bras-le-corps hors de la pièce – « N'est-ce pas la crainte physique de ces puissantes mains paternelles qui se cache au plus profond de toi, Dane ? » –, soit, et ce serait pire, son père craquerait et se mettrait à pleurer. Dane ne pourrait supporter aucune de ces deux hypothèses. Ni même une troisième sur laquelle il ne s'arrêta pas : son père risquait de lui lancer un simple et froid « ça ne te regarde pas, fiston » et de changer de conversation. D'une façon comme d'une autre il fallait ruser.

Les allées et venues d'Ashton McKell étaient en général prévisibles. Il allait au bureau, rentrait à la maison, se rendait à son club, lisait son journal, ses magazines et les œuvres complètes de Rudyard Kipling à heures fixes. A sept heures du soir, à la maison. À huit heures, le dîner. Cinq jours sur sept. En week-end McKell l'aîné rompait cette routine pour vivre sur un rythme plus personnel, mais sa fantaisie, il l'étalait au grand jour.

Sauf…

« Sauf depuis plusieurs semaines – ou depuis plusieurs mois ? –, calcula soudain Dane, papa rentre à la maison beaucoup plus tard un soir par semaine, le mercredi. »

Dane était incapable de se souvenir si sa mère avait jamais fait une réflexion à ce propos, et tout ce qu'avait répondu son père la seule fois où Dane avait amené la question sur le tapis, c'était un laconique : « J'ai du travail. »

De quel genre de travail s'agissait-il pour que ça se renouvelle ponctuellement tous les mercredis soir ? Il était aisé de sauter à la conclusion suivante : le mercredi soir Ashton McKell avait rendez-vous avec sa maîtresse.

Dane ne pouvait rien tenter le jour même car on était mardi. Mais le lendemain...

« Je vais devoir renoncer à mes projets pour le week-end », songea Dane, caressant l'idée qu'il serait occupé pendant plusieurs jours.

Il relut la feuille de papier dans sa machine à écrire.

« Jerry dans la vieille carrière de pierre. Ellen arrive. Le reste comme prévu. O.K., mais pourquoi Jerry va là-bas ? Pour nager ? Avril – trop tôt. Peut-être pour pêcher. Vérifier : pêcher dans carrières de pierre ? »

Il se mordit la lèvre inférieure, puis redressa résolument la tête et ses doigts volèrent sur le clavier.

Tous les jours McKell l'aîné quittait son bureau quand la vieille horloge Seth Thomas de Taylor McKell qui avait sa place dans ce sanctuaire du commerce marquait midi. Judy prenait sa pause à 12 h 10 pour revenir à 12 h 55. Ashton était de retour à une heure de l'après-midi précise.

Le 17 août. 12 h 05.

– Judy ? Dane McKell. Mon père est là ?

– Il est parti, Dane. Ta montre retarde ?

Petit rire forcé.

– Tiens, c'est vrai. (Puis rapidement :) Écoute, Judy, il faut que je le voie cet après-midi, mais je ne serai pas libre avant 5 heures. Crois-tu que... ?

– C'est beaucoup trop tard, Dane. Aujourd'hui,

c'est mercredi et le mercredi, Mr McKell quitte désormais le bureau à 4 heures. Tu ne peux pas passer plus tôt ?

– Ça ne fait rien. Je le verrai dans la soirée à la maison. Inutile de lui dire que j'ai appelé. Comment vas-tu, ma petite Judy ? Mais je te retiens alors que c'est le moment de ta pause.

Judy raccrocha en se disant que c'était là une drôle de conversation. Puis, elle haussa les épaules et partit déjeuner. Depuis longtemps elle avait renoncé à essayer de comprendre Dane McKell. Penser à lui d'ailleurs, ce n'était pas bon pour elle. Ce n'est que dans les films que la secrétaire épousait le fils du patron !

En cette chaude journée d'août, Dane sortit. Il loua une voiture, une Ford de deux ans. Sa petite MG risquait d'être repérée. À 3 h 15 il prit la Ford et à 3 h 45 se garait devant le building McKell. Il lui paraissait peu probable que son père sorte par une des entrées de service ou par la porte de la chaufferie. Et en effet, quelques instants plus tard arriva la grosse Bentley de son père, avec au volant Ramon, le chauffeur.

Dane démarra, fit le tour du pâté de maisons, et se rangea de l'autre côté de la rue à quelques mètres seulement derrière la Bentley. De son poste d'observation il se mit à attendre.

Ramon lisait un bulletin des courses.

« Qu'est-ce que je fabrique ici ? pensa Dane. Qu'est-ce que je m'imagine, bon sang ? Admettons que je découvre qui est la maîtresse de mon père, que je la démasque. Et après ? En quoi cela aidera-t-il maman ? »

Bien sûr, il existait une possibilité. La maîtresse en question pouvait fort bien ignorer que son protecteur était un homme marié. S'il lui avait laissé croire qu'il ferait d'elle un jour une honnête femme, un petit aperçu de la vérité et elle lui tirerait sa révérence.

« Et qu'est-ce que je suis, moi, dans tout ça ? ruminait l'héritier McKell. Un salaud de première ! »

Pourtant... Dane haussa les épaules. La tentation était forte. Il fallait qu'il sache le nom de cette femme. Ensuite, il verrait.

À 4 h 10 il se raidit. La silhouette massive de son père apparut derrière la porte à tambour de l'immeuble. Ramon laissa tomber son journal, bondit hors de la voiture et ouvrit la portière arrière. Ashton McKell monta, Ramon regagna sa place au pas de course, mit le contact, et la grosse Bentley plongea en douceur dans la circulation. Dane s'engagea à sa suite de façon plus cahotique. La Bentley se dirigeait vers la voie express ouest. Elle continua à remonter vers le nord, dépassa Washington Market, le vieil immeuble Sapolio, les quais le long desquels étaient amarrés les paquebots qui faisaient l'Atlantique, semblables aux monstres énormes d'une bande dessinée.

Où allaient-ils donc ? Traverseraient-ils le pont George-Washington pour rejoindre une quelconque banlieue sinistre du New Jersey où Ashton McKell entretenait la veuve d'un démarcheur d'assurances dans une splendeur bourgeoise ? Ou remonteraient-ils la 72e Rue où le magnat planquait sa poule dans un appartement envahi de peluches ?...

La Bentley emprunta la sortie Midtown Manhattan, puis la direction de l'est jusqu'à la 5e Avenue avant de remonter vers le nord. Dane n'avait pas le temps de chercher à comprendre. Il était trop occupé à essayer de ne pas perdre de vue la voiture devant lui. Soudain le chauffeur s'arrêta devant un immeuble en pierre de deux étages à la forme ramassée que Dane connaissait bien.

Il était stupéfait. S'il y avait un endroit où son père ne pouvait pas tenir de rendez-vous galants, c'était bien là, au Metropolitan Cricket Club, fondé en 1803, le bastion par excellence des aristocrates les plus respectables. Le cricket ne monopolisait plus l'énergie de ses membres. (Dane se trouva en train de penser à Robert Benchley et son « Après 1903, quoi ? » – une bonne question.) Car qui restait-il pour s'opposer aux joueurs du Metropolitan ? Les novices de l'école de Riverdale ? Aucune équipe britannique ne s'abaisserait à jouer contre eux, et si les membres du Metropolitan Cricket Club avaient pu se résoudre à sortir sur un terrain pour affronter les adroits immigrés jamaïcains qui jouaient encore au cricket au parc Van Cortlandt[1], le résultat aurait été catastrophique... La principale vertu de ce club, propre d'ailleurs à tous les clubs exclusifs, était précisément l'exclusivité.

Dane aperçut d'ailleurs son vieux cousin deux fois destitué du club, le colonel Adolphus Phillipse, assis à sa fenêtre habituelle – on eût dit qu'il avait pris racine à cet endroit –, lisant le *New York Times* et sans aucun doute ronchonnant à propos du radicalisme dangereux du sénateur Barry Goldwater.

La Bentley repartit. Dane tourna la tête à temps pour voir son père gravir d'un pas vif les marches usées du perron, comme les mardi ou vendredi, ses jours de club. Qu'allait-il faire ? Prendre un verre ? Ecrire une lettre ? Donner un coup de fil ? Dane continua sa surveillance.

De l'autre côté de la fenêtre, à distance respectueuse du colonel Adolphus Phillipse, était assis le Dr MacAnderson aux favoris neigeux, plongé

1. Le parc Van Cortlandt se situe dans le Bronx, au nord de l'île de Manhattan.

dans l'un des tomes poussiéreux où depuis cinquante ans il puisait ses renseignements pour étayer sa théorie selon laquelle il prouvait que « la foule cosmopolite qui accompagna les Enfants d'Israël hors d'Égypte était en fait constituée par les ancêtres de la nation des Gitans ». Le colonel Phillipse tourna lentement la page de son journal, attentif à ne pas sauter un seul point-virgule de la dernière opération de la Federal Reserve Bank. Et Dane se demanda combien de temps son père allait rester.

Soudain il se redressa. La chaleur et ses considérations sur les deux vieillards à la fenêtre lui avaient fait oublier un point important. Sa mère avait dit qu'il prenait des précautions. Cette halte au club pouvait donc être une feinte. Il mit la Ford de location en marche, tourna au coin de la rue et... bien sûr ! La Bentley vide était rangée du côté de la porte de service du club, devant l'entrée d'un garage. Ramon avait disparu. Apparemment on l'avait renvoyé... Au même moment le père de Dane sortit de l'immeuble.

Ashton McKell ne portait plus le costume de lin clair fait sur mesure par Sarcy, son tailleur londonien, ni ses chaussures ajustées à sa forme de chez Motherthwaite, son chausseur londonien également, ni son chapeau en fibres de jipijapa spécialement tissées pour lui en Équateur. Dane n'avait jamais vu le pantalon et la veste que son père arborait maintenant. Il tenait aussi une canne et une petite sacoche de cuir noir qui ressemblait à une trousse de médecin.

Dane fronça les sourcils. Un simple changement de vêtements. C'était là ce que son père appelait prendre ses précautions ? Que diable mijotait-il ?

À la surprise de Dane, McKell l'aîné dépassa la Bentley et se mit au volant d'une Continental noire. Il démarra et fila en direction du nord, de l'est, du sud, de l'ouest... Dane perdit tout sens de l'orientation. Les vitres et les portières de la conduite intérieure étaient affublées de rideaux vieillots qu'on avait tirés, comme ceux d'un corbillard. C'était à n'y rien comprendre. La voiture s'engagea dans Central Park et se mit à décrire des paraboles. Dans quel but, Dane n'aurait su le dire. Pas pour semer d'éventuels poursuivants en tout cas, car elle roulait trop lentement. Était-ce simplement une manière de passer le temps ?

Soudain la mystérieuse limousine se rangea le long du trottoir et s'arrêta. Dane la dépassa et vit son père se glisser à l'arrière obturé par les rideaux. Dane se gara tout près, juste dans un tournant, et attendit sans couper le moteur.

Il était intrigué. Pourquoi son père était-il passé à l'arrière de la voiture ? Il n'y avait personne d'autre avec lui. Il en était pratiquement sûr. Que pouvait-il faire ?

La Continental ne tarda pas à le dépasser pour se diriger vers une sortie du parc. Dane la prit de nouveau en chasse. Après avoir pris la direction de l'est, elle freina devant un parking souterrain dans une petite rue latérale entre Madison Avenue et Park Avenue. Dane écrasa le frein et resta en double file. Un employé du parking s'approcha en hochant la tête, un ticket orange à la main, et s'installa au volant tandis que son père descendait de la Continental pour héler un taxi qui passait au même moment. À l'angle de Park Avenue le taxi dut s'arrêter au feu rouge. Dane était juste derrière. Il était de plus en plus intrigué. Il y avait quelque chose d'étrange dans l'allure du passager qu'il voyait de dos. Mais quoi ? Il était incapable de le dire. Le feu passa au vert et le taxi s'engagea dans Park Avenue. Dane fit de même. Environ six à huit pâtés de maisons plus loin, le taxi se rangea prestement le long du trottoir, son passager bondit au-dehors, paya la course et attendit que le taxi s'éloigne pour remonter l'avenue.

Dane, toujours en voiture, baignait dans une confusion totale. Ses parents habitaient à moins d'un bloc de maisons de là. Et l'individu qui venait de descendre de taxi n'était pas Ashton. Du moins, à première vue.

L'homme avait les cheveux gris, plutôt longs et gras dans le cou, une moustache poivre et sel, une barbiche à la Van Dyck et des lunettes. C'était un inconnu. D'une main il tenait une canne, de l'autre une petite sacoche de cuir noir. Il était habillé de foncé : pantalon de velours marron, chaussures marron, veste marron, chapeau de paille. La même tenue que son père avait arborée en sortant du club. Y avait-il eu un autre homme caché dans la Continental ? Un homme avec qui McKell l'aîné aurait échangé ses vêtements à l'arrière quand la voiture avait stationné quelques minutes dans Central Park ? À quoi cela rimait-il ? Qui était cet inconnu ?

Soudain Dane comprit.

L'homme en marron n'était pas un inconnu, mais son père. Faites abstraction du costume, enlevez barbe, moustache et perruque, et la chrysalide dessous était – devait être – Ashton McKell. Son père se déguisait ! Il s'était arrêté à Central Park le temps de se grimer. Dane faillit éclater de rire. Pourtant, il y avait quelque chose de pitoyable dans cette silhouette qui marchait avec raideur dans la rue, canne et sacoche se balançant au rythme de ses pas, quelque chose qui décourageait la plaisanterie. Que diable manigançait-il ? « Il prend toutes ses précautions. » Il ressemblait plutôt à un personnage de vaudeville passé de mode !

Comme il n'y avait pas de place pour se garer,

Dane se mit en double file et, la mine contrariée, suivit son père à pied. Il ne tarda pas à se rembrunir encore plus. Ashton McKell ne tourna ni à droite ni à gauche mais entra dans un immeuble.

C'était un de ces anciens hôtels particuliers qui jadis bordaient Park Avenue, converti depuis en petit immeuble, et dont les propriétaires d'origine étaient les très respectables Huytens. Le dernier de cette famille collet monté avait légué cette demeure à son « bien-aimé ami Fluffy ». Néanmoins, bien avant que les cousins de la vieille Mrs Huytens aient réussi à déshériter le Fluffy en question, la maison avait commencé à se détériorer. Le grand-père maternel de Dane avait donc conclu une affaire en l'achetant dans les derniers jours de la dépression; il y avait fait construire plusieurs appartements. Le petit immeuble abritait donc trois duplex et un appartement sous les combles. Dane le connaissait comme sa poche. Il y avait grandi. C'était là que ses parents habitaient.

Tout était donc clair, sauf un point... le plus important.

Ces fameuses précautions que prenait son père avaient un relent de mystère. Le mercredi après-midi, McKell l'aîné se faisait conduire par son chauffeur à son club. Laissant la Bentley au garage derrière le club, Ramon, qui se retrouvait avec plusieurs heures de liberté, s'évanouissait dans la nature. Pendant ce temps, Ashton McKell se changeait dans sa chambre du club, ressortait en catimini par l'entrée de service et partait au volant de la Continental noire. À Central Park il stationnait dans un endroit isolé et s'installait à l'arrière pour se grimer. Il repartait enfin et abandonnait la voiture dans un autre garage. Il n'utilisait probablement pas toujours le même. Il prenait alors un taxi qui le déposait dans Park Avenue et avec un minutage parfait entrait dans le hall de son immeuble à l'heure précise du dîner du portier. Une précaution supplémentaire pour ne pas être reconnu par John malgré son déguisement. Il était sûr de passer plus inaperçu en quittant l'immeuble après que John eut repris son service car le portier surveillait plus les gens qui entraient dans l'immeuble que ceux qui en sortaient. D'autre part la trousse de médecin conférait à Ashton un peu du caractère passe-partout du facteur de Chesterton.

Quand il repartait, il gagnait simplement le garage où il avait laissé la Continental, retournait à son club après s'être démaquillé (probablement dans Central Park), remettait ses vêtements usuels et se faisait reconduire chez lui en Bentley par Ramon qui reprenait son service.

Une énigme demeurait néanmoins. Pour qui son père se livrait-il à ce petit manège ? À qui allait-il rendre visite dans sa propre maison ?

Dane attendit que la haute silhouette du portier réapparaisse sous le dais.

– Oh, Mr Dane, dit le portier. Mrs McKell est sortie.

– Avez-vous une idée de l'endroit où elle est allée, John, ou de l'heure de son retour ?

– Elle est allée à la galerie de Mr Cohen voir des tapis. (Fidèle à son habitude, John transformait Mir Khan du Pakistan en un nom plus courant pour New York.) Je ne sais pas quand elle rentrera.

Le « je ne sais pas » du portier résonnait drôlement. John Leslie était un « Geordie » ou un natif de la Tyne dans le nord de l'Angleterre, et son accent relevait à la fois de l'irlandais et de l'écossais agrémenté de riches harmoniques de la Caroline du Sud. Adolescent, Dane avait fumé, alors qu'il n'en avait pas le droit, dans l'appartement du sous-sol de Leslie où il recevait et laissait également des messages qui auraient fait froncer les sourcils à ses parents.

– Eh bien, tant pis, fit Dane avec une hésitation délibérée.

Il eut un petit rire avant d'ajouter :

– Au fait, John, j'ai aperçu un type entrer ici il y a quelques minutes à peine. Je ne l'avais encore jamais vu. Pendant votre pause. Cheveux gris, favoris, lunettes. Il portait une sacoche de médecin. Quelqu'un est malade ?

– C'est sans doute le médecin de miss Grey. Je l'ai vu plusieurs fois quitter l'immeuble et quand j'ai demandé à miss Grey qui c'était, elle m'a dit : le Dr Stone. Et votre bouquin, ça avance, Mr Dane ? N'oubliez pas de nous prévenir quand il sortira. Avec ma femme on a lu vos autres livres et on les trouve du tonnerre.

– Merci, John. (Dane savait que ses deux romans trônaient sur le bahut de la salle à manger à côté d'une photo de la famille royale d'Angleterre.) Oh, ne dites pas à maman que je suis passé. Elle regretterait de m'avoir manqué.

Dane gagna Lexington Avenue et entra dans un bar qui précisait : Pas de télévision. À l'intérieur il faisait frais. Ça sentait le malt comme il se doit dans un bar qui se respecte et pas la sauce pour spaghettis aux boulettes de viande. Il commanda un gin-tonic, le but et en commanda un autre.

Miss Grey. Sheila Grey. Ainsi c'était elle, « l'autre femme ». Quel choc !

Pour tout un chacun, Sheila Grey figurait parmi les dix premiers noms de la haute couture internationale. Elle n'était guère plus âgée que Dane.

« Suffisamment âgée en tout cas pour être la fille du vieux McKell », pensa-t-il.

Aux États-Unis sa réputation de styliste la classait dans les trois premières places. Certains lui décernaient la première, ex-aequo avec les autres. Elle habitait l'appartement du haut.

Dane remit un peu d'ordre dans ses émotions. Il ne s'agissait plus d'une liaison ordinaire. Ashton McKell n'entretenait certainement pas Sheila Grey qui avait les moyens de s'offrir une demi-douzaine d'appartements si elle le désirait. Non, ce n'était pas une histoire d'argent. Etait-il possible alors qu'il s'agisse d'une véritable histoire d'amour ? Dane se sentit frissonner.

« Mon Dieu, ayez pitié de ma mère, pensa-t-il. Ne l'abandonnez pas. »

Désormais la petite mise en scène à laquelle il venait d'assister paraissait moins absurde. En effet, on ne donnait pas rendez-vous dans un motel à une femme comme Sheila Grey, on ne pouvait non plus l'obliger à s'exiler dans la campagne de Westchester. Elle devait être une jeune femme résolument indépendante. Pour autant qu'il sache, elle était célibataire. Il était donc logique de conclure qu'elle recevait son amant chez elle, et comme ils habitaient tous deux le même immeuble, qu'ils prenaient des précautions particulières. Ashton McKell avait choisi de se déguiser.

« Ça doit l'émoustiller », pensa Dane.

Le conservatisme de son père était constamment contrarié par son appétit de vivre. En cela, comme dans d'autres domaines, il était un paradoxe. Il n'aurait pas su comment affronter une situation cocasse, alors qu'il maîtrisait parfaitement la technique du maquillage de scène. En effet, il se grimait avec beaucoup d'adresse. Mais n'était-il pas vrai qu'Ashton McKell n'entreprenait rien qu'il ne fît à la perfection ? Par exemple, Dane avait découvert que son père connaissait le karaté une nuit où ils avaient surpris un voleur en train de s'introduire chez eux. En quelques mouvements souples, son père lui avait cassé le poignet et brisé trois côtes.

Dane commanda un troisième gin-tonic. Tout en sirotant son verre, il sentit de nouveau la colère le gagner. C'était une histoire bien compliquée, mais en tout cas la conduite d'Ashton, elle, n'avait rien de mystérieux ! Tromper sa femme juste au-dessus de sa tête ! C'était déplacé, vulgaire, minable. Sa mère savait-elle que sa rivale occupait l'appartement du dernier étage de son immeuble ? Dane vida son verre d'un trait. Qu'elle soit au courant ou non – néanmoins il était prêt à parier qu'elle l'était – il fallait passer à l'action.

Il ne chercha pas à justifier à ses propres yeux ce mouvement impulsif, pas plus qu'il n'avait tenté de s'expliquer les sentiments complexes qui le liaient à sa mère. Sa mère était sotte, pleine d'a priori, désespérément vieux jeu, déplacée dans le temps et l'espace, et pourtant il l'adorait. Que ce soit à cause ou en dépit de ce qu'elle était, peu importait. Aujourd'hui, son unique raison de vivre était menacée. Qui d'autre que lui pouvait écarter ce danger ?

Une pensée quelque peu maligne lui traversa sournoisement l'esprit. Quelle attitude adopter ? Tout révéler ? Oui, bien sûr, mais comment ? Il ne se posa pas cette question de façon rhétorique – il ne doutait pas que cela pût se faire – mais de façon à établir son *modus operandi*. C'est alors qu'il se surprit à élaborer un plan assez machiavélique.

Pour la première fois, grâce à l'influence libératrice de l'alcool, Dane s'avoua que la plus grande confusion gouvernait ses sentiments. Certes il était navré pour sa mère et furieux contre son père. Mais pourquoi éprouvait-il aussi une certaine jubilation, une sorte d'autosatisfaction ?

Il commanda un autre gin-tonic.

D'abord il y avait eu la facilité dérisoire avec laquelle il avait découvert l'identité de la maîtresse de son père et leur lieu de rendez-vous. Un petit triomphe, néanmoins gratifiant.

« On se plaît tous à croire à la noblesse de nos sentiments, réfléchit-il, alors que ce que nous apprécions réellement dans nos relations avec les autres, c'est le petit rôle qu'on y joue, pas le leur. »

À ce sentiment d'autosatisfaction se mêlait l'excitation que procure toute découverte. L'émotion était bel et bien présente. Il s'agissait de sa réaction d'individu face à un défi. Cela dérivait dc la nature même de la situation. Une situation à intrigue, bien qu'une des plus vieilles en littérature. Une histoire que tout écrivain aurait pu taper sur sa machine et qui soulevait des questions à suspense.

« Comment est-ce que je m'en sortirais si je venais de l'inventer de toutes pièces pour un de mes romans ? »

Pouvait-on manipuler les gens à sa convenance aussi facilement que sur le papier ? Si seulement c'était possible... Voilà la vraie création ! La création d'actions et de réactions en chaîne, avec des personnages en chair et en os, y compris celui de l'auteur. Et pour comble, l'histoire se déroulerait à l'insu des acteurs, malgré eux, comme s'ils étaient de simples marionnettes.

« Suis-je un monstre ? se demanda Dane en sirotant d'un air sombre son quatrième gin-tonic. Mais tout écrivain n'en est-il pas un ? Des cannibales qui se nourrissent de la chair de leurs amis et de leurs ennemis sans distinction et les transforment en une autre sorte d'énergie pour le simple plaisir de la digestion. Et combien suivant l'économie humaine disparaissent dans l'égout ? »

La vérité, c'était que tout écrivain de quelque valeur donnerait une année de sa vie pour vivre une expérience semblable. (Thackeray arrivant dans l'*Histoire* d'Henry Esmond : « – Que se passe-t-il, Henry ? – Je viens de tuer le colonel Newcombe ! » Comme ce bon vieux Thackeray aurait bondi sur une telle aubaine, telle une truite qui frétille au bout de l'hameçon.) C'était un lieu commun de dire que les écrivains faisaient de la limonade avec les citrons que la vie leur tendait. Cela devenait un mauvais pink lady rosé et douçâtre, mais quelle couleur, quel goût, si ça se passait en vrai…

À la fin de son sixième gin-tonic, Dane dessinait des lignes audacieuses sur la table avec l'eau de condensation de son verre. Il s'arrangerait pour rencontrer Sheila Grey. Il lui ferait l'amour. Il la rendrait amoureuse de lui. Il supplanterait son père auprès d'elle. Ça devrait suffire. Quelle serait la réaction de son père à l'idée d'être destitué par son propre fils ? Ou à l'idée de partager « la clé de l'appartement » avec lui ? (L'esprit de romancier de Dane jouait avec l'idée que cette Sheila qu'il ne connaissait pas encore trouverait piquant de coucher une fois avec le père, une fois avec le fils en alternance.) Bien sûr, il regrettait pour son vieux. (À quel âge est-on vieux, Dane ?) Le choc que recevrait son ego l'anéantirait. Eh bien, ça lui apprendrait ! Il n'aurait plus qu'à retourner d'où il venait, c'est-à-dire auprès de sa femme. Et après, quoi ? Laisser tomber Sheila ? Se remettre au travail ? Pourquoi pas ? Ça lui apprendrait à elle aussi à briser un solide foyer américain, et épiscopalien de surcroît !

Dane gloussa. Son rire ne tarda pas à se transformer en ricanement. Après son septième gin-tonic, il ne doutait plus du succès de son plan. Bon Dieu, à quoi ressemblait-elle ? En vain, il essaya de se souvenir. Il l'avait croisée dans le hall de l'immeuble de ses parents à trois ou quatre reprises, mais chaque rencontre avait eu lieu à des époques où il était amoureux et n'avait donc d'yeux pour aucune autre femme que pour celle qui occupait son cœur. Il avait vu sa photo dans *Vogue* et plusieurs fois dans les journaux du dimanche, mais son visage demeurait flou. Elle ne pouvait être réellement laide, il se le rappellerait. Elle devait donc être relativement agréable à regarder, Dieu merci.

Il décida de prendre juste un dernier verre.

Il tenait une bonne cuite quand le téléphone sonna sur son bureau. Le timbre strident le fit grimacer. Cela s'accordait tout à fait avec sa vision générale de la vie ce matin-là. Ses cogitations l'avaient amené au fond d'une impasse dont il n'avait pas encore réussi à sortir. Animé par la volonté de l'homme sobre décidé à prendre le taureau par les cornes, il avait imaginé un dialogue entre Sheila Grey et Dane McKell :

– Miss Grey, je travaille sur un nouveau roman... Peut-être connaissez-vous mes premiers livres...

– Non, je suis désolée, Mr McKell, mais j'en ai entendu parler.

Cela semblait une entrée en matière tout à fait plausible. McKell l'aîné n'avait sans doute pas manqué de mentionner les exploits littéraires de son fils, tels qu'ils étaient, et Sheila Grey étant elle-même une personnalité à la mode, on pouvait penser que cela ne la laissait pas indifférente.

– Mes livres ont été plutôt malmenés par la critique, mais je place beaucoup d'espoir en celui-ci. Si vous vouliez bien m'aider...

– Vous aider, Mr McKell ?

Voilà qui serait du rayon sourcil relevé accompagné peut-être d'une lueur d'intérêt.

– Voyez-vous, miss Grey, un des personnages

principaux de mon roman est un couturier célèbre. Si je voulais écrire l'histoire d'un chauffeur de taxi, tout ce que j'aurais à faire serait de me balader en taxi, mais pour tracer le portrait d'une personnalité éminente de la haute couture, je ne vois que vous. Vous êtes la seule accessible. J'espère ne pas abuser...

D'ordinaire, elle répondrait sans doute très clairement :

– Si, vous abusez.

Mais vu les circonstances, il prévoyait un :

– Eh bien... comment pourrais-je vous aider ?

Pour que les gens s'intéressent à vous, avait appris Dane, il ne fallait pas leur venir en aide, mais au contraire les amener à vous venir en aide.

– En m'autorisant à vous regarder travailler.

Ce serait là une réponse irrésistible. Miss Grey serait obligatoirement flattée, même si la célébrité l'avait rendue blasée. A moins qu'il ne se trompe dans ses prévisions ? C'est à ce moment-là qu'il avait commencé à souffrir de sa gueule de bois. En effet, Sheila Grey serait peut-être flattée s'il était Tom Brown ou Harry Schnitzelbach, mais il était le fils d'Ashton McKell. La prudence qui à ses yeux s'imposait lui causait de douloureux élancements dans la tête. Pour obtenir un rendez-vous il lui faudrait donner son nom. Et même si très peu de temps s'écoulait jusqu'à ce qu'ils se rencontrent, ce serait toujours assez long pour qu'elle s'interroge et se tienne sur ses gardes. Or, cela ne ferait pas son affaire.

Il arpenta de long en large son appartement, ressassant ses pensées, essayant de trouver une solution.

« Si on ne peut pas surmonter l'obstacle, il faut le contourner », ne cessait-il de se répéter.

Mais comment ? Il n'en avait aucune idée.

Quand la sonnerie du téléphone retentit, il décrocha avec une grimace de douleur.

C'était Sarah Vernier.

– Tu es énervé, Dane, dit-elle. Je le sens. Je t'ai interrompu dans ton travail.

– Non, tante Sarah, c'est que...

– Chéri, je voulais simplement savoir si tu venais à Twenty Deer pour le week-end.

Mrs Vernier n'était pas sa tante mais sa marraine, et ce n'était pas une consanguinité qui les rapprochait mais une sympathie mutuelle de longue date. Twenty Deer avait été un de ses lieux favoris lorsqu'il était enfant et, devenu adulte, il avait gardé le même attachement pour cet endroit grâce au charme de Sarah Vernier, à l'excellence de sa table et à la cave de son mari français. C'était la propriété près de Rhinebeck où il avait envisagé d'aller se réfugier – avant les révélations de sa mère – pour le week-end qu'il s'était promis alors de ne surtout pas passer en ville.

– Je crains que ce ne soit impossible, tante Sarah.

– Allez, vide ton sac ! Qu'est-ce que vous avez donc tous ? Quelqu'un a fait courir le bruit qu'on avait la peste ou quoi ?

– Vraiment, ce serait volontiers mais...

– Bon, je te crois. C'est à cause d'une fille, c'est ça, petit démon ? (Mrs Vernier avait l'air ravie.) Parle-moi d'elle.

– C'est pire. Un nouveau livre, tante Sarah.

– Oh, mon Dieu. Toujours ton obsession.

Le week-end était fichu, personne ne venait à Twenty Deer. Elle allait être seule avec Jacques – un homme adorable, n'est-ce pas ? mais un éternel enthousiaste qui se trouvait toujours de nouvelles marottes. Il y avait deux ans c'était la culture biologique, l'année dernière les orchidées, cette année les faucons.

– Des bêtes sauvages qui sentent mauvais et mettent tout en l'air, expliqua Mrs Vernier. Heureusement il les garde dans une grange, comme ça je ne suis pas obligée de les voir. Mais par contrecoup, bien sûr, je ne vois jamais Jacques non plus. Je me demande finalement si je ne vais pas venir en ville, histoire de lui donner une leçon.

– Pourquoi pas ? répliqua Dane, sautant sur l'occasion.

C'était aussi simple que ça. Dans un instant il serait stupéfait de son esprit d'à-propos. Pour le moment, il n'avait que le temps de le suivre.

– Mais tout le monde s'en va, dit Sarah. Il n'y a pas un chat le week-end à New York.

– Tu peux toujours faire les magasins.

– Avec qui ? Tu sais bien, mon chéri, que ta mère – Dieu la bénisse – est loin d'être drôle. Elle pourrait tout aussi bien s'habiller à l'Armée du Salut. Et toi, tu es bien trop occupé. A moins... que tu ne sois libre ?

– Pour toi, tante Sarah ? Toujours !

Tellement facile. L'amour de Sarah Vernier pour le lèche-vitrines était proverbial à l'intérieur et à l'extérieur de leur cercle de fréquentations. C'était aussi un des sujets de conversation avec lesquels elle réussissait à vous faire périr d'ennui. Et Dane savait tout de ses boutiques préférées.

Selon son habitude, Sarah Vernier commença par quelques bagatelles pour s'élever dans la hiérarchie des achats et finir en beauté. Elle se rendit chez Tiffany's et commanda pour son mari des boutons de manchettes à motif de faucon. Elle alla ensuite chercher chez Carriage House deux supports à cure-dents en cristal taillé, histoire de compléter sa collection. Dans une nouvelle boutique de la 80e Rue Est, elle finit par se dégoter un « amour » de chapeau, et dans la librairie de Léo Ottmiller, la passion de Jacques pour les faucons ne cessant de la hanter, elle acheta un traité de fauconnerie. Ils déjeunèrent à La Colonie. Elle attaqua sa vichyssoise et son poulet froid avec entrain.

– Où allons-nous ensuite ? demanda-t-elle. Oh, Dane, c'est vraiment une idée du tonnerre. Je m'amuse tant.

– Chez Macy's[1] ?

– Oh, le vilain ! s'écria-t-elle. Je sais. Chez Sheila Grey !

– Chez Sheila Grey ? répéta Dane comme si ce n'était pas dans ce seul but qu'il avait fait traverser à Sarah Vernier la moitié de la vallée de l'Hudson. Bien sûr, ajouta-t-il avec juste ce qu'il fallait de détachement.

Il avait dû l'entendre dire une bonne centaine de fois : « Je m'habille toujours chez Sheila Grey. »

– Tu as l'air d'un porteur de safari, dit-elle quand, le déjeuner terminé, ils se retrouvèrent dans la rue. Pourquoi ne pas déposer ces paquets quelque part ?

– Ils sont légers comme l'air.

Il était primordial dans son plan de bataille d'arriver chez Sheila Grey en donnant l'image même du gentleman au service des dames qui se livrent à leur tour exhaustif des magasins. Et pour couper court aux considérations de sa tante, il la poussa dans un taxi.

Ils y étaient donc, dans cette antre. La maison de couture de la 5e Avenue de Sheila Grey.

Pendant que Mrs Vernier échangeait un bonjour aimable avec la vendeuse-chef – cheveux gris et tailleur strict –, Dane s'éloigna à dessein pour faire quelques pas dans le salon, les bras toujours

1. Macy's : grand magasin dans le quartier de l'industrie textile au centre de Manhattan.

chargés de ses paquets. Il ne voulait pas les poser. Pas tout de suite. Il portait un regard véritablement intéressé sur la reproduction d'un Pieter de Hooch – la personne qui avait choisi les tableaux du salon n'avait de toute évidence pas appris son métier dans le sillage de ces décorateurs qui remplissaient les chambres d'hôtel en Amérique avec des milliers de faux Utrillo et de pseudo-Georgia O'Keefe – quand une voix fit derrière lui :

– Laissez-moi vous débarrasser, Mr McKell.

Il pivota et se trouva face à face avec une jeune femme de son âge, chic, l'air un peu distrait, un désordre à peine perceptible dans sa tenue. Dane allait décliner son offre mais elle lui prit les paquets des mains.

– Je me présente, Mr McKell. Sheila Grey.

Même s'il l'avait préparée depuis deux semaines, cette rencontre n'aurait pas pu être plus réussie. Il n'avait pas vu arriver la styliste, il ne l'avait pas reconnue. Sa surprise était donc naturelle.

– Merci, miss Grey. Que je suis sot de ne pas vous avoir reconnue !

Elle tendit les paquets à une jeune femme qui venait de se matérialiser comme par enchantement et qui tout aussi discrètement disparut, et elle sourit.

– Il n'y a aucune raison pour que vous me reconnaissiez, mais bien sûr, si vous étiez une cliente, cela m'inquiéterait.

Dane bredouilla quelques paroles indistinctes.

Son cœur n'avait pas bondi dans sa poitrine, il n'avait pas frissonné de dégoût et n'éprouvait ni rage ni mépris. Il se demandait pourquoi quand Sarah Vernier arriva, rayonnante.

– Sheila, voici mon filleul, Dane McKell. N'est-il pas mignon ?

– Je n'utilise pratiquement jamais cet adjectif,

Mrs Vernier, dit Sheila Grey en souriant. N'y trouvez-vous pas à redire vous-même, Mr McKell ?

– Je ne trouve jamais rien à redire à ce que tante Sarah dit, miss Grey. Mais au fait, comment savez-vous mon nom ?

– Je vous demande pardon ?

– Vous m'avez appelé par mon nom à deux reprises il y a quelques minutes à peine.

– Ah bon ? (Son maquillage cachait-il une légère rougeur d'embarras ?) Ma foi, nous nous sommes déjà croisés dans le hall de l'immeuble de vos parents. Vous savez, j'habite l'appartement du dernier étage.

– Bien sûr, fit Dane d'un air piteux. Décidément je suis idiot aujourd'hui. Ce n'est pas mon jour.

Elle n'était ni grande ni petite, mince, plutôt pâle (ou était-ce son maquillage ?), avec des cheveux d'un brun brillant et des yeux gris, très gris. Les traits de son visage étaient si réguliers qu'ils semblaient sans personnalité. Il ne l'aurait certainement pas choisie comme modèle pour le personnage de femme fatale dans un de ses romans. Qu'avait donc bien pu lui trouver son père qui, s'il voulait profiter des occasions qui lui étaient offertes, avait à sa disposition des vingtaines de filles beaucoup plus belles ? Ce n'était pas uniquement à cause de sa jeunesse. La jeunesse, ça pouvait s'acheter ou se louer. Il devait y avoir quelque chose d'autre. Et une légère impatience d'en savoir plus s'empara de lui.

– Ça fait partie de l'image de marque de la « couturière » internationale ? demanda Dane en regardant autour de lui. Je veux dire, tout cet espace inoccupé. A moins que vous n'ayez des clients invisibles, miss Grey ?

– Ils sont invisibles à ce moment de l'année.

(Elle lui rendit son sourire.) Le calme équatorial est à son apogée ou à son plus profond. Cela dépend comment on le mesure.

– Je ne suis pas assez vieux loup de mer pour vous renseigner.

– Dane, je croyais que les écrivains savaient tout, dit Sarah Vernier, ravie de cette entrée en matière. Vous savez, Sheila, Dane est en ville pour travailler sur son nouveau livre.

– Alors, nous sommes tous les deux dans le même bateau qui prend l'eau, Mr McKell, observa Sheila, les sourcils – qu'elle ne s'épilait pas, remarqua-t-il – relevés.

– Vous écrivez vous aussi ? Sur la haute couture, j'imagine.

– Mon Dieu, non, je sais à peine écrire mon nom. (Son rire était plutôt sympathique. Un rire frais, vif, franc comme une vigoureuse poignée de main.) Non, je reste en ville pour travailler sur ma nouvelle collection.

– Ohhhhh... ! fit Sarah Vernier sur une inflexion ascendante.

– Le défilé d'automne est programmé pour novembre, poursuivit la styliste. D'ailleurs en ce moment précis je devrais être chez moi devant ma planche à dessin. En fait...

Dane comprit qu'elle se préparait aimablement à prendre congé.

– Sheila, il ne faut pas, gémit Mrs Vernier.

Elle avait fait toute cette route depuis Rhinebeck, personne d'autre ne savait bien la conseiller, elle voulait quelques tenues pour l'été et l'automne.

– Dane, aide-moi.

– Je serais le dernier à empêcher une malheureuse âme de retourner au supplice de la création, miss Grey, mais si vous acceptez d'accorder à tante Sarah un peu de votre temps, je vous propose de vous déposer ensuite chez vous.

– Là ! s'exclama Mrs Vernier sur le ton de vous-ne-pouvez-plus-refuser-maintenant.

– Oh non, non, c'est inutile, répliqua vivement Sheila.

« Vous aimez vous faire prier, cher cœur... » pensa Dane qui insista de façon enfantine.

Il n'avait encore jamais rencontré de styliste, il s'en remettait à cette collègue de la créativité, etc.

– Et pensez donc à la malheureuse tante Sarah, conclut-il, condamnée à porter les mêmes hardes pendant tout l'été.

– Je vous précise, Mr McKell, que les hardes en question sortent de ma maison de couture.

– Oh, mais Sheila, intervint Mrs Vernier, j'ai acheté ces vêtements en avril.

– La riposte suprême, murmura Dane. Vous ne pouvez tout de même pas exiger d'une femme qu'elle porte en été des vêtements achetés en avril ? Ce n'est pas dans la constitution, miss Grey.

– Est-ce là un échantillon de vos dialogues ? répliqua Sheila en souriant. Eh bien, c'est entendu. Mais si les Français et les Italiens nous passent devant à la prochaine saison, vous saurez à qui en incombe la faute.

– J'accepte cette terrible responsabilité. Je m'offrirai aux crachats et aux lynchages de la foule en colère.

– Et moi pendant ce temps, je courrai à la ruine. Maintenant, Mr McKell, vous allez vous asseoir là-bas, sur ce canapé, et vous tourner les pouces. Ici, ce sont les femmes qui travaillent.

Il était clair que cette rencontre, à défaut de l'intéresser, l'amusait. Peut-être aussi le sentiment du danger avait-il pesé dans sa décision.

« Est-ce que j'exagère ? se demanda Dane. Peut-être s'imagine-t-elle que c'est le moyen le plus facile de se débarrasser de moi. Satisfaisons le caprice du petit garçon et renvoyons-le à sa tatie. »

– Sheila, que pensez-vous de ce modèle-ci ?

– Non, ça ne me plaît pas. Billie, apportez le shantung bleu et blanc.

Peu à peu la styliste laissa adroitement Sarah Vernier aux mains de ses habilleuses, et s'assit à côté de Dane pour bavarder de livres, de New York en été et d'une douzaine d'autres choses. À point nommé, elle intervenait pour ôter un doute de Sarah Vernier ou rejeter une suggestion qu'émettait une de ses vendeuses.

« Elle sait tenir son monde, se dit Dane. Je me demande comment elle s'y prend avec papa. »

– Bon, je crois que nous avons traversé le Rubicon, fit-elle soudain en se levant. (Dane bondit sur ses pieds.) En définitive, Mrs Vernier ne sera pas obligée de se promener en guenilles. Maintenant il faut vraiment que je vous laisse.

– Je vous reconduis comme promis.

– Vous n'en ferez rien, Mr McKell, bien que j'apprécie la noblesse de votre geste. Prenez soin de Mrs Vernier. Je rentrerai en taxi.

– Pouvons-nous dîner ensemble ? enchaîna-t-il vivement.

Elle le regarda.

« Presque, pensa-t-il, comme pour la première fois. »

Avait-il fait une gaffe ? Était-il allé trop vite ? On lisait une franchise surprenante dans son calme regard gris. Il devrait veiller à ne pas commettre d'impair.

– Pourquoi vouloir m'inviter à dîner, Mr McKell ?

– J'ai des motifs cachés. À vrai dire, j'ai besoin de connaître le monde de la haute couture de près et je ne vois pas d'autre moyen plus agréable que de dîner ensemble maintenant que j'ai rencontré la personne dont tante Sarah me rebat les oreilles depuis si longtemps. Est-ce possible ce soir ?

– Non, je rentre chez moi et je travaille tout le week-end.

– Excusez-moi. Je ne suis qu'un casse-pieds !

– Mais pas du tout. C'est plutôt moi qui ne me montre guère coopérative. Nous pourrions déjeuner ensemble lundi.

– Vous voulez bien ? C'est vraiment gentil. Vers une heure ? Une heure et demie ? Dites-moi où et quand, miss Grey.

Sheila hésita. Dane avait l'impression qu'elle se trouvait confrontée à un dilemme.

« Cela veut dire que je ne lui répugne pas », conclut-il, et un frisson le parcourut.

– Si vous êtes vraiment intéressé par mon travail, l'univers de la mode... Je vais vous dire, Mr McKell... Pourquoi ne pas me rejoindre un peu plus tôt lundi ? Disons à midi ? Ainsi on aura le temps de voir quelques éléments de base.

– Fantastique, dit Dane. Vous ne pouvez pas savoir ce que cela représente pour moi, miss Grey. Lundi midi, alors. Tante Sarah ?

– Oh, vous deux, vous vous entendez à merveille, s'écria Mrs Vernier, radieuse.

Dane avait été normalement conscient que les femmes s'habillent et que la création de ces habits est un sujet d'une plus grande importance, disons, que la conception d'un porte-avions nucléaire. Il avait une vague notion de la rivalité qui opposait les maisons de couture américaines et européennes, concurrence qui contribuait à développer un état de mystère et qui faisait qu'on répondait un faible oui à la question : Est-ce que la maison de couture Macy le dit à Gimbels ? Cependant il n'avait pas pensé trouver les vigiles de Pinkerton en faction à chaque coin et recoin des bureaux de la maison de couture de Sheila Grey.

– On se croirait à la C.I.A. ! s'exclama-t-il.

La comparaison n'était pas totalement inexacte. À un degré moindre, à une échelle infiniment plus petite, les coulisses de la haute couture offraient bel et bien une ressemblance avec le Pentagone en pleine crise de démence.

Des hommes à l'allure dévouée d'idéalistes voulant faire carrière, des femmes qui donnaient l'impression d'avoir étudié à l'école de Mata Hari, des sous-fifres zélés des trois sexes et des femelles assorties, telles des disciples ardentes, étudiaient des plans, plissaient leurs yeux fatigués sur des esquisses, allaient d'un bureau à l'autre, avec le regard éteint de zombies. Ils examinaient des échantillons de tissus comme s'il s'agissait d'armes secrètes, et scrutaient, les lèvres pincées, de jeunes mannequins ravissantes qui, pour tout l'effet que faisait leur beauté, auraient pu aussi bien être en plastique. Car dans cet antre seuls les vêtements étaient considérés comme des créatures vivantes

– Et chaque année, c'est pareil ? s'enquit Dane.

– Oui, venez, je vais vous montrer.

Écoutant sa litanie, Dane suivit Sheila.

Marc Bohan de chez Dior, Crahay de chez Nina Ricci, Castillo de chez Lanvin (comme tant de saints médiévaux, de vassaux, ou comme Isaac d'York ou encore MacDonald des Iles), Cardin, Chanel, Jacques Heim, Balmain, Goma, Vernet, et le sacro-saint Yves Saint Laurent. Au ton de Sheila, Dane comprit que Saint Laurent pouvait guérir de la scrofule par simple imposition des mains.

– Pour ne parler que de la France, précisa Sheila.

Il prenait des notes.

– C'est comme le vin, expliqua-t-elle. Tout

Français qui a deux sous de raison admettra que certains vins français sont inférieurs à leurs homologues américains. Mais nous sommes tellement snobs ! On préfère un vin médiocre qui arbore une étiquette française à un vin de première qualité californien. Si Saint Laurent est le meilleur, ce n'est pas parce qu'il est français mais parce qu'il est Saint Laurent. Une autre chose qui me rend dingue, ce sont les femmes qui ne vont que chez les couturiers hommes. Ça me met dans une rage folle !

– Cela vous va bien, dit Dane.

C'était vrai. L'énervement lui avait coloré les joues et ses yeux étincelaient.

Elle partit d'un de ses rires frais et brefs.

– Allons déjeuner.

– J'avais oublié qu'un déjeuner pouvait être aussi amusant, dit Sheila Grey. Merci, Mr McKell.

– Appelez-moi Dane.

– Dane. Êtes-vous sûr d'écrire un livre dont l'action se situe dans le monde de la couture ?

– Pourquoi ? En doutez-vous ?

– Je suppose que je ne fais pas confiance aux gens qui ont des motifs secrets. (Elle se mit à rire.) Je suis toujours sur mes gardes.

– La seule arrière-pensée que je pourrais avoir serait très personnelle, et je ne crois pas qu'une femme pourrait m'en vouloir pour ça.

– Bon, eh bien, dit-elle en se levant, je dois reprendre le collier.

– On pourrait se revoir bientôt ? Demain ?

– Je ne devrais pas...

– Une autre session de travail dans votre bureau et après on déjeune ?

– Arrière, Satan ! D'accord, je me rends.

Et ce fut tout. Il la ramena à son salon de la Cinquième Avenue. Pendant le trajet elle ne parla que de son travail et il prit des notes. Le soir, en faisant le point sur l'après-midi qu'il venait de passer, il aboutit à plusieurs conclusions. Que Sheila Grey était d'un abord facile. Du moins, ce qu'elle voulait, elle le prenait. Est-ce que sa liaison avec son père avait commencé de cette façon directe ? Avait-elle rencontré Ashton McKell dans l'ascenseur et, ayant décidé une bonne fois pour toutes « cet homme est pour moi », l'avait-elle invité à prendre un pot chez elle ?

Il se surprit à souhaiter avoir fait sa connaissance dans d'autres circonstances. Il admirait son honnêteté d'esprit et de manières, trait de caractère qui la différenciait radicalement de la plupart des femmes. Et ce visage clairsemé de taches de rousseur qu'il avait vaguement distinguées à la lumière du jour lui plaisait. Pour étrange que cela puisse paraître, elle n'éveillait pas l'instinct agressif de l'homme dans la bataille des sexes. Il semblait qu'on pouvait entrer dans sa vie tranquillement, sans histoire. Elle acceptait ou refusait, tout simplement. Dane aimait ça.

Il soupira. Entre Sheila Grey et lui s'élevaient l'arrogance égoïste de son père et l'abnégation impuissante de sa mère. Cette femme avait choisi de devenir la maîtresse de son père quelques mètres au-dessus de l'épouse délaissée. Elle en supporterait les conséquences.

Le seul point noir dans leur amitié grandissante rôdait dans le cœur de Dane. Sheila était adorable. Au cinéma en plein air elle mangea du popcorn comme les adolescentes autour d'eux, les yeux rivés sur l'écran où une tache géante venue de l'espace engloutissait des gens minuscules et se répandait sur les immeubles jusqu'à ce que le savant à l'allure de jeune premier et son assistant réussissent grâce à leur dernière invention, le rayon de la mort, à la détruire. Elle battit des mains quand il lui fit découvrir un petit restaurant tenu par les disciples d'une secte hindoue, et dégusta son fromage au lait caillé avec ravissement comme si elle sortait d'un des *Contes de ma mère l'Oye*; et quand le propriétaire barbu lui fit goûter un morceau de candy à la figue en disant :

– C'est pour régulariser le transit, sahibab, – elle sourit, le prit et remarqua :

– J'aimerais bien qu'il existe une potion magique pour encourager la régularité en haute couture. On a attrapé un employé ce matin avec un appareil photo miniature. Naturellement je l'ai mis à la porte et j'ai détruit la pellicule. Mais on ne peut s'empêcher de se demander si hier par exemple quelqu'un d'autre n'est pas passé à l'as. Enfin, on le saura si des copies de nos modèles sont en vente dans la 14e Rue au prix de 7,98 dollars le lendemain du défilé d'automne.

De toute évidence l'art de l'espionnage industriel dans l'univers de la haute couture était extrêmement développé.

– Je pourrais vous donner suffisamment de tuyaux pour remplir une douzaine de romans, dit Sheila sans gaieté.

– J'ai déjà assez de problèmes avec celui-ci, répondit-il en souriant. Au fait, ça vous va de dîner à huit heures ?

Cette fois-ci, Sheila le regarda droit dans les yeux. Un regard qui le crucifia.

– Vous êtes idiot, mais gentil. Je porterai une mantille et je mordillerai un pétale de rose rouge.

Il se sentit mal à l'aise. Tout se passait trop bien. Et puis il s'empressa d'écarter ses scrupules.

Ils dînèrent dans un petit restaurant belge qui proposait des prix exorbitants, firent une promenade en ferry jusqu'à Staten Island, visitèrent

Hoboken où ils se baladèrent un moment et s'accordèrent pour dire que certains endroits de la ville avaient un air vieille Europe. Dane les compara au 14e arrondissement de Paris. Sur le ferry du retour, alors qu'ils se tenaient côte à côte à l'avant du bac, Dane prit la main de Sheila. Ça aurait pu être celle de n'importe quelle femme qui lui plaisait. La main fraîche et amicale de Sheila resta dans la sienne. Le vent jouait avec sa chevelure, les grands quais surgirent dans la nuit et Dane eut un serrement de cœur.

– Ça vous tente, le zoo de Central Park demain ? dit-il sans calcul de sa part. Le tatou grillé là-bas est sensass !

– Et c'est vous qui le fournirez aussi ? (Le rire de Sheila résonna tristement.) Non, Dane, j'ai trop fait l'école buissonnière. Vous êtes vraiment sans pitié avec moi.

– À souper alors ? Je connais un bar arménien…

– Non, vraiment, c'est impossible. J'ai beaucoup trop pris de retard. Demain, c'est hors de question.

Le lendemain c'était mercredi. L'idée frappa Dane avec la violence d'un coup de batte. Bien sûr. Elle ne recevrait même pas Yves Saint Laurent ce soir-là. Car le mercredi soir était réservé au papa.

Néanmoins il y eut d'autres jours et d'autres soirs. Les combats de boxe, un ballet-opéra dans une grange du Connecticut, une fête foraine, un dîner en habit au Pavillon et le lendemain soir un dîner Chez Lindy où ils dégustèrent du foie haché. Ils passèrent également des soirées chez Sheila à écouter la hi-fi ou à regarder les rediffusions de l'été à la télévision. Ces soirs-là Sheila préparait elle-même à manger.

– J'ai fait un pacte avec les gens du surgelé, dit-elle en paraphrasant la vieille plaisanterie. Ils ne dessinent pas de vêtements et je ne me mêle pas de jouer au chef-cuisinier.

– Ne vous excusez pas, dit Dane. Les dîners-télé constituent notre seule forme d'expression artistique indigène.

Elle se mit à rire en renversant la tête en arrière. A la vue de son cou laiteux, il sentit un frisson libidineux le parcourir et il se demanda s'il ne devait pas encourager ce sentiment. Après tout, il escortait Sheila depuis un bon moment maintenant sans chercher à la séduire. N'allait-elle pas finir par trouver son comportement anormal ?

Le téléphone sonna. Elle décrocha en riant.

– Oh, bonsoir, dit-elle sur un tout autre ton. (Elle se renfonça dans son fauteuil. Dane soupira. Le moment d'intimité était passé.) Comment ça va ? Non, je vais bien. Je ne peux pas dire.

Elle jeta un regard à la dérobée vers Dane, un simple battement de cils, et il se dit :

« C'est mon père. »

Il se leva, alla à la fenêtre. Sheila baissa la voix. Le visage de Dane se reflétait dans la vitre. Un visage dur et menaçant, et – lui sembla-t-il – diabolique.

– J'aimerais bien un verre, dit Sheila derrière lui.

Le coup de fil était terminé. Elle paraissait plus pâle, comme délavée, et le sourire sur ses lèvres avait quelque chose de complaisant.

« C'est ainsi qu'apparaît la femme adultère,
Elle mange et s'essuie la bouche et dit :
Je n'ai rien fait de mal. »

Il eut un pincement au cœur et fut content d'avoir le prétexte de bricoler avec les bouteilles et les glaçons pour se détourner.

Par la suite, Sheila reçut d'autres coups de téléphone en sa présence – deux fois à son bureau, deux fois encore à son appartement – qui, supposait-il en se fiant au ton de voix prudent qu'elle adoptait, étaient de son père.

Un soir vers la fin du mois d'août ils allèrent voir un vieux film dans un cinéma d'art et d'essai dans le Lower East Side. Il était presque trois heures du matin quand ils en émergèrent. Dans la voiture, tout en conduisant, il passa le bras autour de ses épaules. Elle s'écarta.

– Je ne suis pas partisane de la conduite à une seule main. N'est-ce pas plus sûr ainsi ?

Ce fut elle qui l'enlaça. Malgré lui, Dane se sentit trembler.

– On s'arrête quelque part ? Que dites-vous d'une halte Chez Ratner et d'une portion de borchtch ?

– Cette soupe rose à la crème aigre ? (Sheila fit une moue.) Je crois que je préfère un dernier verre. Prenons-le chez moi.

– D'accord.

Ça semblait naturel. Entrer dans le hall de l'immeuble lui avait causé, chaque fois qu'il raccompagnait Sheila, une sorte de choc. Savoir que ses parents dormaient tout près le gênait. Depuis cependant il s'était endurci et ne s'arrêtait plus à ce genre de scrupules. D'ailleurs, il ne s'arrêtait plus à grand-chose ces derniers temps.

– Entrez, Dane.

– Ça me fait penser, dit-il en lui emboîtant le pas, à un ami. Une beauté tropicale qu'il avait rencontrée à une soirée l'invite à prendre un dernier verre dans son appartement. Il accepte et monte chez elle. Là, il est accueilli par un ocelot d'appartement en train d'arpenter le salon de long en large. Arthur jure qu'il était aussi gros qu'un léopard. Inutile de dire que tout ce qu'il a obtenu, c'est un verre qu'il a à moitié renversé sur le tapis.

– Eh bien, c'est le soir de congé de mon ocelot,

répondit Sheila. Aussi ne renversez pas votre verre. Pas sur ce tapis tissé main au Jutland, si vous tenez à savoir. Je vous sers quoi comme poison, part'naire ?

Une lumière douce éclairait le salon de style moderne scandinave. Il s'en dégageait toujours une atmosphère paisible qui semblait encore plus extraordinaire cette fois-là. Un sentiment de contentement envahit Dane et avec, un peu d'excitation. C'était ce qu'il y avait de plus étrange. Sheila concoctait leurs verres au bar, chantonnant la mélodie absurde d'une chanson absurde de W.C. Fields qu'ils avaient entendue au cinéma d'art et d'essai. Elle prit la glace et il aperçut un sourire tranquille éclairer son visage. Ça se passa donc ainsi, sans calcul de sa part, sans que le fantôme de son père le foudroie du regard du seuil du living-room. Il ne s'agissait pas d'une scène de son roman écrite à l'avance. Au contraire, ce fut aussi naturel que de respirer. Dane enlaça Sheila. Sheila se tourna vers lui avec ce même sourire, leva son visage parfait, ferma à demi les paupières. Ils s'embrassèrent. La bouche et le corps de Sheila qui s'écrasaient contre lui étaient tendres, doux, pleins. Jusqu'à cet instant il n'avait jamais songé à son corps, sauf quand il imaginait la jeune femme dans les bras velus de son père, image répugnante.

– Je suis heureuse que tu aies attendu, chéri, l'entendit dire Dane.

Il vit sa main lui tendre un verre, elle leva le sien. Ils burent en silence, les yeux dans les yeux. Puis Dane posa son verre, prit sa main, une petite main forte et blanche à la paume tachée d'encre de chine violette, qu'il effleura des lèvres et s'en alla.

Ce soir-là, tout en se déshabillant pour se coucher, la vérité lui traversa l'esprit pour la première fois.

« J'ai atteint mon but, se dit-il. Elle est prise au piège. Maintenant je n'ai plus qu'à manœuvrer pour me venger... Mais tout est fichu ! »

Alors cette vérité effroyable s'imposa à lui :

« Je suis amoureux de Sheila. »

Il était amoureux de la maîtresse de son père. Ce baiser ne symbolisait pas le début d'une liaison, mais entérinait plutôt leur relation, marquait l'aboutissement de jours et de nuits d'exploration de l'autre, de ces confrontations d'idées et de comportements, de ces rires et de ces silences qui rapprochent deux êtres. C'était le sceau d'un contrat qu'il n'avait jamais pensé signer.

« Je suis heureuse que tu aies attendu, chéri », avait-elle dit. Elle éprouvait la même chose de son côté. Elle avait expérimenté la qualité spéciale de leur relation, scellée par ce baiser. S'il s'agissait d'un début, ce n'était pas le début d'une liaison passagère, mais d'une relation durable.

L'incroyable édifice fait de confusion venait de s'écrouler sur sa tête. Qui punissait-il ? Son père, oui. Sa mère, plus encore. Et lui-même par-dessus tout.

Or, ce n'est pas ce qu'il avait prévu. Tout allait de travers, tout était déformé et bien loin de ce qu'il avait tenté de façonner. Tout le monde allait souffrir. Sa mère, son père, lui... et Sheila.

Il ne cessa de se tourner et de se retourner dans son lit pendant le reste de la nuit.

Dane s'éveilla avec un sentiment de fatalisme, voisin de l'insouciance. Les choses avaient tourné ainsi. Tant pis pour le reste. Avec le petit déjeuner cependant vint la prudence.

« Réfléchis bien, se dit-il. Ne te précipite pas. Peut-être construis-tu un rêve à partir de ce qui n'est qu'un simple baiser. »

Ce n'était pas réellement ce qu'il éprouvait et il était sûr de ne pas se méprendre sur les sentiments de Sheila non plus. Toutefois il devait prendre cette éventualité en considération. D'ici un jour ou deux, il se serait calmé et les choses retrouveraient leur dimension normale.

Au fur et à mesure que la journée s'écoulait, il se sentait tenaillé par le désir d'entendre la voix de Sheila. Travailler était hors de question. Et si elle prenait son silence pour de l'indifférence ? Il ne fallait pas, il ne fallait pas. En outre... cette voix profonde et rauque qu'elle n'avait pas à d'autres moments...

– Sheila ! Dane.

– Je sais.

C'était comme du miel chaud, cette voix.

– Il faut que je te voie. Ce soir ? Cet après-midi ?

– Non, Dane. Je veux réfléchir.

– Demain ?

– Oui.

– Je t'aime, Sheila.

Elle ne répondit pas, comme si elle cherchait à lui résister ou à lutter contre elle-même.

– Je sais, Dane, dit-elle enfin. Demain.

Elle se blottit tout de suite dans ses bras. Le creux de sa gorge tressaillit quand il l'embrassa. Il ne parla pas tout de suite.

– Sheila, je veux t'épouser, dit-il en la tenant serrée contre lui.

– Je sais, Dane.

Elle savait !

– Alors, c'est oui ? s'écria-t-il.

– Non.

Il eut la même impression que s'il avait posé le pied là où il aurait dû y avoir une marche et où il n'y avait que le vide. Un sentiment brûlant d'humiliation l'envahit et soudain il pensa à son père. Voilà ce que son père ressentirait. C'était là sa punition pour avoir mis sur pied ce mélodrame de pacotille. Se moquait-elle de lui ? Avait-elle lu en lui depuis le début ? Il la regarda, affolé.

– Chéri, je ne te refuse pas, murmura Sheila.

Elle prit sa tête entre ses mains et l'embrassa sur la bouche.

– J'imagine que je suis un peu lent d'esprit.

– Je t'aime, Dane. Je suis à toi. Tout de suite. Mais il est impossible que je t'épouse.

« Impossible ! se dit-il. Elle est mariée... »

– Tu es déjà mariée ?

– Dieu merci, non ! répondit-elle en éclatant de rire.

Elle scruta son visage, puis sans un mot alla au bar, versa une large dose de cognac dans un verre qu'elle voulut lui faire ingurgiter. Il lui prit brutalement le verre des mains.

– C'est-à-dire que tu veux bien coucher avec moi, mais que tu refuses de m'épouser.

– C'est cela, chéri.

– Mais tu viens de me dire que tu m'aimais !

– C'est vrai.

– Alors, je ne comprends pas.

Elle lui caressa la joue.

– Tu te prenais pour un garçon libéré qui a su se débarrasser de principes éculés et voilà que tu découvres que tu es adorablement vieux jeu ! Non, non, tais-toi, Dane. Il faut que je t'explique. C'est important pour nous deux.

Il ne s'attendait pas du tout à l'explication qui suivit. Elle ne fit aucune allusion à Ashton McKell. En définitive, elle ne rejetait pas un nouvel amant en faveur de son prédécesseur.

– J'ai compris que je t'aimais bien avant hier soir, dit-elle. Je ne parle qu'en mon nom, chéri. Je sais que mes idées sont antisociales et que cette société n'existerait pas si tout le monde agissait comme moi. Au fond je suis une femme égoïste, Dane. Ce n'est pas que je me fiche de ce qui arrive aux autres, mais je me soucie surtout de ce qui m'arrive à moi au cours de cette brève existence qui nous est accordée. Je suppose qu'on peut me qualifier de matérialiste. Ma conception de l'amour ne fait pas nécessairement appel au mariage. C'est tout. En fait, je ne parle que pour moi. Je rejette en bloc l'idée même de mariage. Je ne suis pas plus capable d'être heureuse dans le rôle de ménagère, d'entraîneuse dans un club de loisirs à la campagne ou de jeune mère de famille de banlieue que de renoncer au monde pour prendre le voile.

» Peut-être qu'amour et mariage vont de pair, comme le cheval et la voiture, ainsi que le dit la chanson, poursuivit-elle en prenant la main froide de Dane, mais je suis le produit type de l'ère électronique. Pour moi un anneau au doigt, c'est comme un anneau au nez. Quelle mascarade, le mariage, de nos jours ! Pas étonnant que le divorce soit une de nos industries de pointe. L'hypocrisie du mariage, je ne la supporte pas. Je préfère donc l'éviter. Sérieusement, est-ce que tu m'imagines dans dix ans en train de roucouler dans un cottage recouvert de vigne vierge près d'une cascade d'eau claire ?

Elle se mit à rire. Il la regardait, le visage inexpressif.

– Le problème, bien sûr, enchaîna-t-elle, c'est que je gagne ma vie. Je n'ai donc pas besoin d'un homme qui m'entretienne. Je n'ai certainement pas besoin de ton argent. Je n'en manque pas moi-même. Je n'aspire pas à m'élever dans la société. La position que j'occupe dans mon secteur d'activité me contente amplement. En tout cas, je serais incapable de me sacrifier à ta carrière d'écrivain parce que j'ai la mienne propre. De plus, ma réputation est déjà établie, alors que la tienne est en train de se faire. Se marier, c'est bon pour les bourgeoises…

– Et les enfants ? fit-il amèrement. Ton concept avant-gardiste ne fait-il pas une petite place à ces choses insignifiantes que sont les enfants ?

– Pas vraiment. Que ceux qui en sont capables propagent la race humaine. Dieu sait qu'il y a assez d'enfants sur terre. Je les adore autant que n'importe quel passant dans la rue, mais dans la vie on est confronté à des choix terribles. J'ai choisi, et dans mon univers la maternité n'a pas sa place. Ainsi tu vois, Dane, de qui tu es tombé amoureux.

– Je vois, oui.

– On peut être heureux sans se marier. Tant qu'on est amoureux l'un de l'autre. Tu comprends, chéri ?

Dane crut lire une réelle anxiété au fond de ses yeux. Quant à lui, il avait avalé avec le verre de cognac sa colère et son malaise. Il ne lui restait qu'un vide immense au cœur.

– Non, Sheila, je ne comprends pas. Je ne dis pas que ce que tu proposes soit immoral. Je m'en fiche, de la morale. C'est pire. Ce n'est pas réaliste. S'il est odieux de se marier sans s'aimer, s'aimer sans se marier l'est également. Il faut se faufiler au lieu de marcher la tête haute, rôder dans des coins sombres, se cacher…

– Il ne faut rien de tout ça, rétorqua Sheila. (Elle tenait la tête bien droite et parlait avec calme.) Tu raisonnes comme un écolier, chéri. Le sais-tu ? Un écolier qui s'est satisfait hier soir d'un baiser dans le noir. Vraiment, Dane ! Et maintenant ces discours de petit saint. Et ensuite que vas-tu m'annoncer ? Que tu es resté chaste pour ta petite femme modèle ? La différence entre toi et moi, c'est que tu es un romantique et moi, une femme d'affaires réaliste.

On y arrivait donc. La mégère que cache chaque femme au fond d'elle-même. Il avait cru être un jeune homme raisonnablement intelligent puisqu'il prenait son plaisir où et quand bon lui semblait, et voilà que face à Sheila, il se sentait aussi insignifiant qu'un – comment l'avait-elle appelé ? –, qu'un écolier ! Il la regardait. Il se sentait si loin d'elle. Toute trace de chaleur ou de féminité semblait avoir quitté ce visage régulier, pareil à une sculpture grecque, lisse et impénétrable, qui gardait jalousement ses secrets ensevelis sous les siècles. La philosophie de la jeune femme lui était aussi étrangère que la sienne propre l'était à sa mère. Peut-être était-il resté au fond de lui un éternel fils à papa qui a fait ses études dans la meilleure université. S'amuser tant qu'on est sans attaches, puis se ranger, c'est-à-dire se marier et saisir si possible la première occasion pour prendre du bon temps.

La philosophie de Sheila semblait mépriser toute norme. Il était sûr de ne jamais pouvoir la rattraper, encore plus sûr de ne pas le désirer. Et pourtant... Le vers d'un poème qu'il s'était plu à railler autrefois, lui revint à l'esprit.

« La belle dame sans merci
A fait de toi son esclave. »

Elle eut un rire de gorge comme si elle devinait ses pensées, et ce petit rire accrut son désir d'elle.

– Oh Dane, ne fais pas cette tête sinistre, s'écria-t-elle. Au lieu d'être des amants mariés, nous serons des amants tout court. Un point c'est tout. Dane... Ne me dis pas que tu n'as jamais connu de femmes !

Elle l'observait d'un air horrifié.

Heureusement qu'elle ne souriait pas. Sinon il l'aurait giflée. Le cognac avait été un simple retardateur. Déjà ses oreilles commençaient à bourdonner. Vieille sensation familière que l'énervement provoquait en lui et qu'il redoutait tant.

« Attention, se dit-il. Maîtrise-toi. »

Il ferma les poings.

– Si, j'ai connu des femmes, mais là encore je vais te paraître incroyablement vieux jeu. Je ne suis pas un homme qui cultive plusieurs liaisons. Eh bien, j'ai eu mon compte de déceptions dans la vie. En voilà une de plus.

– Oh, Dane. (Elle s'écarta légèrement.) Tu n'es pas homme à vivre plusieurs liaisons, c'est-à-dire plusieurs liaisons à la fois, n'est-ce pas ? Cela me convient. Et je ne voudrais pas qu'il en fût autrement. Je n'ai nullement l'intention de te partager avec une autre. On n'est pas si différents que ça après tout. Je n'ai pas raison ?

Il serra les lèvres et elle reprit :

– Je ne veux pas affirmer que je n'envisagerai jamais le mariage. D'une certaine façon, c'est à toi de me prouver que t'épouser, c'est ce que je désire au fond de moi. Mais en ce moment précis, ce n'est pas ce que je veux vivre, même avec toi. Moi aussi, je n'aime qu'un seul homme à la fois et aujourd'hui cet homme, c'est toi. Je serai à toi et à toi seulement pour une durée de temps indéterminée. Une semaine, un mois, cinq ans, peut-être pour la vie entière. Comment savoir ? Tu me préviens quand tu désires reprendre ta liberté et je fais de même.

Sheila s'enfonça dans son siège et, le visage toujours anxieux, observa Dane. Celui-ci se mit à arpenter le salon.

Était-il vraiment amoureux d'elle ? Pouvait-il vraiment l'être ? Fallait-il croire qu'elle cesserait de voir son père ? Ou avait-elle l'intention de se distraire avec ses deux prétendants ? Quel maudit coup de théâtre ! Ça avait tout fichu en l'air. Pourtant, comment l'amour pouvait-il faire rater quoi que ce soit ? Il n'était donc peut-être pas amoureux de Sheila...

Il s'arrêta devant le canapé où elle était assise et lui prit les mains.

– D'accord, chérie, on laisse l'histoire s'écrire toute seule. J'accepte tes conditions. Il se peut que j'échappe ainsi à un destin plus tragique que la mort. On est amants, c'est ça ? Alors, allons-y.

Elle l'attira à elle et il s'abandonna à son étreinte.

Le lendemain matin, il était dans un état d'esprit beaucoup plus calme. Ayant savouré le plaisir de tenir Sheila dans ses bras, il ne doutait plus d'elle. Ce n'était pas un jeu. Même si leur liaison ne durait pas longtemps, ce n'était pas un jeu. Il était convaincu qu'elle ne lui mentait pas.

Ainsi Sheila ne vivait pas plusieurs aventures à la fois. Il avait donc atteint son but : séparer son père de Sheila. Dans sa volonté d'être franche, la jeune femme avait probablement expliqué à Ashton McKell au début de leur liaison ce qu'elle venait de lui dire. Ainsi son père ne serait pas étonné qu'elle rompe. Il retournerait auprès de sa mère et tout rentrerait dans l'ordre. Pas besoin de confrontation, pas besoin que ses parents sachent comment le tour avait été joué. Il n'y avait aucune raison pour que McKell l'aîné apprenne que le nouvel amant de Sheila était son fils en personne, et c'était aussi bien si Lutetia croyait que son mari rentrait au bercail de son plein gré. Cela la rassurerait.

Pourtant quelque chose clochait. Un peu comme une fausse note qui finit par troubler l'harmonie générale.

Il voulut donner à Sheila une clé de son appartement.

– Non, pas encore, chéri. Mon statut illicite me plaît encore beaucoup.

À la place elle lui donna la clé du sien. Néanmoins, le mercredi suivant, elle refusa de le voir.

– Je suis simplement un être humain, chéri, dit-elle au téléphone, un sourire dans la voix. Pas ce soir. Demain ?

Le mercredi soir en question, fidèle à son habitude, Ashton McKell ne rentra pas chez lui à la même heure que les autres jours de la semaine. Il s'absenta toute la soirée.

« Sheila m'a donc menti, songea Dane. C'est la seule explication. »

Que fallait-il croire ? À moins que son père ne prît très mal leur rupture et que pour atténuer son chagrin, elle cherchât à rompre progressivement ? C'était ça. Son père supportait mal leur séparation et elle avait décidé de le quitter en douceur. Toujours est-il que père et fils partageaient le même lit rond hollywoodien de Sheila. Cette constatation laissa à Dane un goût amer dans la bouche.

Jusqu'au mercredi 14 septembre. Ce jour-là Dane appela sa mère au téléphone pour prendre de ses nouvelles. Elle allait bien mais était déçue.

– Avec ton père on avait prévu de déjeuner ensemble en ville, expliqua Lutetia. On en parlait ce matin au petit déjeuner quand le téléphone a sonné. Un appel de Washington. Le Président veut voir Ashton aujourd'hui. Notre beau projet s'en est donc allé en fumée. (Elle eut un petit rire métallique.) J'avoue que ton père n'a pas paru apprécier l'honneur qu'on lui faisait. À vrai dire, il était même agacé. Encore un peu il ne voulait pas que je lui fasse son sac de voyage avec ses affaires de nuit. Enfin, il a fini par partir. On ne refuse pas un rendez-vous avec le président des États-Unis d'Amérique.

Ses affaires de nuit.

– Sheila.

– Dane ? Salut, chéri.

– On se voit ce soir ?
– Euh...
– On dîne Chez Louis ?
– D'accord, chéri, mais en début de soirée. Je dois être chez moi avant dix heures.
– Pourquoi ?
– J'ai encore des tonnes de boulot à faire sur mes croquis avant que tout soit prêt pour le défilé d'automne.
Il ne put s'empêcher de se demander quelle excuse elle invoquerait une fois la collection terminée. En même temps, il était perplexe. Son père prenait son sac de voyage... Est-ce que cette histoire de rendez-vous avec le Président était un coup monté ? Ou avait-il seulement inventé qu'il passerait la nuit à Washington ?
Ils prirent la salade spéciale de Louis qui n'était pas sur le menu. Sheila la dégusta comme si un vrai chef l'avait spécialement préparée pour elle. Puis Dane fut prié de ne pas lambiner en buvant son café. A neuf heures et demie ils étaient dehors.
– Un dernier verre sans traîner avant de se coucher, Sheila ?
Visiblement elle ne trouva aucune excuse plausible pour refuser.
Une fois en haut :
– Tu te sers, chéri, tu veux bien ? Moi, je ne prends rien. Je vais me mettre en tenue de travail, et puis tu me laisses.
– Je ne bouge pas d'ici, dit Dane calmement.
Elle se mit à rire.
– Allons, part'naire ! Avale ton verre et file.
– Je ne veux rien boire et je ne bouge pas d'ici.
Le rire de Sheila devint incertain.
– Dane, je ne suis pas sûre d'apprécier cette scène. J'ai du travail.
– C'est faux. Tu ne vas pas travailler. Je reste.
– Je ne comprends pas. Où veux-tu en venir ?

– Tu cherches à te débarrasser de moi. Ça ne marche pas.

Pendant quelques secondes elle ne dit rien, comme si elle pesait le pour et le contre. Devait-elle se mettre en colère ou garder son calme ?

– L'homme a parlé ! fit-elle enfin d'une voix claire. Est-ce toi qui subviens à mes besoins ô mon seigneur et maître ? C'est moi qui paye mon loyer, mon petit. Tu restes quand je te le demande et tu t'en vas quand je le décide. Maintenant je veux que tu t'en ailles.

Comme il ne bronchait pas et gardait un silence obstiné, une expression glaciale se peignit sur ses traits.

– Dane, pars maintenant. Tout de suite. Ou tu le regretteras.

– Mon père va arriver, c'est cela ?

Le choc fut aussi rude que s'il l'avait frappée.

– Tu sais !... Je suppose que tu es au courant depuis le début. Je vois, je vois maintenant. C'est pour ça...

– C'est pour ça que je reste, oui, ma jolie, c'est pour ça.

Il était dégoûté d'elle, de lui-même, de son père, de sa mère. Il ôta sa veste et la posa sur le dossier d'une chaise. L'étui à cigarettes en argent, un cadeau de sa mère, tomba d'une poche. Il le ramassa et prit une cigarette. Ses mains tremblaient tellement qu'il fut incapable de l'allumer.

– J'attends mon père, marmonna-t-il en jetant l'étui sur le siège. Et je vais tout lui dire pour nous deux.

Sheila étouffa un cri, alla à la fenêtre, à la porte, revint au milieu de la pièce.

– Très bien, Dane. Reste et grand bien te fasse. Je ne peux pas te mettre dehors.

– Tu n'as pas eu le courage de lui parler. À moins que tu n'en aies jamais eu l'intention ?

– C'est ignoble, Dane. Vraiment !

– Un seul homme à la fois, je croyais que tu avais dit. Ou c'est une seule famille à la fois qu'il fallait comprendre ?

À la stupéfaction de Dane, elle éclata de rire.

– C'est drôle, plus drôle que tu ne peux l'imaginer.

– Tu as un sens de l'humour très particulier.

Tout l'amour qu'il éprouvait pour elle s'évanouissait à la vitesse de la lumière. Alors, un effroi terrible l'envahit et avec, cette rage maladive qu'il avait cherché jusque-là à maîtriser.

– Tu crois que j'ai couché avec ton père ? dit Sheila. Laisse-moi te dire une chose, mon petit, on n'est pas amants. On ne l'a jamais été. Il n'y a rien de physique dans notre relation. C'est de l'amitié. Parfaitement, c'est ce que c'est, de l'amitié. On s'apprécie, on se respecte, on aime être ensemble, mais c'est tout. Bien sûr, tu n'en crois rien. Peut-être que personne ne le croirait. Mais je t'en supplie, Dane, c'est la vérité. Ne serait-ce que pour ton bien, si ce n'est par égard pour les autres, tu dois me croire.

Il vit ses propres poings se crisper, il entendit ses propres hurlements.

– Tu ne peux pas inventer une histoire plus convaincante que ça ? De l'amitié ! Tu crois que j'ignore que le vieux se radine tous les mercredis soir chez toi ? J'ai reconnu des vêtements à lui dans le placard de la salle de bains.

– Il vient ici, oui, et il laisse ici des vêtements de rechange, pour se détendre...

– Et bavarder des petits potins de la semaine devant une tasse de thé ? En pantalon et robe de chambre ? Tu me prends pour un idiot ! Tu pourrais au moins avoir la décence de reconnaître les faits puisque tu es prise en flagrant délit.

Il étouffait. Ses oreilles bourdonnaient. Il eut vaguement conscience que les lèvres de Sheila remuaient.

– Je ne veux pas te blesser, Dane. Il y a des choses que je préfère taire, qui concernent...

– Y a intérêt, s'entendit-il gronder.

– ... ta mère. J'offre à ton père une échappatoire, une bouée de sauvetage qui lui permet de me parler de choses dont il ne peut pas s'entretenir avec ta mère. Notre amitié est particulière et merveilleuse. Ça « aide » ton père de venir chez moi, Dane. Et c'est une personne que j'aime beaucoup.

– Pourquoi est-ce que je ne tire pas l'échelle ? Ça « l'aide » ! Comment ? Allez, dévide-moi encore un peu de tes mensonges.

À cette raillerie, elle laissa éclater sa colère.

– Ça l'aide vis-à-vis de lui-même, de l'homme qu'il est, si tu veux savoir. Ça l'aide par rapport aux femmes. Je t'assure, Dane, c'est mon ami, pas mon amant. D'ailleurs il ne pourrait pas l'être même s'il le désirait. Voilà ! Tu es satisfait maintenant ?

Dane avait l'air hébété.

« Il ne pourrait pas l'être même s'il le voulait... »

– Tu ne veux pas de lui, c'est ça, ton excuse ?

– Je veux dire qu'il en est physiquement incapable. Maintenant tu sais la vérité, dit-elle, le visage blême.

Il ne pouvait pas, il ne pouvait pas le croire. Ashton McKell le grand, le costaud, le vigoureux, le viril, Ashton McKell, incapable d'avoir des relations amoureuses avec une femme ?

Il se laissa tomber sur le canapé, abasourdi. Le choc même qu'il éprouvait garantissait l'authenticité de cette révélation. Personne, pas même une sorcière, n'inventerait une histoire pareille à propos d'Ashton McKell. C'était donc vrai. D'ailleurs, la personnalité entreprenante d'Ashton McKell elle-même, ce dynamisme dévoreur d'expansion commerciale, cette faim de ver solitaire pour les affaires s'expliquaient. Une compensation ! Mais alors pourquoi sa mère n'avait-elle rien dit ? La réponse à cette question était toute trouvée. Lutetia McKell n'avait pu se résoudre à mentionner ce détail intime, entre tout le monde, à son propre fils.

– Désormais, tu sais la vérité, disait Sheila. (Il y avait de l'insistance dans sa voix.) Maintenant, je t'en prie, Dane, va-t-en. J'ai cherché un moyen de parler à ton père de nous deux sans le blesser. Laisse-moi faire. Aide-moi à ne pas lui causer de peine.

Il secoua violemment la tête.

– Je vais lui parler, moi. Il faut que je sache si cette histoire est vraie ou pas.

Au comble de l'exaspération, elle frappa dans ses mains.

– Est-ce possible ? Tu ne lui laisserais pas une once de sa dignité personnelle ? Toi, son propre fils ! Tu ne devines pas combien il a honte de son impuissance ? Dane, si tu fais ça, tu n'es qu'un misérable, un être abject...

Il tendit le bras.

– Espèce de garce ! Ne m'insulte pas.

– Garce ? cria Sheila. Dehors ! Tout de suite.

– Non.

Elle le gifla de toutes ses forces.

Alors, ce fut comme une vague qui le submergea.

Elle ne se rendit pas compte de l'effet de son mouvement d'humeur sur Dane car elle se dirigea aussitôt vers l'interphone dans l'entrée.

– Tu ne me laisses pas le choix. J'appelle John Leslie pour qu'il te mette à la porte. Et je ne veux plus jamais te revoir.

Depuis sa plus tendre enfance Dane entrait dans des rages folles. Cette violence innée qu'il ne contrôlait pas, c'était le point noir de son caractère. Une violence à vous faire dresser les cheveux sur la tête, qui explosait contre la gouvernante, les domestiques, les autres enfants, sa mère, mais jamais contre son père. Ashton en avait toujours tenu Lutetia pour responsable – « Tu l'as trop gâté » – et avait secrètement espéré qu'au pensionnat avec plusieurs corrections au fouet on viendrait à bout de ces fureurs inexpliquées. Toutefois les colères de Dane semblaient se nourrir de leur propre violence et ce n'est que lorsqu'il fut au collège qu'il apprit à se maîtriser. Mais la lave bouillait toujours au fond de lui.

Ce soir-là, l'exaspération grandissante de Sheila, son propre sentiment de culpabilité, la crainte latente d'une confrontation avec son père lui firent perdre tout sang-froid. Il bondit sur Sheila, la fit se retourner et la saisit à la gorge. Il sentait plutôt qu'il n'entendait sa propre voix gronder, railler, jurer, s'étouffer de colère. Sheila se débattait et sa résistance augmentait la fureur de Dane dont les doigts se resserraient sur le cou de la jeune femme. Ce n'est que lorsque le visage de Sheila devint livide, que ses cris furent réduits à un gargouillis indistinct, que ses yeux prirent un aspect vitreux et qu'elle s'affaissa dans ses bras qu'il frissonna soudain et la lâcha.

Prostrée sur le sol – c'est à peine si elle avait la force de se tenir sur ses avant-bras –, Sheila haletait. Enfin, du moins, elle respirait. Dane la fixait d'un regard vide. Il n'avait rien à dire. Tout était fini entre eux. Comment pourrait-elle jamais le regarder de nouveau sans effroi ?

Ses projets – aider sa mère, punir son père, épouser Sheila – venaient d'être réduits à néant par cette seule explosion de fureur criminelle. En restait-il un seulement de valable ?

Elle vivait. Il pouvait se rassurer.

Dane saisit sa veste et quitta l'appartement en courant.

Sheila se redressa tant bien que mal et s'effondra sur l'ottomane. Il lui fallut un certain temps pour réapprendre à déglutir. Ses mains tremblantes entouraient sa gorge meurtrie. Elle avait froid et se sentait fiévreuse. Son corps était secoué de spasmes. Peu à peu les frissons s'estompèrent, sa respiration entrecoupée redevint normale, les battements de son cœur se calmèrent.

Une seule pensée ne cessait de marteler sa tête :

« Il a failli me tuer. Il voulait me tuer. C'était dans son regard meurtrier… »

Des petites choses lui revinrent à la mémoire. N'y avait-il pas eu des signes avant-coureurs ? Ce caractère anormalement maussade à la moindre contrariété ? Cette excitabilité facile ? Ces silences inexplicables ?

Tremblante, elle se mit sur ses jambes et se traîna jusqu'à la salle de bains où elle se passa le visage à l'eau froide. Elle était en train de se sécher lorsqu'une clé tourna dans la serrure de la porte d'entrée.

C'était Ashton McKell.

Il semblait las mais son visage s'éclaira en la voyant.

– Eh bien, pour ce soir en tout cas, le destin de la nation est assuré, plaisanta-t-il. Le vieil Ash McKell a prodigué au Président – bonsoir, Sheila – (Il l'embrassa et se laissa tomber sur le canapé.) ses conseils bienveillants. Désormais, il n'a plus qu'à s'y fier. Sheila ? Quelque chose ne va pas ?

Elle secoua la tête, une main plaquée sur sa gorge. Il se leva vivement et alla vers elle.

– Que s'est-il passé ? Pourquoi te tiens-tu le cou ?

– Ash... Je ne peux pas te dire.

– Tu t'es blessée ?

– Non, non.

– Quelqu'un t'a fait du mal ?

– Ash, je t'en prie...

– Laisse-moi voir ton cou.

– Ash, ce n'est rien. Je t'assure.

– Je ne comprends pas.

Il était désemparé, perplexe.

– Tu veux que je te laisse ?

En pleurant elle fit oui de la tête. Il hésita, lui tapota l'épaule, ramassa son sac et son chapeau et s'en alla.

Restée seule, Sheila regarda quelques instants par la fenêtre du salon la ville dans la nuit. Soudain, elle se détourna et d'un pas décidé gagna son bureau. Elle écarta un tas de dessins de mode inachevés qui encombraient la table de travail, prit une feuille de papier blanc et une enveloppe dans un tiroir, et s'assit pour écrire à la hâte :

« 14 sept.

« Dane McKell m'a demandé s'il pouvait monter prendre un dernier verre. Je lui ai dit que j'avais du travail mais il a insisté. Une fois chez moi, il a refusé de s'en aller et rien de ce que j'ai pu dire ne l'a fait changer d'avis. J'ai perdu patience et je l'ai giflé. Alors, il s'est jeté sur moi et a tenté de m'étrangler. Il ne s'agit pas d'une crise d'hystérie de ma part. Il a réellement voulu m'étrangler. Il me serrait le cou de toutes ses forces et avait l'air fou, en proie à une fureur maladive. Je suffoquais et il criait qu'il me tuerait et m'accablait d'injures. Enfin, il m'a lâchée et est parti en courant. Une minute de plus et j'étais morte. Je suis convaincue que c'est un individu

dangereux et je répète son nom : Dane McKell. Il a réellement tenté de me tuer.
Sheila Grey. »

Sans prendre la peine de se relire, elle glissa la lettre dans l'enveloppe qu'elle cacheta et écrivit dessus : « À ouvrir si je meurs de mort accidentelle ». Puis elle fouilla dans son tiroir, en sortit une enveloppe plus grande – épaisse et marron –, y inséra la première enveloppe, cacheta la deuxième et écrivit dessus : « Pour la police ». Elle hésita, rangea l'enveloppe dans le tiroir du bas de son bureau, se mordit la lèvre, secoua la tête, reprit l'enveloppe et la posa sur la table.

« Je trouverai une meilleure cachette demain, se dit-elle. »

Elle se renversa sur sa chaise, épuisée jusqu'à en avoir la nausée. Au bout d'un moment, elle se leva et se dirigea en trébuchant vers un fauteuil sur lequel elle se laissa choir. La tête lui tournait, elle avait mal au ventre et se sentait encore choquée.

« Peut-être est-ce ainsi lorsqu'on est sur le point de mourir, pensa-t-elle. Si je mourais tout de suite, ici même, ça me serait bien égal. »

Ses paupières se fermèrent.

Plus tard elle mit du temps à comprendre pourquoi elle était dans ce fauteuil. Soudain tout lui revint à l'esprit et un coup d'œil à sa montre lui apprit que moins de dix minutes à peine venaient de s'écouler. Elle retourna à la salle de bains, passa un gant sous le robinet d'eau froide, se rafraîchit les yeux et le cou.

« Mon Dieu, quel cauchemar, pensa-t-elle. »

Impossible de dormir. Impossible de travailler. Pourtant il fallait faire quelque chose. Ou elle retournait à sa planche à dessin ou elle se mettait au lit avec un somnifère. A moins que... La routine. C'était ça, le remède. Il y a toujours des tâches qui ne nécessitent pas un grand pouvoir de concentration, qu'on peut effectuer machinalement, en s'oubliant soi-même. Des tâches rituelles : vérifier des factures, assortir des échantillons de tissus, noter des idées...

Elle se sentit sauvée comme si elle venait de trouver la porte d'un refuge ouverte. Une fois de plus, elle s'assit à son bureau.

Cette histoire avait pris une tournure monstrueuse, réellement monstrueuse. La meilleure chose à faire, c'était d'oublier. Mais pourrait-elle jamais oublier la pression de ces doigts qui lui écrasaient la gorge ? Elle tendit le bras vers une pile de papiers.

Sa main s'immobilisa en l'air.

Il y avait quelqu'un dans le salon.

Sa main ne lui répondait plus, comme paralysée. La regardant comme si elle appartenait à quelqu'un d'autre, Sheila l'obligea par un terrible effort de volonté à se diriger vers le téléphone. Un doigt s'arrondit au-dessus du cadran et composa le numéro.

L'inconnu se déplaçait sans bruit. Du salon il passa dans la chambre.

Au loin une voix parla. Sheila sursauta. C'était dans le combiné.

– Opérateur, chuchota-t-elle tout en essayant de maîtriser sa voix qui tremblait. La police. Vite.

– C'est une urgence ?

– Oui.

Ses dents s'entrechoquèrent sur cette dernière syllabe. Pendant quelques instants on n'entendit plus que le ronronnement de l'air conditionné. Puis une voix d'homme dit :

– Commissariat 17, sergent Tumelty.

– Il y a quelqu'un dans mon appartement.

– Qui parle, s'il vous plaît ? Vos nom, adresse et numéro de téléphone.

Sheila donna ses coordonnées.

– Faites vite, souffla-t-elle.

– Ne vous affolez pas, miss Grey. Fermez la porte de la pièce où vous êtes à clé. On va...

– C'est trop tard ! cria Sheila. Non !

Au bruit du coup de feu, le sergent Tumelty nota machinalement l'heure sur son registre. 10 h 23.

– Miss Grey, dit-il vivement. C'est un coup de feu ou... ?

Il reconnut le bruit suivant : le déclic du combiné du téléphone qu'on repose sur son support.

Le sergent ne perdit pas de temps pour donner l'alerte.

Juste après minuit, apercevant encore de la lumière aux fenêtres de l'appartement de ses parents, Dane monta. Il trouva sa mère seule dans le salon devant la télévision. On repassait un vieux film *Quality Street* tiré de la pièce de mœurs de James Barrie qui datait de 1901. Pas de baquets de sang pour Lutetia. Malgré les protestations de Dane, elle éteignit le poste. Elle l'embrassa sur le front.

– Tu veux quelque chose à manger, mon chéri ? De la limonade glacée ?

– Non, merci, maman. Papa n'est pas rentré ?

– Non. Son rendez-vous à Washington a dû s'éterniser. Il a emporté son sac de voyage avec ses affaires pour la nuit au cas où.

– Comment as-tu passé le temps ?

Dane fit quelques pas nonchalants dans la pièce.

– J'ai été horriblement paresseuse. Les domestiques sont partis à 8 heures et depuis, je suis plantée devant la télévision.

– Maman ?

– Oui, mon chéri, dit Lutetia en souriant.

– J'ai une question à te poser, une question très personnelle.

– Oh.

Elle eut l'air perplexe. Mais même en réfléchissant elle ne devinerait jamais ce qu'il allait lui demander.

– J'espère que tu comprendras... Je ne te demanderais rien s'il n'était pas essentiel que je sache...

Il cherchait une façon élégante de formuler sa question.

– Bien sûr, mon chéri. (Elle eut un rire incertain.) A t'entendre, ça a l'air... euh...

– Tu te souviens de l'annulation du mariage des Van Der Broekyn ? (Le visage de sa mère s'empourpra aussitôt. Elle se souvenait. Son mariage ? Lutetia hocha la tête à contrecœur.) Est-ce que ça a été, enfin, pareil avec papa ?

– Dane ! Comment oses-tu ?

– Excuse-moi, maman. Je dois savoir. Réponds.

Elle évita de croiser son regard. Assise sur son fauteuil, elle se tordait nerveusement les mains.

– Réponds.

C'est à peine s'il entendit son « oui ».

La réponse le stupéfia. C'était donc vrai. Sheila avait dit la stricte vérité. Jamais de sa vie il ne s'était senti aussi décontenancé.

– Mais, maman, je ne comprends pas. Pourquoi me l'avoir caché quand on parlait...

– Il y a des choses qu'on garde pour soi, répondit Sheila en se raidissant, et qu'on tait même à ses enfants. Surtout à ses enfants.

– Maman, je ne suis plus un gosse. Je connais la vie depuis longtemps, même si mon éducation dans ce domaine-là a ressemblé à celle d'une tulipe. (Une vive amertume le gagnait. Il se mordit les lèvres et la douleur s'apaisa.) Si papa a eu ce... euh... problème, comment alors peut-il te tromper, comme tu disais ?

– L'infidélité, ce n'est pas uniquement physique. (Elle pinçait les lèvres en un rictus maussade.) Il existe aussi l'infidélité spirituelle. Les parents de ton père ont vécu cinquante et un ans sans éprouver le besoin de changer de partenaire.

– Maman, maman !

Il la regardait, totalement désemparé.

Comment avait-il pu arriver à son âge et connaître si peu ses parents ? Avec ses problèmes physiques et psychologiques – que Dane commençait à peine à entrevoir – son père se livrait à des mises en scène élaborées (rideaux de voiture tirés, changement d'habits, maquillage, tel un personnage miteux de E. Phillips Oppenheim ou de Conan Doyle) dans le seul but de rendre visite à une femme avec qui il ne pouvait même pas coucher. Quant à sa mère, sous des concepts fumeux comme « l'infidélité spirituelle », elle dissimulait sa sensibilité victorienne outragée.

– Maman. (Il alla vers elle et lui prit les mains.) Je commence seulement à me rendre compte combien c'est une épreuve terrible pour toi. Tu veux que je dorme ici ?

Elle lui prépara son ancien lit avec l'entrain d'une femme qui accueille l'un de ses fils après une absence de trois ans sur un baleinier. Ils se firent la bise et allèrent se coucher. Dane resta allongé à regarder les bannières des collèges accrochées aux murs. Sa mère, il le savait, était à genoux dans sa chambre en train de prier. Il l'enviait. Ses pensées vagabondaient pour revenir sans cesse à Sheila Grey. Quel était ce sentiment qui l'habitait, si persistant, si profond ? De l'avilissement ? De l'indécence ? Du dégoût ?

Pour ses actions de la soirée, malgré tous ses efforts, il ne trouvait pas l'ombre d'une justification.

Le lendemain matin Dane pensait en s'habillant que ce serait bientôt l'automne et qu'il avait espéré terminer son livre d'ici la fin de l'année. Un but qui désormais semblait à des années-lumière de se réaliser. Il chercha une cigarette. Le paquet sur la table de chevet était vide. Il fouilla dans les poches de sa veste. Il trouva bien un paquet tout écrasé, mais pas son étui. Son étui à cigarettes en argent avait disparu. Son cœur se mit à battre à grands coups. Il était incapable de se rappeler s'il avait vu ou senti l'étui dans sa poche en sortant de chez Sheila la veille au soir.

Il trouva son briquet, alluma une cigarette déformée – il n'avait encore enfilé qu'une seule chaussette – et se répéta : « Oublie-la, oublie-la. »

Au bout d'un moment, les mains toujours tremblantes, il finit par s'habiller. En entrant dans la salle à manger, il étouffa un cri de surprise. Son père était assis à table en train de prendre son café. Quand était-il rentré ? Quelle histoire avait-il racontée ? McKell l'aîné avait l'air hagard, comme après une nuit blanche, et ses vêtements étaient fripés. Un détail sans précédent.

– Bonjour, papa. Comment c'était ce voyage ?

– Bien.

La voix d'Ashton paraissait assourdie. Il avait les yeux rouges. Il prit sa tasse de café, la reposa, déplaça la soucoupe, joua avec la pince à sucre. Dane vit sa mère arriver avec soulagement.

Elle était plus pâle que d'ordinaire. De toute évidence elle avait déjà parlé à son mari. Dane se demanda ce qu'ils avaient pu se dire.

Néanmoins en dehors des quelques paroles brèves, presque conventionnelles, qu'ils échangèrent, le petit déjeuner fut silencieux. Dane croisa à plusieurs reprises le regard de son père qui détourna aussitôt les yeux. Il essaya d'interpréter ce regard. Menaçant ? Plein de reproches ? Dissimulé ? Effrayé ?

Un horrible sentiment de malaise l'envahit.

« Il est temps de baisser le rideau sur toute cette affaire, pensa-t-il, cherchant à maîtriser l'énervement qui le gagnait. Pas ça encore. »

– Eh bien ! fit brusquement Ashton McKell. Cette table est aussi animée que Wall Street le dimanche matin. (Son attitude changea radicalement.) C'est de ma faute. J'ai trop travaillé. Je suis à bout. Lutetia, que dirais-tu d'un petit voyage ? Juste nous deux ? Un voyage de loisir ?

– Ashton !

– Maintenant que les touristes rentrent chez eux, on pourrait aller en Europe. Pas de travail. Du vrai tourisme avec les péquenots des Etats-Unis qui s'attardent. Je te promets de ne pas visiter une seule succursale ni un seul client.

– Oh, Ashton, ce serait tout simplement merveilleux. Quand partirions-nous ?

– Pourquoi pas tout de suite ? (Le magnat avait la bouche crispée.) Dès qu'on a une place sur un bon bateau. Un *Queen*. Je vais m'occuper des réservations ce matin. Pas d'avion cette fois. Une traversée en mer sans se presser…

– Allons d'abord à Paris ! s'écria Lutetia. Où descendrons-nous ?

Avec un enthousiasme de jeunes mariés ils se mirent à échafauder des projets.

Ainsi Sheila avait dit là aussi la vérité. Elle avait essayé de moins le voir, de rompre en douceur, et enfin il avait compris. À moins qu'il n'y ait eu autre chose ?

– On n'est encore jamais allés au Luxembourg, fit Ashton avec entrain. Oui, Ramon ?

– La voiture est prête, Mr McKell, dit le chauffeur.

– J'arrive.

– Qu'y a-t-il, Margaret ? s'enquit Lutetia.

Ramon s'était retiré et la vieille Margaret, l'intendante, venait d'entrer.

– On vous demande, madame.

– À cette heure ? Qui est-ce ?

– La police.

Les oreilles de Dane se remirent à bourdonner. C'est à peine s'il entendit son père répondre :

– Faites entrer, Margaret. Lu, laisse-moi faire. Toi aussi, Dane.

C'est à peine s'il vit les deux hommes en civil entrer. L'un d'eux, un véritable géant, avait la voix râpeuse.

– Je suis le sergent Velie du commissariat principal, dit le costaud en présentant son insigne. Je vous présente le détective Mack du commissariat 17. Désolé de vous déranger à cette heure matinale, mais vous savez sans doute ce qui s'est passé dans l'immeuble...

– Ce qui s'est passé ? (Ashton McKell se leva.) Non, sergent, nous l'ignorons. Qu'est-ce que c'est ?

– La locataire de l'appartement du dernier étage, miss Grey, a été assassinée hier soir un peu avant 10 h 30.

Lutetia chancela et sa main délicate s'agrippa au dossier de sa chaise. Le visage déjà fatigué de son mari devint livide. Dane cherchait à lutter avec une violence désespérée contre le bourdonnement familier qui le reprenait.

– On aimerait savoir, monsieur, expliqua le sergent Velie, si vous avez entendu quelque chose de suspect aux alentours de l'heure du crime...

Ashton McKell plia les genoux et s'effondra sur le sol avec un bruit mat.

LE DEUXIÈME CÔTÉ

Ashton

Les deux policiers soulevèrent Ashton McKell, l'étendirent sur le divan et desserrèrent ses vêtements. Dane ne fit pas un mouvement.

– Il vaudrait peut-être mieux appeler un médecin, Mrs McKell, dit le détective costaud.

Elle secoua la tête. Elle avait sorti de quelque part un flacon de sels au filigrane d'argent et le tenait sous le nez de son mari. Ashton fit une grimace et détourna la tête, cherchant à éviter l'odeur tenace. Lutetia le poursuivit avec fermeté.

– C'est simplement un peu de surmenage. Mon mari travaille trop et avec ce choc... Hier encore le Président le réclamait à Washington. La semaine dernière il a pris l'avion pour l'Amérique du Sud. On était justement en train de faire des projets de vacances... Assassinée, vous avez dit ? Pauvre femme. Non, nous n'avons rien entendu. La maison est vieille avec des murs et des planchers épais. Dane, s'il te plaît, va chercher un verre d'eau à la cuisine. Ne dis rien aux domestiques. Inutile de les tracasser.

Elle continua à monologuer de la sorte. À l'écouter, cela semblait la chose la plus naturelle du monde que son mari ait perdu connaissance en apprenant le meurtre d'une voisine. Bientôt Ashton reprit des couleurs; ses paupières frémirent. Lutetia se leva et se tourna vers les officiers de police.

– Vous avez été très aimables. Tout va bien maintenant. Je sais que vous avez beaucoup à faire. Je ne vous retiens pas plus longtemps, messieurs.

– On sera sans doute obligés de revenir, dit le gros sergent avec l'air de s'excuser.

Les policiers s'en allèrent.

Comme dans un brouillard, Dane avait ramené le verre d'eau. Il s'assit à la table, tâchant de maîtriser ses nerfs qui visiblement étaient soumis à la danse de Saint-Guy. Chaque petit muscle de son visage et de ses mains tressaillait. Il n'oublierait jamais l'expression effarée sur le visage de son père, déjà tendu avant l'arrivée de la police, ce teint terreux, ces yeux révulsés, la chute de ce corps puissant. S'était-il déjà évanoui dans sa vie ? Dane était sûr que non. La nouvelle de la mort de Sheila Grey avait été un choc épouvantable.

Et puis les deux détectives... Le grand avec les mains en battoir et la voix râpeuse, celui qui faisait toute la conversation. Comment s'appelait-il déjà ? Le sergent Velie. Est-ce que cette attitude de déférence pleine de sollicitude était sa façon habituelle de mener une enquête ? Dane n'en croyait rien. Tout détective se doit d'être un peu comédien. Et Dane avait l'impression que le sergent Velie venait d'arpenter les planches dûment grimé. Il savait quelque chose. Beaucoup plus qu'il ne voulait bien le dire.

Dane chercha ses cigarettes. Au même moment il se souvint. Il avait égaré son étui en argent. Il ne lui restait qu'un vieux paquet entamé. Il avait encore dans la bouche le goût fade de la cigarette qu'il avait fumée à son lever, à moins que ce ne soit le goût de la peur...

Son père gémissait. Sa mère qui s'était finalement résignée à appeler le Dr Peabody était toujours à son chevet. Sans se soucier d'eux, Dane courut à sa chambre où il mit tout sens dessus dessous, questionna les domestiques, fouilla les autres pièces.

– Mon étui à cigarettes ! lança-t-il à ses parents en revenant dans la salle à manger.

Lutetia releva la tête : ses yeux bleus étaient pleins de larmes. Elle tenait la main de son mari.

– As-tu vu mon étui à cigarettes ?

Déconcertée, elle fit non de la tête, visiblement étonnée qu'une telle question lui vînt à l'esprit. Quant à Ashton McKell, qui respirait maintenant régulièrement, il garda le silence.

Dane se laissa choir dans un fauteuil.

Élevée dans un univers où fumer la pipe était jugé grossier, le cigare prétentieux et la cigarette libertin – priser était regrettablement démodé et entre gens bien élevés on ne mentionnait pas la chique –, sa mère lui avait offert cet étui à cigarettes pour son vingt et unième anniversaire. Signe de grâce qui lui conférait au seuil de l'âge adulte le droit irréfutable de fumer en sa présence sans que cet acte d'indépendance soit accompagné du léger reproche avec lequel elle avait accueilli ses deux ou trois premières tentatives. L'étui était une belle pièce de chez Tiffany's. À l'intérieur était gravé son nom : Phillip Dane DeWitt McKell. Où l'avait-il perdu ?

S'il l'avait laissé chez Sheila, alors la police l'avait retrouvé et la présence de cet objet sur les lieux du crime... Il pourrait peut-être s'en sortir en prétendant l'avoir oublié au cours d'une visite précédente... L'inquiétude le rongeait.

Pourtant les deux policiers n'avaient rien dit. Pourquoi ? Bien sûr, c'était peut-être un piège qu'on lui tendait. À moins qu'ils n'aient rien retrouvé du tout ? Ce n'était donc pas chez Sheila qu'il l'avait laissé ? Où alors ?

Les deux jours suivants furent particulièrement déplaisants. Ses parents ne parlèrent plus de voyage en Europe. Avec les siens Ashton McKell paraissait absent, préoccupé. Dane essaya sans succès de se remettre à son livre. Il était plus facile de tourner les pages de livres illustrés écrits par les autres. Les illustrations avaient l'avantage de le distraire tout en lui évitant de fournir un pénible effort de concentration. Il feuilletait de gros bouquins : les croquis d'Audubon, les volumes de Peter Bruegel et de Jérôme Bosch. Le Bosch, il finit par le repousser avec irritation. Cet univers cauchemardesque l'empêchait de dormir. Démons, femmes nues, hommes nus, pommes... étuis à cigarettes...

Ce n'était pas tout. Pendant des semaines il avait accaparé Sheila Grey. Déjeuners, dîners, théâtre, ballet, promenades à pied, promenades en ferry. « Cherchez l'homme. » Sans doute cela fonctionnait-il ainsi. Cherchez l'homme. Il était le dernier homme dans la vie de Sheila Grey. Combien de temps la police, à travers ses patientes enquêtes de routine, mettrait-elle pour remonter jusqu'à lui ?

Rien de plus facile que de se soumettre au désir de sa mère qui lui demanda de prendre pendant quelque temps ses repas avec eux. Savait-elle ou soupçonnait-elle quelque chose à propos de Sheila et de lui ?

Ils étaient en train de petit déjeuner – un petit déjeuner maussade, le *New York Times* de son père était resté plié à côté de son assiette – lorsque les deux policiers réapparurent. Dès le premier regard, Dane comprit que l'heure n'était plus aux questions anodines du style : « N'avez-vous rien entendu de suspect, etc. ? »

Ce fut encore le sergent Velie qui fit les frais de la conversation. Il salua Lutetia avec courtoisie, adressa un signe de tête à Dane, mais son attention était entièrement tournée vers Ashton McKell.

Les trois McKell s'étant levés, d'un signe de la main le sergent les pria de se rasseoir tout en refusant de prendre un siège.

– À propos du meurtre de Sheila Grey, dit-il. Elle a reçu une balle en plein cœur. (Un gémissement sourd échappa à Lutetia. Ashton lui saisit la main sans quitter le policier des yeux.) Elle est morte sur le coup. On a retrouvé à côté du corps un revolver S & W Terrier calibre 38. Vous avez une précision à apporter, Mr McKell ?

– Il s'agit sûrement du mien, sergent, s'empressa de répondre Ashton. Il n'y a là rien de bien mystérieux. Toutefois je comprends que vous souhaitiez des éclaircissements. J'ai prêté ce revolver à miss Grey qui avait peur parfois toute seule dans son appartement. Bien sûr, comme il me semblait dangereux de confier un revolver à une femme – on ne sait jamais ce qui peut se passer dans un moment d'affolement –, je l'ai chargé de balles à blanc sans rien lui dire. C'était beaucoup plus pour qu'elle se sente en sécurité qu'autre chose. Dois-je comprendre... ?

– Comprendre quoi, Mr McKell ?

– Que miss Grey a été tuée avec mon arme ?

– Oui.

– Mais c'étaient des balles à blanc ! Je les ai mises moi-même.

– Ce n'est pas une balle à blanc qui a tué Sheila Grey, dit le sergent Velie.

– Je ne vois pas comment les balles à blanc ont pu être remplacées, ni par qui d'ailleurs, dit Ashton en reprenant son calme. (Y avait-il le plus léger trémolo dans cette voix ?) J'ignore si miss Grey s'y connaissait en armes à feu.

Le sergent Velie l'observait, imperturbable.

– Passons sur ce problème de revolver et de balles. Vous admettez que vous connaissiez la victime ?

– Il n'y a rien à admettre. Bien sûr que je connaissais miss Grey. Je connais tous les locataires de cette maison. Cet immeuble m'appartient.

– Vous la connaissiez bien ?

– Qui ?

– Miss Grey, répondit le sergent patiemment.

– Assez bien.

– Et ça veut dire quoi « assez bien », Mr McKell ?

Dane jeta un coup d'œil à sa mère qui se tenait raide et immobile.

– Je ne comprends pas, sergent.

– Voyez-vous, on a retrouvé des vêtements d'homme dans son appartement, expliqua Velie. Les vêtements d'un seul homme.

Le sergent fit une pause avant de répéter :

– Vous avez une précision à apporter, Mr McKell ?

McKell l'aîné acquiesça de la tête avec un sang-froid remarquable. Il ne regarda pas sa femme.

– Ces vêtements m'appartiennent, sergent, dit-il. Vous avez dû rechercher leur propriétaire.

– En effet, c'est ce que nous avons fait. On a vérifié les étiquettes du tailleur, les marques du pressing, etc. Avez-vous autre chose à ajouter ?

À ce stade de l'interrogatoire, le visage de Lutetia était dénué de toute expression. Dane remarqua que ses parents se tenaient toujours par la main.

Au même moment Ramon entra.

– Excusez-moi, monsieur, dit-il à Ashton McKell. La Bentley ne démarre pas. Dois-je prendre la Continental, ou... ?

– Inutile, Ramon. Attendez à l'office, je vous prie. Mrs McKell peut avoir besoin de vous.

Ramon se retira dans un silence oppressant. En Espagne où il était né et avait fait son apprentissage de chauffeur, les domestiques ne posaient jamais de questions.

Dane réfléchissait. Des vêtements... Quel genre de lien avait existé entre Sheila et son père ? On aurait dit une histoire tirée de Havelock Ellis. Et comment Sheila avait-elle pu se satisfaire de cette relation toute platonique ? Une de ses crises de rage démente grondait en lui, crise qu'il s'acharna aussitôt à maîtriser.

– Vous avez une idée derrière la tête, sergent Velie, disait son père, impassible. Allez droit au fait, je vous prie.

Dane se sentit faible et saisi de nausée.

Pendant quelques instants, le sergent posa sur Ashton McKell le même regard scrutateur. Dane savait ce que le sergent pensait et ce qui l'avait amené avec l'autre policier chez les McKell ce matin-là. Ashton McKell possédait l'arme du crime. C'était avec son revolver que Sheila Grey avait été tuée. Quant à cette histoire de balles à blanc, rien ne prouvait qu'il était sincère. Cette explication paraissait d'ailleurs plutôt tirée par les cheveux. Il avait également eu l'opportunité de tuer. Sheila Grey et Ashton McKell habitaient tous deux le même immeuble. Et il avait le mobile. (Mais là Dane refusa de spéculer plus avant. Il ne fallait pas penser au mobile. Il fallait le repousser, le garder à distance.)

Le teint délicat de Lutetia passa du blanc ivoire au blanc crayeux.

– Mr McKell, je vais vous demander de nous suivre au commissariat pour vous poser quelques questions supplémentaires. Vous n'avez pas besoin de votre voiture. Une voiture de police nous attend devant l'entrée de service.

« Les égards dus à la position sociale d'un McKell... Le tombereau attend... mais à l'entrée des fournisseurs... »

Le visage d'Ashton avait lui aussi la dureté de la pierre.

– Très bien, sergent, dit-il.(Il dégagea doucement sa main de celle de sa femme.) Lutetia, je suis navré, murmura-t-il. (Elle ne répondit pas mais écarquilla les yeux de façon démesurée.) Mon fils...

Dane humecta ses lèvres sèches.

– Ne te tracasse pas, papa. On va te tirer de là.

– Prends soin de ta mère, mon fils. Au fait, j'ai oublié de prendre un mouchoir ce matin. Tu peux me prêter le tien ?

Sur ce détail absurde, Ashton McKell partit, encadré par les deux policiers. Quand la porte de l'appartement se referma avec l'irrévocabilité de la guillotine qui s'abat, Dane se retourna vers sa mère. Elle n'était plus là. Il alla à sa chambre et l'appela. Pas de réponse. Il voulut entrer. La porte était fermée à clef. Au bout de quelques minutes, il regagna le salon et se dirigea vers le téléphone.

Ashton McKell avait une équipe de six hommes de loi à son service. Dane n'en appela aucun. Richard M. Heaton était l'avocat de la famille McKell.

– Dieu tout-puissant ! s'exclama-t-il.

En raccrochant Dane se sentit en sueur malgré l'air conditionné qui rafraîchissait l'appartement. Il chercha son mouchoir et se souvint l'avoir donné à son père. Machinalement il alla à sa chambre et ouvrit le tiroir de sa vieille commode. Sa main resta en suspens. Son étui à cigarettes était posé sur une des piles de mouchoirs.

Quelqu'un avait trouvé avant l'arrivée de la police l'étui à cigarettes qu'il avait oublié chez Sheila Grey. Qui ? De toute évidence celui qui l'avait rangé ici, dans ce tiroir... Son père. Cette histoire de mouchoir oublié, ce n'était donc qu'un prétexte – comme si Ashton McKell était d'une nature à oublier un accessoire aussi essentiel ! – pour emprunter celui de son fils, et que celui-ci, en allant s'en chercher un autre, retrouve son étui à cigarettes. Son père avait vu l'étui chez Sheila Grey, l'avait pris et ce matin seulement l'avait rangé dans le tiroir de Dane.

Quelle triste nuit il avait dû passer ! Tenant entre ses mains la preuve manifeste de la présence de Dane dans l'appartement de Sheila, il avait sans doute compris pourquoi la jeune femme cherchait à rompre avec lui. Son propre fils...

« Et le roi monta dans la chambre au-dessus de la porte et il se mit à pleurer. Il disait en marchant : “Mon fils Absalon, mon fils, mon fils Absalon, que ne suis-je mort moi-même à ta place ! Absalon, mon fils, mon fils !” »

Absalon avait conspiré contre David, son père.

Soudain Dane vit Ashton McKell sous un éclairage nouveau, très différent du fantoche sur le retour qui se déguisait pour rendre visite à une femme qu'il ne pouvait qu'aimer d'un amour platonique. À l'heure la plus noire de son existence, soupçonné, pratiquement inculpé d'assassinat, au bord du scandale, sa vie même en péril, il avait pensé à son fils. Sa dernière injonction, un muet « ne t'en fais pas, fils, c'est moi qui ai ton étui à cigarettes, désormais tu n'as plus rien à craindre ».

Alors Dane s'assit dans le rocking-chair de son enfance et se mit à pleurer.

Dans une ville où le meurtre est aussi courant que les hamburgers qu'on vend à la douzaine, l'arrestation d'Ashton McKell fut du caviar pour le public. En effet, il n'est guère fréquent que dans une affaire criminelle l'accusé soit à la fois magnat des affaires, conseiller du président des Etats-Unis, prince du commerce, héritier d'un ancêtre prestigieux lui-même héritier d'une famille illustre à la réputation sans tache depuis des générations.

L'angoisse de Lutetia face à l'irruption sauvage de la presse dans son intimité, si elle n'était pas aussi virulente que le sentiment d'horreur qui l'accablait face à l'arrestation de son mari, était assez puissante cependant pour gouverner sa maison. Un seul coup d'œil sur un journal, laissé par inadvertance à la cuisine par la vieille Margaret dont le vice avoué était la lecture assidue de la chronique des meurtres et des viols, avait suffi. Tous les journaux, *New York Times* y compris, furent proscrits de la maison. Et lorsque ces coprophages de la presse, en particulier les photographes, assiégèrent l'immeuble, Lutetia, telle une veuve hindoue, se retira dans une réclusion totale, et empêcha la rumeur du monde de s'infiltrer chez elle, ne serait-ce que par le pan d'un rideau soulevé.

Pour arriver jusqu'à sa mère, Dane dut se refamiliariser avec un itinéraire qu'il utilisait quand il était gosse. Il entrait dans un immeuble voisin, au coin de la rue, descendait au sous-sol, émergeait dans un passage qu'il suivait jusqu'à une fenêtre. De là, il s'introduisait chez John Leslie. Le portier ou sa femme le laissait entrer. Il passait ensuite par la porte du sous-sol adjacente à l'ascenseur de service. Ce chemin l'avait bien amusé autrefois, mais désormais l'aventure avait perdu de sa saveur. Lorsqu'il fut nécessaire de conférer avec l'avocat Richard M. Heaton, Lutetia se récria violemment à la suggestion de ce dernier qui lui donnait rendez-vous avec Dane dans son bureau. On eût dit qu'il l'invitait à faire du bronzage intégral sur la terrasse de son immeuble.

– Je ne mets pas les pieds dehors, répéta Lutetia en larmes. Rien, rien ne peut m'y forcer.

L'imposant Mahomet vint donc à la montagne. En vérité, l'expérience se révéla presque aussi traumatisante pour Richard M. Heaton qu'elle l'aurait été pour Lutetia. Il faut dire que Heaton était le portrait type de l'avocat de famille qui jouit de la confiance de tous : âge mûr, teint rosé, la dignité d'un général-major en retraite que la seule idée de publicité glace d'horreur, rejoignant sur ce point la sensibilité de Lutetia. Il pénétra dans le hall de l'immeuble, légèrement échevelé, après avoir foncé à travers la foule de journalistes. A voir son désarroi, on comprenait qu'il s'en était fallu de peu pour que les mains qui cherchaient à l'agripper ne l'aient laissé en sous-vêtements.

– Les sales bêtes, marmonna-t-il en acceptant le verre de sherry et le biscuit que lui tendait une Lutetia bouleversée.

Un vif ressentiment se lisait sur le visage de l'homme de loi, comme si on venait de lui jouer un vilain tour. Il fallut cinq bonnes minutes à Dane pour l'apaiser.

– Je nage en pleine confusion, Lutetia, avoua-t-il enfin. Je ne me suis plus occupé de droit criminel depuis quinze ans. Quelle affaire épouvantable ! Une styliste de mode !

Dane fut tenté de lui demander s'il aurait préféré que Sheila Grey ait été une Van Spuyten, le dernier nom d'une lignée de grands propriétaires terriens d'origine hollandaise. Néanmoins, il n'en fit rien car il devinait que sa mère partageait l'avis du vieil homme.

– Voulez-vous bien répéter à maman ce que vous m'avez expliqué au téléphone ?

– Pourquoi je n'ai pas pu arracher votre père des mains de la police ? Eh bien, Lutetia, Ashton n'a pas d'alibi. Il a dit à la police où il se trouvait à l'heure du... de l'accident, mais il n'y a aucun témoignage pour corroborer ce fait. La police le retient donc comme suspect numéro un. Maintenant, bien que ce dont on l'accuse soit un des chefs d'accusation les plus graves en matière de droit criminel, avec la possible exception du crime de trahison, bien sûr, et la dernière inculpation pour trahison qui me revienne à l'esprit, c'est celle que l'État de Virginie a prononcée contre John Brown...

– Mr Heaton, intervint Dane poliment mais avec fermeté, conscient que sa mère ne maîtrisait ses nerfs que par pur héroïsme.

– Je m'égare, pardonnez-moi, Lutetia. Cette histoire m'a bouleversé, beaucoup plus que je ne saurais le dire. Donc, bien que l'inculpation de meurtre soit une des plus graves, un accusé est présumé innocent jusqu'à ce qu'on fasse la preuve de sa culpabilité – Dieu merci ! – et je n'imagine pas un instant qu'une telle preuve puisse être obtenue dans le cas qui nous préoccupe.

– Pourquoi alors n'avez-vous pas pu faire relâcher Ashton avec une caution ? s'enquit timidement Lutetia. Vous avez dit à Dane que l'État de New York autorisait le versement d'une caution, même dans le cas d'une accusation de... de cet ordre...

– C'est compliqué, soupira Heaton. En ce moment le climat politique est très défavorable en ce qui concerne la question de la caution. Je veux dire ici, à New York. Bien sûr, vous ne suivez pas ce genre d'affaires, mais il y a quelques mois à peine, on s'est heurté au cas d'un autre… euh… homme en vue qui abattu sa femme d'une balle de revolver. Il a versé une caution de cent mille dollars et une fois libre, il s'est empressé de quitter le pays. Par conséquent, cours de justice et procureurs hésitent à appliquer le système de la caution dans le cas d'un délit majeur. En plus, depuis l'arrestation d'Ashton les journaux se font un devoir de rappeler l'ancienne affaire et demandent non sans malice si on va assister au même coup de théâtre.

– Mais jamais Ashton ne s'enfuirait, gémit Lutetia. Richard, il est innocent. Ce sont les coupables qui s'enfuient. Ce n'est pas juste.

– Je crains que notre démocratie ne soit pas aussi parfaite que nous nous en vantons parfois, fit le vieil homme tristement. Dans notre société les riches et les personnalités en vue sont très souvent mis au pilori. On pourrait toujours en faire la demande, mais l'ennui, c'est que…

Il hésita.

– C'est quoi, l'ennui, Mr Heaton ? s'enquit Dane d'un ton ferme.

– Votre père semble répugner à cette démarche. En fait, c'est tout juste s'il ne m'a pas interdit d'intervenir.

– Comment ?

– Mais pourquoi ? demanda Lutetia, interdite.

– Pourquoi en effet ? Vu la réaction de l'opinion publique, il a l'air de penser qu'il est plus sage de ne pas parler de caution. Il m'a dit : « Si j'étais pauvre, je n'aurais pas les moyens de verser la somme d'argent qu'on exige dans des affaires aussi graves. Laissons tomber. » J'avoue que je ne m'attendais pas à une attitude aussi irréaliste de la part d'Ashton, et je ne me suis pas privé de le lui dire. Jouer au martyre, ça ne lui rapportera rien du tout.

Lutetia renifla dans son minuscule carré de batiste.

– Ashton a toujours tenu à ses principes, mais j'aimerais tant...

Là-dessus elle se mit à pleurer doucement.

Dane la consola tout en songeant que l'avocat et sa mère faisaient fausse route tous les deux. Peut-être qu'Ashton lui aussi se fourvoyait. Son père ne cessait de clamer son innocence. Néanmoins, il avait sur la conscience le poids terrible d'un second délit – et de ce délit-là, par contre, il s'était bel et bien rendu coupable –, celui d'avoir, selon les propres termes de Lutetia, « fréquenté une autre femme ». Ce n'était pas comme si, las de son épouse modèle, il s'était abandonné à une paire de bras plus sexy qui, gratis ou pas, s'offraient à lui. Non, Ashton ne méprisait pas Lutetia. Il l'aimait et la protégeait. Comme on protège un fragile objet de porcelaine qui risque de se briser au moindre choc, à la moindre secousse. Or, il venait de détruire cette frêle figurine. Un sentiment de honte et de remords mêlés l'habitait sans doute, aussi culpabilisant que s'il avait méprisé sa femme.

Dane alla voir son père. McKell l'aîné ressemblait à une reproduction en creux de lui-même, comme si on l'avait vidé de son rembourrage. Dane avait du mal à le regarder en face.

– Fils, comment vas-tu ? Comment va ta mère ? demanda Ashton d'une voix plus douce que ce dont il se souvenait.

– On va bien. C'est surtout toi, papa. Comment te sens-tu ?

– C'est un rêve, tout ça, dont je vais bientôt me réveiller. Et pourtant je sais que je ne dors pas... que c'est le passé qui appartient au monde du rêve. C'est à peu près comme ça pour moi, fils.

Ils bavardèrent avec maladresse pendant quelques minutes, de Lutetia surtout, de sa façon de surmonter cette épreuve alors que son univers entier était en train de s'écrouler. Enfin, Dane aborda l'objet de sa visite.

– Papa, il faut que tu me dises tout ce qui s'est passé ce soir-là, ce que tu as fait, où tu es allé, dans les moindres détails. Tout ce que tu as raconté à la police.

– Si tu veux, Dane. (Il réfléchit un moment et soupira.) Je suis monté chez Sheila Grey juste avant 10 heures. Le taxi a été retardé à cause d'un accident sur l'autoroute, autrement je serais arrivé plus tôt. En venant de l'aéroport la circulation est assez fluide à cette heure-là.

« Aux environs de 10 heures, songea Dane. Quelques minutes seulement après que j'ai quitté moi-même Sheila. »

– Je ne me suis pas attardé. Elle était bouleversée. Pourquoi ? Elle n'a pas voulu me le dire.

Dane baissa la tête sur son bloc-notes où il écrivait pour dissimuler un tic nerveux.

– Combien de temps es-tu resté, papa ? Sois le plus exact possible.

– Sheila m'a demandé de partir presque tout de suite. C'est ce que j'ai fait. Je n'ai pas dû rester chez elle plus de quelques minutes. J'ai dû partir à 10 h 03 au plus tard.

– Où es-tu allé ensuite ?

– J'étais moi-même troublé, expliqua-t-il. J'ai marché.

– Où ? Pendant combien de temps ?

« Pourquoi ne pas lui demander la raison de son trouble ? pensa Dane. Parce que je sais, voilà pourquoi... »

– Je ne me souviens pas. Pas très longtemps, il me semble. Je suis entré dans un bar...

– Quel bar ?

– Je ne sais pas. J'ai pris un verre et j'ai parlé avec le barman. Je me souviens de ça.

– Tu es sûr de ne pas savoir où est ce bar ?

– Je n'en ai pas même une vague idée. J'ai la Première Avenue en tête, mais honnêtement je ne peux pas jurer que c'est là. Quelque part dans les Rues 60, je crois. Une rue latérale. Mais rien n'est moins sûr. Je ne prêtais tout simplement pas attention à ce genre de détails. (L'ombre d'un sourire effleura son visage fatigué.) Je le regrette maintenant.

– Et tu n'as pas remarqué le nom du bar ?

– Ou alors je l'ai oublié. Tu sais, il y a beaucoup d'endroits qui n'ont pas de nom, juste « bar » écrit au-dessus de la porte.

– Tu as une idée du temps que tu y as passé ?

– Un bon bout de temps. Plus de quelques minutes. Je me souviens avoir marché encore après avoir quitté le bar. Finalement j'ai pris un taxi.

– Je suppose que tu n'as pas retenu le nom de la compagnie du taxi ou son numéro ?

– Seigneur, non ! Ni à quelle heure ni dans quelle rue je suis descendu. Je me suis fait déposer à plusieurs pâtés de maisons de chez nous parce que j'avais soudain besoin de respirer. J'ai fait le reste du chemin à pied.

– Et l'heure à laquelle tu es rentré à la maison ?

– Aucune idée, Dane.

Sa mère aussi l'ignorait car elle avait expliqué :

« Je me suis aperçue que ton père était rentré le lendemain matin tôt à mon réveil. »

– Je crains, fils, que ces renseignements ne servent à rien.

Dane aurait voulu parler à son père de l'étui à cigarettes qu'il avait retrouvé dans sa commode. Il avait même eu l'intention d'évoquer sa liaison avec Sheila Grey, mais juste à ce moment-là, le gardien annonça la fin de la visite. La rue saturée de gaz d'échappement et de vapeurs grasses fumait. Néanmoins, l'air semblait délicieusement pur après la prison.

Il se rendit au commissariat de police principal et alla voir le responsable de plusieurs étapes de l'enquête Grey, un petit homme à l'air d'oiseau et à la moustache poivre et sel, un inspecteur qui répondait au nom de Queen.

– Ne restez pas debout, fit l'inspecteur Queen en indiquant de la tête un fauteuil de cuir noir strié, et écoutez le cantique. Pour juger, on se fie à l'importance de la preuve indirecte et dans le cas présent, l'importance de la preuve indirecte établit la culpabilité de votre père. La balistique démontre que la balle qui a tué Sheila Grey provient de l'arme de votre père. C'est vrai, il reconnaît en être le propriétaire, mais sa franchise n'ajoute ou n'enlève rien aux faits car l'arme est enregistrée à son nom. De l'aveu général il se trouvait sur les lieux du crime quelques minutes à peine avant l'heure notée par le sergent de service du commissariat 17 qui a entendu le coup de feu à l'autre bout du fil. Ça tombe bien pour votre père que le procureur ne soit pas tenu de prouver le mobile, car le mobile de votre père colle également du tonnerre. Comme chaque fois qu'un type marié a une liaison extra-conjugale. Désolé d'être aussi direct, mais les faits sont là. Et tout ce que votre père trouve à faire, c'est nier et nous offrir à la place une histoire fumeuse où il est question d'un bar où il serait allé. Quel bar, où et quand, il l'ignore.

Dane se demanda ce que ce petit inspecteur grincheux dirait s'il apprenait que son père se grimait pour aller voir sa maîtresse et était impuissant.

« Je me ferais jeter de son bureau pour oser faire des plaisanteries de si mauvais goût si tôt dans la journée. »

– Avez-vous vérifié son alibi, inspecteur ?

– Décidément les gens me rendront chèvre ! explosa Richard Queen. Enfin, je vous excuse parce que c'est votre père qui est inculpé. On n'a pas la tête à réfléchir quand on a des ennuis. Mon cher Mr McKell, vous ne croyez tout de même pas que la police se contente de collectionner les primes qu'on lui accorde pour chaque inculpation que le jury d'accusation prononce ? Comme on ferait avec les queues de renard dans une région à volaille ? Naturellement qu'on a vérifié. Ou plutôt on s'est donné un mal de chien pour essayer. Vous savez combien il existe de bars par mètre carré dans Manhattan ? J'en ai mal aux pieds rien qu'à voir la pile de rapports sur mon bureau. On est allés dans tous les bars du quartier où votre père se trouvait, et pas seulement les Rues 60 et la Première Avenue. On a ratissé tout le quartier de l'East Side Midtown. Personne, absolument personne, ne se souvient d'avoir vu votre père ce soir-là. Nos hommes avaient une photo de lui. Ce soir-là ou n'importe quel autre soir d'ailleurs. Alors, que proposez-vous ? Je suis désolé, Mr McKell, mais à mon avis, votre père a tout intérêt à se payer les meilleurs avocats.

Dane ignorait ce que la police pouvait faire ou ne pas faire, mais en ce qui le concernait, sa décision était prise. Il fallait retrouver ce bar. Il retourna chez ses parents, fouilla dans l'album de famille et, armé d'une photographie de son père, partit au volant de sa M.G. Estimant que la police avait eu une interprétation trop restrictive du terme « bar », il passa méthodiquement chaque rue en revue. En outre, son père localisait peut-être mal le bar en question, soit par erreur, soit par confusion. La police ayant couvert les établissements de l'East Side Midtown, il n'avait qu'à élargir son terrain d'investigation.

Il fit donc les bars, les grills, les grands restaurants, les petits restaurants, les dégustations de fruits de mer, même les hôtels. Les endroits sombres, clairs, neufs, vieux et sans âge.

– Avez-vous vu cet homme ? En êtes-vous sûr ? Il aurait pris un verre ici le soir du 14 septembre entre dix heures et minuit.

Dans un bistro obscur, l'inévitable se produisit.

– Sûr, dit le barman. (Dane retrouva un peu d'espoir.) Il est ici. Jerry ? Y a un type qui te demande.

Jerry aurait eu en effet une ressemblance avec Ashton McKell si celui-ci avait passé ses journées à picoler au fond d'un débit de boissons miteux et s'il s'était rasé tous les trois jours. Dans un bar de la Deuxième Avenue Dane tomba par hasard sur une autre piste. Le barman jeta un coup d'œil à la photo et grommela :

– Qui c'est ce mec, l'oncle à héritage de tout le monde ?

Dane était fatigué.

– Que voulez-vous dire ?

– La fille.

– Quelle fille ?

– Elle travaille pas pour vous ? D'abord elle, ensuite vous. Une jolie pépée, ma foi. Elle était là il y a quelques minutes à peine. Non, j'ai jamais vu ce vieux, et c'est ce que j'ai dit à la fille.

Ainsi une femme interrogeait les barmen en montrant une photo de son père ! Une femme-flic ? Sûrement pas. Ce n'est pas le genre de boulot dont la police chargerait une femme. Et puis, la police avait déjà mené son enquête. Qui alors ? Y avait-il eu deux femmes dans la vie de son père ? Son père pouvait bien avoir eu un harem ! Au point où Dane en était, ça ne lui faisait ni chaud ni froid. Par ses propres agissements il avait provoqué l'arrestation de son père. Le sortir de ce mauvais pas, c'était là son seul souci. Le reste ne comptait pas.

Le mystère de l'inconnue fut résolu de façon tout à fait prosaïque. Après la visite d'un bar rose et blanc qui avait pour clientèle des hommes sveltes serrés dans des vêtements ajustés, Dane entra dans un bar blanc et rose. Des femmes aux yeux charbonneux le dévorèrent du regard tandis qu'il se dirigeait vers le comptoir à l'autre bout de la salle. Le barman était à moitié caché par la silhouette d'une jeune femme qui lui montrait quelque chose.

– Non, miss, fit l'homme. Ni le 14 septembre ni un autre soir.

Dane s'approcha. L'inconnue se retourna au même moment et ils faillirent se rentrer dedans.

– Judy ?

C'était Judy Walsh, la secrétaire de son père. Depuis le soir fatal, il ne l'avait pas revue. Il s'était imaginé que vu les ennuis de son père, c'était elle qui tenait la permanence aux bureaux McKell.

– Dane ! Que fais-tu ici ?

– Apparemment la même chose que toi. J'essaie de prouver l'alibi de papa.

Il la guida vers une banquette et commanda deux bières.

– Ça fait longtemps que tu mènes ton enquête ? demanda-t-il.

– J'ai l'impression que ça fait dix ans, dit-elle, abattue. Je ne savais pas comment être utile, et je ne pouvais pas rester les bras croisés.

Dane acquiesça de la tête. Il connaissait très peu de choses sur Judy et la dévotion qu'elle vouait à son père. McKell l'aîné avait offert à

Judy son premier et unique emploi à une époque où elle ne pouvait espérer de la vie rien d'autre que le destin de la plupart des jeunes filles de sa classe sociale : un mariage précipité, trop d'enfants et une vie ingrate de ménagère. Elle s'était rendue indispensable aux yeux d'Ashton et il l'avait généreusement payée de retour pour ses bons et loyaux services.

– Écoute, Judy, puisqu'on mène le même combat, pourquoi ne pas s'associer ? dit Dane. Où es-tu allée ?

– J'ai une liste.

– Moi aussi. À nous deux, on devrait arriver à un résultat.

Judy reposa son verre encore à moitié plein.

– On perd du temps, Dane. Allons-y.

Ils continuèrent leurs recherches du matin jusqu'au soir. Au bout de plusieurs jours, ils n'avançaient plus que dans une sorte d'engourdissement somnambulique. Leurs photographies respectives se fendillaient, s'écornaient.

Il était cruel mais édifiant de voir comment réagissaient les amis et connaissances de Dane depuis que le jury d'accusation avait inculpé Ashton McKell. Une fille qui depuis le printemps le poursuivait de ses assiduités et lui téléphonait plusieurs fois par semaine ne lui donna brusquement plus aucun signe de vie. A croire qu'elle avait disparu de la surface de la terre. Quant à ses amis les plus proches, ils étaient toujours attendus quelque part et n'avaient jamais le temps de bavarder avec lui plus d'une minute ou deux.

Par contre le vieux colonel Adolphus Phillipse, cousin de Lutetia, se présenta à la porte des McKell pour la première fois depuis les funérailles de la grand-tante de Lutetia. Il prit même le temps de s'arrêter dans le hall de l'immeuble pour éloigner de sa canne un cameraman. Il annonça qu'il avait mis en gage les bijoux de sa mère et offrit de verser une récompense de dix mille dollars à celui qui mettrait la main sur le « vrai coupable », selon ses termes. Il ne fut pas facile de le persuader de renoncer à un tel acte de générosité qui bien sûr était superflu.

Le 1er novembre, Dane et Judy étaient éreintés, épuisés. La seule chose dont ils ne doutaient pas, c'était la sincérité d'Ashton McKell.

– Si pour une raison quelconque il avait inventé cette histoire de toutes pièces, il aurait été difficile d'en imaginer une meilleure, remarqua Dane.

Le 1er novembre, dans une salle de tribunal bondée, s'ouvrit, présidé par le juge Edgar Suarez, le procès d'Ashton McKell. C'était un mardi.

Le mercredi, après une soirée supplémentaire de recherches infructueuses qui ne prit fin qu'à la fermeture des bars, Dane insista pour raccompagner Judy à son appartement de la West End Avenue. La fatigue creusait des cernes sous les yeux de la jeune femme.

– Avalez un somnifère, demoiselle, conseilla-t-il devant l'entrée de l'immeuble, et droit au lit.

– Non, dit Judy. Je veux d'abord comparer la liste des établissements qu'on a vus ce soir avec la liste générale que j'ai établie. Au cas où on en aurait oublié un.

Elle vacilla et il la retint.

– Attention ! Je ferais mieux de t'aider à cocher tes listes. Ensuite, tu iras te coucher.

Il n'était jamais monté chez elle. L'appartement était fonctionnel mais féminin, avec quelques pièces de bric-à-brac estimables et une chaîne hi-fi impressionnante complétée par une formidable collection de disques.

– Tout mon argent y passe, commenta Judy en riant de l'étonnement respectueux de Dane. Je suis une musicienne frustrée, j'imagine. C'est quoi ce qui te branche ?

– Le style cheveux longs.

– Extra ! Il faudra qu'on se fasse une soirée de musique, je veux dire, quand, euh, tout sera fini.

– Volontiers.

– J'ai de superbes enregistrements en 78 tours. Tu connais les symphonies de Beethoven enregistrées avant-guerre par Félix Weingartner et le philharmonique de Vienne ? À mon avis, ces enregistrements restent les plus décisifs…

Ils vérifièrent la liste des établissements de la soirée. Dans le quartier qu'ils venaient de sillonner, pas un seul débit de boissons n'avait été omis.

– Et voilà qui est fait ! fit Judy en reposant son crayon. C'est drôle, mais je ne me sens pas si fatiguée…

Dane l'embrassa. Après un moment de surprise, elle répondit à son étreinte. Plus tard, il se dit que c'était inévitable. L'attirance qu'ils éprouvaient l'un pour l'autre datait de… Depuis combien de temps ? Il lui semblait que cela remontait à leur toute première rencontre, des années auparavant. Il avait toujours été séduit par une certaine netteté agréable, délicate et simple à la fois et, somme toute, féminine. Pourquoi n'en avait-il pas pris conscience plus tôt ? Et qu'était-il advenu de sa passion pour Sheila Grey ? Déjà le souvenir de la jeune styliste n'était plus qu'un vestige du passé… Avait-il donc un tempérament si futile, si superficiel pour oublier aussi facilement ? Ou n'avait-il jamais éprouvé d'amour véritable pour Sheila ?

Tout aussi brusquement qu'il avait pris Judy dans ses bras, il la repoussa et quitta l'appartement en courant. Judy était plus perplexe que blessée et plus fatiguée que perplexe. Elle sombra dans un sommeil profond tout en songeant :

« Il a honte d'être heureux alors que son père a des ennuis. C'est pour ça. Dane est un garçon si étrange. »

Une routine s'établit. Le jour ils assistaient au procès. Le soir jusque tard dans la nuit était consacré à la chasse au bar fantôme et à son barman invisible. Ensemble ils prenaient leurs repas sur le pouce. Judy avait conscience d'une contrainte de la part de Dane. Une attitude vaguement circonspecte, une certaine réserve. Pourtant il y avait des moments où il semblait retrouver un peu de l'élan qu'il avait témoigné à son égard pendant quelques minutes dans son appartement ce soir-là. Mais c'étaient de simples éclairs fugitifs d'une émotion qui avait déjà rejoint le rang des souvenirs nébuleux. Elle avait le sentiment d'avoir rêvé ce moment d'abandon.

Le froid envahit la ville. L'odeur de fumée des marrons chauds flottait au coin des rues de Manhattan, l'équivalent urbain des feux de feuilles mortes des banlieues. Le long des rues propres et élégantes, sales et miteuses, à travers les zones résidentielles aux loyers élevés, les quartiers cosmopolites et les bidonvilles jonchés d'ordures, Dane et Judy poursuivirent leurs recherches avec la même énergie et toujours avec aussi peu de succès.

Le procès atteignait son point culminant. Peu de suspects inculpés de meurtre avaient eu un défilé aussi distingué de témoins de moralité qui témoignèrent de la probité et du tempérament non violent d'Ashton McKell. Néanmoins Dane, Judy Walsh, Richard M. Heaton et surtout Robert O'Brien – le très compétent avocat qui assurait la plaidoirie – n'ignoraient pas combien ces témoignages pesaient peu dans la balance des faits.

Le procureur n'avait qu'à paraphraser le discours de l'accusation dans la vieille affaire Richard

Savage : « Messieurs les jurés, vous devez considérer que Mr Savage est un homme plus important que vous ou moi, qu'il porte de plus beaux habits que vous ou moi, et qu'il a beaucoup plus d'argent dans ses poches que vous ou moi. Alors, messieurs les jurés, n'est-il pas encore plus inacceptable qu'il tue ses concitoyens – vous ou moi ? » pour qu'on comprenne combien toutes ces belles paroles exprimées par tout ce beau monde n'étaient d'aucun secours.

– Quelles sont les chances de mon père ? demanda Dane à O'Brien.

L'avocat le regarda droit dans les yeux avant de répondre :

– Infimes.

S'il avait répondu autre chose, Dane ne l'aurait pas cru.

Judy se mit à pleurer.

– Tout de même on doit bien pouvoir faire quelque chose avant qu'il soit trop tard, gémit-elle. Dane, et si tu engageais un détective privé ?

– Pour quoi faire ? (Son ricanement ressemblait presque à un aboiement.) Confie-leur une affaire qui les change de l'ordinaire et ils ont peur de s'y frotter. Oh, ce ne serait pas difficile d'en trouver un prêt à s'en mettre plein les poches, mais...

Soudain un nom lui traversa l'esprit. Le nom d'un type qu'il avait rencontré une fois à un cocktail littéraire à L'Algonquin. Un type qui écrivait des romans policiers pour gagner sa vie et qui en guise de passe-temps... Il courait des bruits impressionnants, si ce n'est incroyables, à propos de ce violon d'Ingres peu courant. Et son père n'était-il pas inspecteur dans la police de New York ?

– Bon Dieu ! s'exclama Dane. Son père, c'est le vieux avec qui j'ai discuté au commissariat.

– Le père de qui ? demanda Judy, interdite.
– J'ai le type qu'il nous faut.
Ils partirent donc à la recherche d'Ellery Queen.

Ils trouvèrent Ellery dans une chambre du pavillon privé de l'hôpital suédo-norvégien de Murray Hill.

– Nous, les Nordiques, nous sommes experts pour rafistoler les membres cassés dans des accidents de ski, avait expliqué le sympathique Dr Johanneson en tapotant les plâtres dans lesquels les deux jambes d'Ellery étaient immobilisées.

– Y a intérêt, grommela Ellery. C'est vous qui êtes responsables de cette maudite invention. Et cessez de me regarder avec cet air satisfait. Sachez que les Queen se cassaient les os de façon civilisée à une époque où vos ancêtres barbares étaient encore en train de graver les runes dans les forêts du Gotland !

La chambre était assez agréable avec des murs peints d'un jaune sable plutôt tonique. Ellery accueillit ses deux jeunes visiteurs avec une grimace désabusée.

– Ce n'est pas mon année, se plaignit-il. Je suis allé à Wrightsville pour faire un peu de ski en début de saison. Par malchance il y avait une équipe de cinéma qui tournait en extérieur dans les Mahoganies et le metteur en scène que je connais m'a embarqué dans l'aventure. Ils ont fixé une caméra sur un traîneau que je devais tirer. La corde a cassé et je me suis retrouvé en train de dévaler la pente dans un corps-à-corps avec le traîneau. Ce n'est pas tant que le traîneau m'ait cassé une jambe qui me chagrine, mais que mes propres skis se soient retournés contre moi et m'aient brisé la deuxième jambe, ça je ne peux pas l'avaler !

Et sur un ton différent :

– Comment se porte votre dernier roman, Mr McKell ? Il me semble que vous en aviez un en projet la fois unique où nous nous sommes rencontrés.

Ellery trônait dans un fauteuil. Les deux plâtres volumineux qui emprisonnaient ses jambes allongées devant lui reposaient sur un coussin. Tous les matins, on le soulevait du lit au fauteuil où il restait assis toute la journée, et tous les soirs on réitérait la même opération en sens inverse. Livres, magazines, tabac, fruits, stylos et papier, plus une bouteille de vin et le téléphone étaient posés à portée de main. Il avait même une commande à distance pour la télévision.

– Je ne suis pas venu pour parler de mon roman, dit Dane.

– Alors, il s'agit de votre père ?

L'air sombre, Dane hocha la tête.

– J'ai suivi l'affaire, mais les journaux vous laissent sur votre faim. (Ellery observa un instant ses deux visiteurs.) Racontez-moi tout.

Dane s'exécuta, c'est-à-dire qu'il raconta tout sauf son propre mouvement de violence envers Sheila. Quand il se tut, Judy fit un rapport détaillé de leurs recherches pour retrouver le bar et le barman, le seul témoin qui pouvait confirmer l'alibi d'Ashton McKell.

Ellery écouta, interrogea, prit des notes. Enfin, il se renversa dans son fauteuil et se perdit dans ses pensées. Il y eut un long silence, interrompu par les bruits de l'hôpital. Le fracas d'un plateau qu'on entrechoque, une voix rauque dans un interphone, le roulement d'un chariot à pansements, le bourdonnement d'une cireuse... Ellery paraissait s'être assoupi, les yeux grands ouverts. Dane se surprit à regretter de ne pas dormir lui-même pour se réveiller dans cent ans. Les récents événements appartiendraient désormais aux pages inoffensives de l'histoire...

– Une seule question, fit soudain Ellery. Tout est là.

– Bien sûr, Mr Queen, dit Judy. Dans quel bar est allé Ashton McKell ?

– Non, c'est d'ailleurs étonnant qu'on ne se soit pas posé cette question plus tôt. Elle est au cœur du problème. L'affaire entière risque même de s'articuler autour de ce point.

Il acheva sa phrase dans un murmure.

À ce moment-là une superbe infirmière blonde apparut sur le seuil de la chambre, sembla déçue de ne pas trouver son patient seul, échangea un sourire avec lui et referma la porte. Le sourire toujours aux lèvres, Ellery saisit le téléphone, donna au standard son nom et le numéro de sa chambre et demanda le commissariat principal.

– L'inspecteur Queen, s'il vous plaît... Papa ?... Non, ça va. Papa, Dane McKell est ici... Je sais, il me l'a dit. J'ai un service à vous demander. J'aimerais voir son père... Un instant. J'ai une question à poser à Mr McKell et ce serait bien si vous pouviez arranger ça avec le procureur... Voyons, papa, c'est sûrement possible. Aujourd'hui, c'est samedi. Le procès est suspendu, il y a plusieurs précédents... Bien sûr que c'est important, sinon je ne vous dérangerais pas. D'accord ?... Je vous rappelle ce soir comme d'habitude.

Il se tourna vers ses visiteurs.

– Ça a du bon le piston à la papa. Prenez un fruit, ou du vin. Mr McKell, à propos de votre roman...

Et une heure et demie plus tard :

– Enfin, Dane, ça n'a aucune importance qu'il y ait du poisson ou pas dans la vieille carrière de pierre. À partir du moment où Jerry croit qu'il y en a, c'est une raison suffisante pour qu'il s'y rende. Dans votre troisième chapitre...

On frappa à la porte.

– Oui ?

Ashton McKell entra, encadré par deux policiers en civil. L'un avait les cheveux gris, l'autre ressemblait à Sugar Ray Robinson.

Le soleil d'automne derrière les vitres tombait sur le visage de McKell l'aîné. Dane trouva son père encore plus pâle et amaigri qu'à la prison. Cette entrevue avait une apparence de rêve. Dans cette chambre d'hôpital baignée par le soleil il y avait quelque chose d'irréel à toucher l'épaule de son père tandis que Judy s'accrochait à son bras libre en murmurant : « Oh, Mr McKell » à plusieurs reprises, sorte de litanie chagrine et joyeuse, et que les deux policiers plaisantaient avec un individu aux jambes plâtrées.

– Vraiment, quel idiot tu fais, dit celui qui avait les cheveux gris. Te fracturer les deux jambes à la fois ! Tu as l'air d'un gardien de but du Garden[1].

– Fous-moi la paix, veux-tu, Piggott ? répliqua Ellery avec bonne humeur. Je te souhaite de n'avoir jamais une seule égratignure. Eh, Zillie, que fais-tu en service de jour ?

Le second policier sourit.

– C'est vrai que d'habitude le chef me réserve le travail de nuit sous prétexte qu'on me voit moins dans le noir.

Son poignet brun était attaché à celui d'Ashton.

– Bon, les amis, merci de votre visite, dit Ellery. Attendez un moment dans le couloir, d'accord ?

– Eh bien, fit Piggott avec prudence.

1. Abréviation pour Madison Square Garden, immense complexe sportif à Manhattan. Le premier bâtiment a été construit en 1925.

– Tu sais qu'on ne peut pas, Ellery, ajouta Zilgitt. On n'a déjà aucune raison d'être là. Qu'est-ce que tu as manigancé pour arriver à tes fins ?

– Ça ne te regarde pas, et toi, Piggie, ne me sers pas tes discours sur la légalité. En tant qu'ami de la cour j'ai l'autorisation de rencontrer Mr McKell. Cela me donne le statut d'officier de la cour, ce qui fait que notre entrevue est confidentielle.

– Aux yeux d'un Piggott, tout ce qui compte, c'est que tu assumes la responsabilité des jambes cassées et du reste, dit Piggott.

– Je l'assume.

– Eh bien, au cas où, conclut Zilgitt, on est juste derrière la porte.

Il ôta les menottes à Ashton McKell et les deux policiers quittèrent la pièce.

Ashton McKell serra la main d'Ellery.

– J'ignore de quoi vous désirez m'entretenir, mais à cheval donné on ne regarde pas les dents. J'ai l'impression d'avoir passé vingt ans enfermé dans une cellule.

– Dane, miss Walsh, racontez donc à Mr McKell ce que vous avez fait.

Dane s'exécuta. Ash McKell écouta patiemment. Il semblait un peu déconcerté, comme quand on se trouve confronté à une expérience nouvelle.

– Mr Queen a une question importante à te poser, papa. C'est pour ça qu'on t'a amené ici.

– D'après le récit qu'on m'a fait, commença Ellery, et je suppose qu'il n'y a pas eu d'oubli, la police a fouillé l'appartement de miss Grey, le vôtre, Mr McKell, votre bureau, etc. Tout a été passé au peigne fin.

Ashton avait l'air interdit.

– Néanmoins, un détail m'échappe. Après tout,

ce n'était pas Ashton McKell qui rendait visite à Sheila Grey le mercredi soir, n'est-ce pas ? C'était le Dr Stone. Je ne me trompe pas ? C'était bien là votre habitude ?

Le prisonnier hocha lentement la tête. Dane parut contrarié.

– C'est Ashton McKell qui se mettait au volant de la Continental et le Dr Stone qui en descendait. Quelque part entre la porte de service du club et le garage près de Park Avenue, grâce au contenu d'une petite sacoche noire, Ashton McKell se métamorphosait en Dr Stone. La question que je vous pose, qui apparemment n'a effleuré personne, est la suivante : Mr McKell, qu'est-il advenu de votre sacoche noire ?

Le père de Dane se troubla.

– Je dois réfléchir... Est-ce important, Mr Queen ?

La main d'Ellery s'abattit sur un de ses plâtres.

– Important ? s'écria-t-il. De toute évidence, la police ne l'a pas retrouvée, sinon, vous pouvez être sûr qu'elle aurait sa place au rang des pièces à conviction dans ce procès. On n'a pas dit un seul mot sur ce Dr Stone. On n'a pas identifié de sacoche, on n'a pas parlé des visites hebdomadaires du Dr Stone chez Sheila Grey, on n'a pas démontré qu'il existait un rapport entre le Dr Stone et vous, on n'a pas placé le « docteur » sur les lieux du crime... Si la police n'a pas retrouvé votre trousse à maquillage, c'est parce qu'elle n'a pas établi de lien entre ce personnage et vous. À mes yeux, le déguisement du Dr Stone est parfait. Je répète donc ma question : Qu'avez-vous fait de la sacoche ?

Ashton secoua la tête et se laissa choir sur une chaise, la main sur les yeux.

– Procédez étape par étape, dit Ellery sur un ton encourageant. Vous l'aviez en quittant l'aéroport ce soir-là à votre retour de Washington ?

– Oui, quand je suis arrivé chez Sheila… chez miss Grey, je l'avais… Je suis resté très peu de temps… Est-ce que… ? Oui, je l'avais en repartant. Je me rappelle avoir marché dans la rue en tenant la sacoche d'une main, puis de l'autre. Je changeais de main parce que je portais aussi mon sac de voyage… Et je l'avais également dans le bar. Je me souviens l'avoir posée sur le tabouret voisin du mien. J'étais assis au comptoir.

– Et quand vous êtes rentré chez vous ?

– Non, je ne l'avais plus. J'en suis sûr. Est-ce que je l'ai oubliée dans le bar ? Non, pourtant, je l'avais en sortant. Jamais je ne l'aurais ramenée chez moi. D'ordinaire je la laissais dans ma chambre au club, mais là j'étais plus près de la gare de Grand Central…

– Grand Central, répéta doucement Ellery.

– J'ai bien dit « Grand Central », n'est-ce pas ? fit Ashton, la mine ahurie. Vraiment, notre esprit nous joue de ces tours ! C'est ça, bien sûr, j'ai mis la sacoche à la consigne, enfin je l'ai donnée au bureau de la consigne. En quittant le bar j'ai dû marcher jusqu'à la gare. Ça m'était totalement sorti de la tête.

– Où est votre ticket de consigne, Mr McKell ?

– Sans doute dans le costume que je portais ce soir-là.

– Alors pourquoi la police ne l'a-t-elle pas retrouvé en fouillant tes affaires ? intervint Dane.

– Peu importe, Dane, pour l'instant, fit Ellery d'un ton bref. Prenez le téléphone et appelez votre mère. Dites-lui de chercher ce ticket de consigne sans perdre de temps.

C'est l'intendante, la vieille Margaret, qui répondit.

– Je ne peux pas vous passer Mrs McKell, protesta-t-elle. Elle m'a demandé de ne pas la déranger, sous aucun prétexte, Mr Dane, sous aucun prétexte.

Sa mère s'était enfermée dans son appartement privé qui comprenait une chambre, une salle de bains et un salon, en donnant des instructions précises. On lui apportait ses repas sur une table roulante qu'on laissait devant sa porte. Elle refusait de voir qui que ce fût et de répondre au téléphone.

– Maggie, écoutez-moi. N'avez-vous rien trouvé dans l'appartement de mon père le matin où on a appris la mort de miss Grey ? Ou après ? Un… ?

Il allait dire « un costume marron », mais la vieille Margaret l'interrompit.

– Le téléphone, Mr Dane, chuchota-t-elle avec son accent irlandais. On nous écoute peut-être.

Dane resta sans voix. Cette éventualité ne lui était pas venue à l'idée. Était-il possible que Margaret soit au courant à propos du ticket de consigne ? Pour ajouter à sa confusion, Margaret articula encore trois mots et lui raccrocha au nez. Confondu, il reposa le combiné.

– Maman refuse de parler au téléphone et Margaret a peur qu'il ne soit branché sur table d'écoute. Néanmoins, j'ai l'impression qu'elle sait quelque chose. Elle m'a dit : « Allez chez Bridey » avant de raccrocher. Papa, qui diable est Bridey ?

– Sa plus jeune sœur, Bridget Donnelly. Son mari a travaillé pour moi.

– Je ne comprends pas.

– Tu n'as pas à comprendre, Dane, dit Judy. Fais ce que la vieille Maggie dit. Va chez Bridey.

– Miss Walsh a raison, dit Ellery. Dépêchez-vous, Dane. Je ne sais pas si je vais pouvoir convaincre les deux policiers qui attendent dans le couloir de me laisser votre père encore longtemps.

Ramon conduisit Dane en Bentley jusqu'à Chelsea. Mrs Donnelly habitait dans un immeuble de grès brun aux angles effrités. L'appartement, qui sentait le moisi, était néanmoins d'une propreté impeccable. Mrs Donnelly était une seconde version de Margaret, en plus costaud.

– Vous dites que vous êtes Mr Dane McKell ? dit-elle en le faisant entrer dans un salon chargé de lithochromes de St. Lawrence O'Toole et du Sacré-Cœur. Pourquoi est-ce que je vous croirais ?

Il n'était pas venu à l'idée de Dane qu'on douterait de son identité.

– Écoutez, Mrs Donnelly, je suis extrêmement pressé.

Il expliqua ce qui l'amenait.

Toutefois, Bridey Donnelly, elle, ne voyait pas les choses de la même façon.

– Vous avez appelé ma sœur Margaret pour lui demander quelque chose d'important au sujet de votre père – que les saints le délivrent du mal. N'ai-je pas prié pour lui jour et nuit ? – et Maggie vous a envoyé chez moi et vous en concluez qu'elle m'a donné ce que vous cherchez. Eh bien, d'après vous, c'est quoi ce qu'elle m'aurait donné, Mr Dane McKell-peut-être-bien-que-oui-et-peut-être-bien-que-non ?

En dépit de la compassion qu'elle éprouvait pour Ashton McKell, Mrs Donnelly n'était pas prête à renoncer à sa prudence tout irlandaise.

– Un costume marron ? fit Dane.

Elle secoua la tête.

– J'ignore de quoi vous parlez.

– Un ticket de consigne ? Une consigne à bagages ? Grand Central ?

– Je ne vois toujours pas. Continuez.

Il aurait pu l'étrangler.

– Une sacoche noire alors !

À peine prononçait-il ces mots qu'elle lui fit signe de la suivre. Elle avança d'un pas lourd le long d'un couloir sombre style chemin de fer sur lequel donnaient plusieurs pièces en enfilade, et ouvrit l'avant-dernière porte. Elle alluma la lumière. Le petit miroir de la chambre était encore décoré d'une branche de buis desséché du dernier dimanche des Rameaux qui avait eu lieu sept mois plus tôt.

– Vous êtes plus jeune que moi, et plus mince, fit-elle. Prenez. Là. Sous le lit.

Il ne trouva sous le lit qu'une vieille malle en crin de cheval à l'air fatigué. Il la tira.

– C'est fermé à clé, fit-il en levant la tête.

Elle lui tapota le front de son poing fermé.

– Regardez de l'autre côté, ordonna-t-elle, car vous êtes un garçon et moi, une pauvre veuve. (Suivit un bruit de jupons.) Tenez.

Elle lui jeta la clé attachée à une épingle à nourrice. Il ouvrit la malle, en repoussa vivement le couvercle.

– Laissez-moi faire, dit-elle tout en sortant une bible Douay qui devait bien peser vingt livres.

Sous la bible il y avait une pile de vêtements bien pliés et sous les vêtements, une sacoche noire.

Il se redressa et se confondit en remerciements.

– Inutile, jeune homme. On sait grâce à qui on vit depuis trente ans, Maggie, moi et mon pauvre Tom qui est mort. Et maintenant, faites vite, que j'apprenne par la radio que tout va bien pour votre père qui est si bon.

Dane lui fit une bise. Un large sourire aux lèvres, elle lui donna pour son impudence une tape sur l'oreille qui résonna dans sa tête jusqu'à mi-chemin de l'hôpital.

Dane s'était absenté moins de quarante minutes. Les deux policiers en faction dans le couloir remarquèrent la sacoche mais ne firent aucun commentaire. Il entra dans la chambre d'Ellery en poussant un soupir de soulagement. Les yeux gris d'Ellery s'éclairèrent à la vue de la trousse de médecin.

– Un bon point, Dane ! s'écria-t-il. Allez, Mr McKell, au travail.

Le père de Dane ouvrit la sacoche et disposa rapidement son contenu sur la table d'Ellery. Puis, il s'enduisit le visage de fard gras et de colle-gomme.

– Mais enfin ! s'exclama Dane.

Ellery eut un petit rire. Il jeta un coup d'œil à Judy. La jeune femme était occupée à fixer un flash sur un appareil photo.

– Laissez-moi vous résumer l'affaire, Dane, dit Ellery. Judy, la police et vous, vous vous êtes lancés à la recherche du mauvais homme. Normal qu'aucun des barmen interrogés n'ait reconnu Ashton McKell. Ce n'est pas Ashton McKell qui est venu prendre un verre le soir du 14 septembre, mais le Dr Stone.

Ashton saisit une poignée de fibres grises qu'il s'appliqua sur le menton à la mode Van Dyck avec l'expertise que confère une grande pratique.

– Quel idiot je suis ! gémit Dane. Voilà ce qui arrive quand on essaie de jouer les détectives. Papa, où t'es-tu changé ce soir-là ?

– Dans les toilettes de l'aéroport en arrivant de Washington. Quand j'ai quitté Sheila, j'ai déambulé au hasard dans les rues pour déboucher finalement devant la gare. J'ai enlevé mon maquillage dans les toilettes sans prendre la peine de changer de costume. J'ai déposé la sacoche à la consigne et je suis rentré à la maison. Tout me revient maintenant. Mr Queen a agi comme une tente à oxygène. L'air frais a chassé les toiles d'araignées de ma tête.

Quand il se retourna enfin, c'est le Dr Stone aux cheveux et à la barbe grisonnants qui leur faisait face. Il était étonnant de voir comment un postiche et quelques touches de fard appliquées avec adresse autour des yeux et sur le reste du visage transformaient Ashton McKell. Judy le fit asseoir et tourna autour de lui, appareil photo en main, à la recherche du meilleur angle. Le flash fit un éclair.

– Encore une ou deux, on ne sait jamais, dit-elle.

Elle prit une deuxième photo de face, puis une autre de profil avant d'ajouter :

– Revenez-nous, Mr McKell. Ça me fait drôle de vous voir comme ça.

Ashton McKell se mit à rire tout en enlevant perruque et maquillage. Néanmoins, on l'entendit murmurer :

– Comment ai-je pu me prêter à cette comédie ?

– La question classique, Mr McKell, observa Ellery. « Oh, quelle confuse toile d'araignée nous tissons », etc. On est prêt ? Rappelez les policiers, Dane, s'il vous plaît.

Lorsque les officiers de police reprirent possession de leur prisonnier et partirent, Ellery renvoya ses deux visiteurs.

– Maintenant, vous deux, les bars vous attendent, dit-il. Reprenez vos recherches. De mon côté, je vais appeler Bob O' Brien et voir s'il peut convaincre le juge Suarez et le procureur d'accorder une suspension d'audience de quarante-huit heures. Peut être même que vingt-quatre heures suffiront. Je pense qu'on l'aura sans problème. O'Brien fait plus de merveilles que le chef cuisinier du Waldorf.

Resté seul, Ellery sonna l'infirmière. Il avait l'air content de lui.

– Je suis épuisé, dit-il à la blonde plantureuse qui entra, et j'ai vraiment besoin d'être remonté. Mettez un disque, Kirsten, épluchez-moi un grain de raisin et promettez-moi qu'on passera la soirée ensemble quand on m'aura enlevé ces pantalons de plâtre.

– Comment ? fit la fille, les sourcils froncés.

– Jouer au détective Hawkshaw dans un fauteuil, c'est débilitant. Que vaut Mycroft Holmes ?

– Mr Queen, je comprends pas...

– Ça ne fait rien, Kirsten. Apprenez-moi votre langue. Tout ce que je sais, c'est « akvavit » et « snoose ». Pendant ce temps j'essaierai de résister à votre beauté nordique. Vous voulez bien me donner la main ?

L'infirmière lui adressa son sourire généreux.

– Je crois vous dites beaucoup des bêtises, Mr Queen, mais c'est gentil bêtises, non ?

– Oui, oui, bien sûr. Pouvez-vous me passer le téléphone ?

Le matin où l'audience reprit, l'ambiance dans la salle était différente de celle des premiers jours du procès. Ni banquiers, ni ambassadeurs, ni évêques, ni capitaines d'industrie n'attendaient pour témoigner. O'Brien se leva, irradiant la confiance. Quelque chose comme un murmure ou un frémissement souleva la salle du tribunal et chatouilla Son Honneur qui releva vivement la tête. Après tant d'années dédiées au judiciaire le juge avait fini par développer un sixième sens. Il sentit la somnolence à laquelle il avait coutume de s'abandonner s'évanouir soudain et le frisson révélateur lui picoter le cerveau. Il s'assit bien droit dans son fauteuil pivotant.

La quarantaine à peine passée, Bob O'Brien était un grand gaillard irlandais au visage bon enfant. Il s'était spécialisé dans les causes perdues et les menait à bien avec un brio remarquable. Père de famille, ancien étudiant de Harvard, érudit en histoire et versé dans les classiques, c'était aussi un peintre du dimanche, un archéologue de l'été et surtout la terreur des tribunaux. Il venait d'obtenir l'acquittement pour un type sans le sou accusé de meurtre après avoir démonté trois procès pour vice de procédure. Sa défense magistrale d'un étranger menacé d'expulsion lui valut le sobriquet de « nouveau Darrow[1] » dans les cercles libéraux. Toutefois lorsqu'il plaida la cause d'un enfant handicapé dont les parents demandaient à ce qu'il bénéficie pour se rendre à son école religieuse d'un moyen de transport particulier aux frais de la municipalité, il perdit le soutien de la plupart de ses supporters les plus véhéments.

Ce matin de novembre, donc, Bob O'Brien prit la parole.

– J'appelle Ashton McKell, dit-il tandis qu'un autre murmure secouait la salle.

La tête haute, l'air de se tenir à la tribune de la Convention internationale des armateurs, McKell prêta serment avec la solennité de celui qui entre dans les ordres.

– Nom et prénoms.

– McKell Philip Cornelius Ashton.

– Avez-vous déjà utilisé un autre nom ?

– Oui.

Le procureur De Angelus se pencha en avant. On l'eût dit tiré par un fil invisible.

– Quel nom ?

– Dr Stone.

Le procureur secoua la tête comme pour chasser quelque chose de son oreille.

– Cet autre nom, Dr Stone, est-ce un pseudonyme ?

– Non.

– Je vous prie, expliquez aux jurés quelle signification vous y attachez, Mr McKell.

– C'est une deuxième identité. Pour devenir le

1. Clarence Seward Darrow (1857-1938), homme de loi américain.

Dr Stone je me maquille et je porte des vêtements différents de ceux que je mets d'ordinaire. Je porte aussi de fausses lunettes de vue, dont je n'ai pas besoin en réalité, une canne et une sacoche noire de médecin.

– Tous ces attributs appartiennent donc au Dr Stone ?

– Oui.

Bob O'Brien retourna à sa table et se baissa. Il brandit un sac noir.

– Est-ce la sacoche à laquelle vous faites allusion, Mr McKell ?

– Oui.

– Voulez-vous bien l'ouvrir et la vider de son contenu ?

Ashton McKell s'exécuta.

– La colle-gomme, la perruque...

– En d'autres termes, Mr McKell, ce sac contient les attributs qui vous permettent de vous transformer en Dr Stone.

– Oui, exception faite de la canne et des vêtements.

– Merci. Je considère cette sacoche et son contenu comme une pièce à conviction de l'accusé.

Le juge ouvrit la bouche mais trop lentement. Le procureur De Angelus venait de se dresser et agitait la main d'un air affolé.

– Votre Honneur, puis-je demander à la défense à quoi rime cette pièce à conviction ?

– Elle est nécessaire pour que mon client se maquille en Dr Stone, dit O'Brien.

– Devant ce tribunal ? s'écria le procureur.

– Devant ce tribunal, répondit l'Irlandais, courtois.

– Ici ? Maintenant ?

– Ici et maintenant.

Son Honneur intervint :

– Nous apprécions tous les pratiques les plus

pittoresques auxquelles la défense n'hésite pas à se livrer devant la cour de temps à autre, quand elle en a l'autorisation. Aussi la défense est-elle priée d'expliquer à quelle fin elle introduit une démonstration digne d'un théâtre d'amateur dans ce procès.

O'Brien feignit de paraître quelque peu déconcerté par cette question.

– Je n'avais pas l'intention de révéler si tôt les raisons de la défense. Toutefois, si Votre Honneur insiste...

– Son Honneur insiste, interrompit Son Honneur.

– Fort bien. Mr McKell, expliquez à la cour, je vous prie, dans quel but vous preniez cette fausse identité.

– Pour cacher ma véritable identité... (Ashton hésita une fraction de seconde.)... quand je rendais visite à miss Sheila Grey.

– Silence ! s'écria le juge. La défense est priée d'approcher. Vous aussi, monsieur le procureur.

Suivit un conciliabule à trois fort animé. Enfin, de guerre lasse, De Angelus fit un geste fatigué de la main et le juge Suarez annonça :

– La démonstration est acceptée.

Et tout le monde se rassit. Un huissier approcha une petite table du siège du témoin sur laquelle il posa la sacoche et se retira. McKell sortit la trousse à maquillage dont il étala le contenu et un petit miroir pivotant sur un pied.

– Mr McKell, dit O'Brien sur le ton de celui qui commande un sandwich pain de seigle et jambon, transformez-vous en Dr Stone.

Et Ashton McKell, de quatre-vingts à cent fois millionnaire, conseiller du président des États-Unis, personnalité recherchée du monde diplomatique qui s'était offert le luxe de refuser plusieurs postes d'ambassadeur, entreprit de se « transformer ». Sous le regard fasciné du juge, du jury, du procureur, de la défense, des huissiers, de la presse et du public. Quand il eut les traits du Dr Stone, le magnat se redressa et jeta un coup d'œil timide à son avocat. Le silence pesant qui avait accompagné cette métamorphose, se rompit brusquement. Le marteau retentit, la salle redevint silencieuse.

– C'est donc ainsi que se présente le Dr Stone ? demanda O'Brien.

– Oui, exception faite du costume marron et de la canne.

– Je pense qu'il est facile d'imaginer ces éléments. Bien, Mr McKell. Votre Honneur, j'aimerais qu'on introduise deux témoins. La cour et l'accusation voient-ils un inconvénient à ce que j'interrompe le témoignage de Mr McKell pour interroger mes autres témoins ?

Autre conciliabule. Enfin McKell fut prié de quitter le siège du témoin.

– Faites entrer John Leslie, dit O' Brien.

On introduisit un John Leslie au visage rendu cramoisi par un rasage excessif et tout engoncé dans le costume qu'il avait porté pour acclamer du trottoir la reine Elisabeth et le prince Philip en visite officielle. Il prêta serment, confima être le portier du 610 Park Avenue depuis que l'hôtel particulier avait été transformé en immeuble. Il connaissait donc bien Ashton McKell, parfaitement, depuis plus de vingt-cinq ans.

– Voyez-vous Mr McKell dans l'audience ?

Leslie parcourut la salle des yeux. Il avait l'air perplexe.

– Non, monsieur, je ne le vois pas.

– Bon, pourriez-vous reconnaître un Dr Stone ?

– Le Dr Stone ? Le médecin qui rendait visite à miss Grey ? Je crois que oui, monsieur.

– Le voyez-vous dans cette salle ?

Leslie regarda de nouveau.

– Oui, monsieur.

– Montrez-le du doigt, je vous prie... Merci, Mr Leslie. Ce sera tout.

Le procureur De Angelus :

– Mr Leslie, vous souvenez-vous du soir où le corps de miss Grey a été retrouvé ?

– Oui, monsieur.

– Ce soir-là, avez-vous vu l'homme que vous venez d'identifier comme étant le Dr Stone entrant au 610 Park Avenue ?

– Oui, monsieur.

– À quelle heure ?

– Assez tard dans la soirée. Aux alentours de 10 heures.

– Pouvez-vous être plus précis ?

– Non, monsieur. Je n'avais aucune raison de vérifier l'heure.

– Vous souvenez-vous l'avoir vu quitter l'immeuble ?

– Oui, monsieur. Très peu de temps après. Quelques minutes. Je n'ai pas fait attention à l'heure non plus.

– Une demi-heure ?

– Peut-être.

– Vous venez de dire « quelques minutes ».

– Je ne sais vraiment pas, monsieur.

– C'est tout.

Chose étonnante, O' Brien ne contre-interrogea pas Leslie.

– J'appelle Ramon Alvarez.

Le vieux John s'en alla, l'air toujours perplexe quant à l'hermétisme de cette procédure, pour être remplacé par le chauffeur Ramon. Ce dernier déclara être au service de Mr McKell depuis cinq ans et depuis le début du printemps – avril environ – avoir conduit son patron aux alentours de quatre heures, le mercredi après-midi, au

Metropolitan Club. Il avait l'habitude, c'est-à-dire lui, Ramon, de garer la Bentley dans un garage derrière le club.

– Que faisiez-vous ensuite ?

– J'avais l'ordre de retrouver Mr McKell au club dans la soirée pour le raccompagner.

– Mr McKell ne vous a jamais dit où il se rendait le mercredi ?

– Non, monsieur.

– Et ceci se passait invariablement tous les mercredis après-midi depuis le mois d'avril, Mr Alvarez ?

– Sauf deux fois quand Mr McKell s'est rendu pour affaires en Amérique du Sud et en Europe.

O'Brien se tourna vers le public.

– Mr McKell, voulez-vous vous lever ? Merci. Mr Alvarez, avez-vous déjà vu Mr McKell ainsi grimé ?

– Non, monsieur.

– Vous en êtes sûr ?

– Oui, monsieur.

– Vous n'avez jamais eu la curiosité de savoir où Mr McKell se rendait le mercredi soir ? insista O' Brien. En se passant de vos services ?

Ramon eut un haussement d'épaules.

– Je suis chauffeur. J'obéis aux ordres.

– Et pas une seule fois vous n'avez vu votre patron affublé de cette perruque et de cette fausse barbe ?

– Votre Honneur, interrompit l'accusation, Mr O' Brien contre-interroge son propre témoin.

O'Brien fit un signe de la main, De Angelus aussi et Ramon fut renvoyé.

– Je rappelle Ashton McKell, reprit O'Brien.

On précisa à Ashton qu'il était toujours sous serment.

– Mr McKell, je vais vous poser une question délicate. Pour quelle véritable raison endossiezvous avec autant de précautions le mercredi après-midi l'identité du Dr Stone, identité fabriquée de toutes pièces ? Je parle de précautions puisque vous vous méfiiez même de votre chauffeur.

– Je souhaitais éviter que ma famille et mon entourage ne découvrent que je rendais visite à miss Grey. (La salle s'agita.) Sur ce point, ajouta amèrement McKell l'aîné, il semble que j'ai magistralement raté mon coup.

Ce fut là une métaphore malheureuse. Quelqu'un laissa échapper un ricanement et au moins un journaliste se fraya un chemin jusqu'au téléphone à l'extérieur de la salle pour communiquer à son journal l'opinion de l'expert-psychiatre qui affirmait que le *lapsus linguæ* pouvait fort bien être compris comme un lapsus freudien par le biais duquel l'accusé avouerait son crime.

Quant à O'Brien, c'est à peine s'il fronça les sourcils. Il se souciait comme de l'an 40 des témoins, et encore plus des accusés, qui « mettaient leur âme à nu » et donnaient des renseignements de leur plein gré. Néanmoins, il fut tiré de ce léger embarras grâce à l'intervention du procureur qui n'avait rien remarqué et s'inquiétait de ce que l'accusé ait l'allure d'un comédien grimé pour une répétition générale. C'est ce qu'il s'empressa de déclarer avec emphase.

– L'accusé va conserver son maquillage quelques minutes encore, Votre Honneur, répondit O'Brien. Le temps qu'un autre témoin vienne l'identifier.

Le juge Suarez fit un signe d'assentiment de la main et O'Brien poursuivit :

– Je vous prierais de nous relater une fois de plus, Mr McKell, votre arrivée chez miss Grey le soir du 14 septembre et les événements qui ont suivi. (Il guida Ashton dans son récit.) Ainsi, vous ne vous souvenez pas du nom du bar ? Ni de l'adresse ?

– Non, je ne m'en souviens pas.

– Votre témoin.

Le contre-interrogatoire de De Angelus fut long, détaillé, théâtral et creux. Il lui fut impossible de trouver une faille dans le récit de l'accusé bien qu'il ne se privât pas de l'éclabousser de la boue du doute.

McKell sortit de cet interrogatoire marqué du sceau de l'adultère, du briseur de ménage, du félon qui avait trahi la confiance dont il jouissait dans les hautes sphères, d'aristocrate perverti, de citoyen corrompu de la démocratie et par-dessus tout d'assassin. Un travail d'artiste qui fit blêmir Dane et Judy. Néanmoins aucune apparence de colère ou de ressentiment – ou de honte – ne vint assombrir le visage dur comme pierre d'Ashton McKell. Quant à Robert O'Brien, il se contenta d'écouter, sa grosse tête levée vers l'orateur avec une attention d'écolier, et même, semblait-il, un rien de satisfaction.

Lorsque le procureur s'assit, rassasié de paroles, O'Brien enchaîna sur un ton badin :

– J'appelle Matthew Thomas Cleary.

Un individu solidement charpenté, aux cheveux gris frisés, s'avança pour prêter serment. Il avait le nez écrasé et des yeux bleus ronds qui semblaient dire : J'ai tout vu et tout m'est égal. Son accent irlandais au timbre rauque fut comme un rayon de soleil.

Il déclara s'appeler Matthew Thomas Cleary, et être copropriétaire, et le cas échéant barman, du Kerry Dancers Bar et Grill sur la 59e Rue qui donnait sur la Première Avenue. Il n'avait jamais eu d'ennuis avec la police, les saints soient loués.

– Maintenant, Mr Cleary, dit O'Brien en se dirigeant vers Ashton McKell toujours grimé en

Dr Stone. (Il toucha l'épaule de son client.) Avez-vous déjà vu cet homme ?

– Oui, monsieur. Un soir dans mon bar.

O'Brien retourna vers le témoin de son pas de promenade.

– Êtes-vous sûr de ne pas vous tromper, Mr Cleary ?

– Impossible.

Un officier de police escorta une femme jusqu'à un siège au fond de la salle. Personne ne parut remarquer quoi que ce soit. Le visage de la femme à demi dissimulé sous une voilette était d'un blanc crayeux. C'était Lutetia McKell, enfin aspirée hors de sa coquille.

– Mr Cleary, vous devez voir des centaines de personnes derrière votre comptoir. Pourquoi vous souvenez-vous de cet homme en particulier ?

– Ça s'est passé comme ça, monsieur. Il portait une barbe. Déjà ça. Au Kerry Dancers un client sur mille est barbu. Donc je me souviens de lui. Ensuite, sur l'étagère derrière le bar j'ai une boîte avec une pancarte où est écrit : « Les enfants de Loretto ». C'est un orphelinat dans Staten Island. J'y mets toujours la menue monnaie que les gens laissent. Ce type avec sa barbe paye son premier verre avec un billet de vingt dollars. Je lui rends sa monnaie et il me redonne un billet de cinq dollars. « Mettez-le dans la boîte, me dit-il, pour les orphelins. » C'est ce que j'ai fait et je l'ai remercié. C'est à cause de ça que je me souviens de lui. Aucun client ne m'a jamais donné de billet de cinq dollars pour les orphelins.

– Quel soir c'était, Mr Cleary ? s'enquit brusquement O'Brien.

– Le 14 septembre.

– Dois-je comprendre, Mr Cleary, que vous vous souvenez avec exactitude de ce soir, il y a deux mois, où cet homme est venu prendre un verre dans votre bar et vous a donné cinq dollars pour les enfants de Loretto ?

– Oui, monsieur. Voyez-vous, c'était le soir du championnat de boxe. J'avais entouré la date sur le calendrier du bar pour ne pas oublier. Enfin plutôt pour me rappeler de brancher la télévision sur la bonne chaîne, celle qui retransmettait le combat. Ce type alors est arrivé, comme j'expliquais...

Assis sur le rebord de son siège, les coudes plantés sur la table, les oreilles dressées, le procureur De Angelus écoutait dans une sorte de transe attentive.

– N'allons pas trop vite, Mr Cleary. Ceci se passait donc le 14 septembre, le soir du championnat de boxe, et c'est à cause du match que vous vous souvenez de la date. Mais comment pouvez-vous être aussi sûr que cet homme est venu dans votre bar ce soir-là précisément ? Ne confondez-vous pas avec un autre soir ?

– Non, monsieur, répondit Cleary, catégorique. On a parlé ensemble du match. Quand j'ai dit que ça allait être bientôt l'heure du grand combat, il a répété : « Le grand combat ? » On aurait dit qu'il n'avait jamais entendu parler de boxe. « Qui se bat ? » m'a-t-il demandé. Vous vous rendez compte, un championnat ! Je lui ai dit que le tenant du titre s'opposait au Portoricain Kid Aguirre. Il m'a regardé comme si je parlais hébreu.

– C'est donc parce que vous avez parlé boxe ensemble que vous vous souvenez de votre client ?

– C'est normal, non ? Bref, j'ai allumé la télé et on a regardé le combat. Après le premier round, je lui ai dit...

– Au type à la barbe grise ?

– Bien oui, à qui d'autre ? Je lui ai dit : « Qu'en pensez-vous ? » et il m'a répondu : « Ce Kid Aguirre part perdant. Il manque de punch. Le champion va le mettre K.O. »

– Un instant, Mr Cleary. Mr McKell, s'il vous plaît, levez-vous. Non, restez à votre place. Regardez le témoin bien en face. Maintenant, je vous prie, répétez sur le ton de la conversation : « Kid Aguirre part perdant. Le champion va le mettre K.O. »

– Kid Aguirre part perdant. Le champion va le mettre K.O., articula McKell.

– Mr Cleary, faites un effort. Reconnaissez-vous cette voix ? Est-ce bien la voix de votre client barbu avec qui vous avez parlé boxe le soir du 14 septembre ?

– Sûr, c'est la même. C'est ce que je viens de vous dire, non ?

– Vous êtes sûr et certain que c'est la même voix ?

– Encore maintenant, elle résonne à mon oreille, fit Cleary dans un élan poétique.

Ce point éclairci, O'Brien accéléra le rythme de ses questions.

Ils regardèrent le match, raconta Cleary, et au deuxième round, parièrent dix dollars sur l'issue. Cleary soutenait que Kid Aguirre résisterait pendant les quinze rounds, l'homme à la barbe grise affirmait qu'il serait étendu au tapis bien avant.

– Et c'est ce qui se passa, comme vous devez vous rappeler, monsieur, car au troisième round, à ma grande déception…

– Avez-vous donné les dix dollars à votre client ?

– Il ne les a pas voulus et m'a dit de les mettre dans la boîte pour les orphelins. C'est ce que j'ai fait.

– Une dernière question, Mr Cleary. S'agissait-il de la retransmission en direct du match ou d'une rediffusion ?

Sur ce point Cleary fut formel. Le championnat, qui avait lieu à Denver, était filmé par la télévision en circuit fermé et retransmis en direct pour la côte Est le soir même. Ce n'est que le lendemain qu'il avait été rediffusé dans le reste du pays.

Le procureur fit une tentative désespérée pour démonter le témoignage de Cleary. Néanmoins, pour son malheur, il avait en travers de son chemin un Irlandais têtu. Plus De Angelus cherchait à l'éreinter, plus Cleary était catégorique. Quand le contre-interrogatoire devint abusif, O'Brien intervint poliment :

– Il me semble que le témoin a satisfait chaque question de l'accusation une bonne demi-douzaine de fois. Je crois qu'il s'agit plus d'un tir de harcèlement que d'un interrogatoire et avec tout le respect que je vous dois, je me permets d'attirer votre attention sur ce point.

Le juge foudroya O'Brien du regard. Toutefois il rappela De Angelus à l'ordre.

O'Brien n'avait plus qu'à développer son argumentation. Il mit en évidence l'heure officielle à laquelle Kid Aguirre avait été mis K.O., heure certifiée par le chronomètre du match et les registres de la Commission des championnats de boxe du Colorado. Heure de la fin du match : 10 h 23 mn 46 s. Dix heures vingt-trois minutes et quarante-six secondes du soir, heure de la côte Est. Il résuma donc pour la défense :

– Je suis persuadé, mesdames et messieurs du jury, qu'il est inutile de vous rappeler que nous ne sommes pas ici dans ce tribunal pour punir un individu pour sa turpitude morale. On ne vous demande pas de vous préoccuper de l'immoralité de l'accusé mais de sa culpabilité. Il n'y a qu'une seule question que Son Honneur vous demande d'examiner. La voici : L'accusé, Ashton McKell, est-il coupable du meurtre perpétré sur la personne de Sheila Grey, décédée d'un coup de feu à 10 h 23 le soir du 14 septembre ? Vous avez entendu les témoignages convaincants qui établissent l'innocence de Mr McKell. Il est clair qu'il est innocent parce qu'à l'heure dite, il se trouvait à huit cents mètres du lieu du crime, dans un bar, et qu'il n'en est pas parti tout de suite. Ashton McKell n'a donc pas pu tuer Sheila Grey. Il n'a pas pu non plus se trouver dans l'appartement de la victime ou à proximité lorsque le coup de feu a été tiré. Je répète : aucun autre aspect de l'affaire ne doit être pris en considération. Ce n'est d'ailleurs pas légalement de votre ressort, suivant les termes de l'inculpation qu'établira le juge Suarez. Par conséquent tout individu raisonnable, qu'il soit homme ou femme, ne peut que rendre le verdict de « non coupable ».

L'attente fut douloureuse comme une stase, le sang cessant peu à peu de circuler et s'agglutinant dans le vaisseau sanguin jusqu'au point de rupture. La question était : Y aurait-il écoulement et soulagement avant la congestion totale et l'éclatement ?

Entre temps les journalistes reconnurent Lutetia McKell qu'ils assaillirent à son grand désarroi. Heureusement Richard M. Heaton vint à son secours. Ils n'osèrent toutefois pas quitter la salle d'audience pendant les délibérations du jury et restèrent assis à échanger quelques paroles de temps à autre, le plus souvent silencieux, livrés à leurs propres pensées.

Heaton avait tendance à l'optimisme. O'Brien demeurait neutre (« Je ne spécule jamais sur ce que fera ou ne fera pas le jury. ») et se contenta d'observer à voix haute que le procureur De Angelus n'avait pas quitté la salle, ce qui indiquait que l'accusation s'attendait à une décision rapide du jury.

Un huissier remit à De Angelus une enveloppe.

Il rédigea aussitôt une réponse avant de s'enfoncer dans son fauteuil d'où il fut de nouveau tiré par un autre huissier porteur d'une autre enveloppe.

– Il ne reste pas inoccupé, n'est-ce pas ? commenta Lutetia.

Et elle se mit à mordiller son mouchoir.

Afin de détendre l'atmosphère Dane et Judy entreprirent de lui raconter l'histoire de leurs errances à travers la ville à la recherche du bar fantôme et de son barman tout aussi fantôme, sans oublier leur visite chez Ellery Queen.

– C'est son père, là, d'ailleurs, l'inspecteur Queen, qui vient d'entrer à l'instant pour parler au procureur, fit Robert O'Brien.

Ils n'omirent pas non plus dans leur récit l'épisode de la sacoche noire chez la sœur de Margaret et la suite de l'enquête qui avait été menée tambour battant. Lutetia était émue.

– Margaret nous est si fidèle, dit-elle. Tu sais, Dane, la vénération qu'elle porte à ton père. Je suppose que depuis le début elle en a su beaucoup plus que nous tous, remarquant une chose et l'autre. Elle a dû comprendre que ce costume marron dans la chambre d'Ashton cachait quelque chose. En outre, c'est toujours elle qui vide les poches des costumes de ton père, Dane.

Faute de mieux, ils discutèrent du remarquable esprit d'initiative de Margaret quand elle avait trouvé le ticket de consigne. Oui, elle avait dû mettre la main sur le ticket peu de temps après la première visite de la police. Aux yeux de la vieille Maggie, irlandaise de naissance et fidèle jusqu'à la mort à Ashton McKell, les mots « police » et « chasseurs de rebelles » étaient à jamais synonymes. Pas étonnant que la vue du ticket de consigne ait déclenché en elle sa bonne vieille méfiance instinctive. Elle l'avait donc soigneusement caché pour qu'il ne tombe pas entre les mains de la police. Après l'arrestation d'Ashton, elle s'était rendue à la gare. Ses craintes s'étaient confirmées quand on lui avait remis une petite sacoche noire. Ayant mis sa sœur dans la confidence, elle avait caché le mystérieux objet chez cette dernière. La police passait au crible tout ce qui concernait Ashton McKell. Il ne fallait pas qu'elle tombe sur cette valise...

– Inutile de lui demander pourquoi, dit Dane. Sacrée Maggie !

– Je crois que ça y est, intervint O'Brien. Regardez cette agitation à la table du procureur... Je ne me trompe pas. L'huissier va chercher le juge. Le jury a sans doute fini de délibérer.

En effet. Le jury rendit son verdict.

Celui de non coupable.

Il y eut un moment d'explosion générale. Dans la plus grande confusion on applaudissait, on bredouillait, on se tapait dans le dos. Ashton enlaça Lutetia – en public ! Dane enlaça Judy –, ce fut un choc pour tous les deux de voir avec quel naturel ils se retrouvaient dans les bras l'un de l'autre. Puis, brusquement le calme revint. Mains, yeux, bouches se figèrent. L'espace d'un instant il fut difficile de savoir pourquoi. En vérité il ne se passait rien de particulier. Un homme grand et corpulent s'avançait simplement vers les McKell, un papier à la main. Alors, ils comprirent. Il y avait quelque chose dans la démarche de cet homme qui semblait prêt à bondir sur une balle imaginaire, dans ses grosses mains qui tenaient la feuille de papier pliée, dans le regard sévère de son visage sévère, qui vous faisait le même effet qu'un seau d'eau glacée qu'on vous jette à la figure.

C'était le sergent Velie.

– Mr McKell, dit-il poliment.

Ashton tenait toujours Lutetia dans ses bras.

– Oui ?

– Je vous prie de m'excuser, monsieur, je dois parler à Mrs McKell.

– À ma femme ?

Dane eut l'impression que sa mère sursautait, puis qu'au prix d'un effort perceptible elle reprenait son sang-froid. Elle lança un regard rapide au gros sergent, un regard froidement courtois.

– Oui ? Qu'y a-t-il ?

– J'ai l'ordre de vous demander de me suivre au commissariat.

Lutetia fit un léger mouvement. Son mari plissa les yeux. Dane s'avança, furieux.

– Qu'est-ce que c'est que cette histoire, sergent ? Pourquoi voulez-vous que ma mère, plus que quiconque, vous suive au commissariat ?

– Parce qu'elle est inculpée d'assassinat contre la personne de Sheila Grey, répondit le sergent, impassible.

LE TROISIÈME CÔTÉ

Lutetia

Il y eut un moment de confusion. Dane partit à la recherche des deux avocats qui avaient déjà quitté la salle. Ashton interposa son corps puissant entre sa femme et le sergent, comme prêt à parer une attaque éventuelle. Affolée, Judy cherchait frénétiquement des yeux Dane. Les journalistes, flairant un coup de théâtre inattendu, convergèrent vers le groupe dans le désordre général.

– Veuillez vous écarter, Mr McKell, dit Velie. Si vous m'empêchez de faire mon devoir, ça va tourner à l'émeute.

Le détective Mack venait d'apparaître. Il contourna Ashton et arriva jusqu'à Lutetia. Ils réussirent tant bien que mal à se frayer un chemin à travers la foule hurlante des reporters.

Désolé, sergent, maugréa Ashton, mais j'accompagne ma femme au commissariat.

– Impossible, Mr McKell.

– Pourquoi ?

– Il n'y a pas de place dans la voiture.

– Il y en a dans la mienne.

– Écoutez, vous autres, vos histoires, vous les aurez plus tard, gronda Velie à l'adresse des journalistes. Mack, retiens ces fumistes, qu'on puisse sortir de là.

– Où est Dane ?

– Le voilà, Mr McKell, s'écria Judy.

– Ils ont déjà quitté le tribunal. (Dane avançait en jouant des coudes.) J'ai appelé leurs bureaux où j'ai laissé un message.

Ils se rendirent au commissariat dans la Continental de McKell, Velie s'efforçant visiblement de se montrer conciliant.

– Je suis désolé, mais vous ne pouvez pas aller plus loin, dit-il dans le hall du commissariat à McKell père et fils et à Judy.

– Ou on y va tous ensemble ou on attend ici l'arrivée de mes avocats, rétorqua Ashton.

– Ça ne se passe pas comme ça ici, Mr McKell. Votre femme est en état d'arrestation.

Tout le corps de Lutetia se raidit, jusqu'aux extrémités de ses doigts à la blancheur marmoréenne qui agrippaient le bras de son mari. Croyant qu'elle était sur le point de s'évanouir, Dane se précipita de l'autre côté pour la soutenir. Néanmoins, elle ne perdit pas connaissance.

« Elle fait semblant de croire qu'en réalité elle n'est pas ici, pensa-t-il, que tout ceci n'est qu'un mauvais rêve. »

Il ne fut pas étonné de lui voir fermer les paupières comme une enfant. On le poussa légèrement. C'était Judy qui pressa la main de sa mère tout en lui parlant tout bas. Lutetia demeura sans réaction.

– Mr McKell, allez-vous me laisser emmener Mrs McKell, oui ou non ? cria le sergent, ulcéré.

– Il n'en est pas question, dit Ashton. Il n'existe à ma connaissance aucune loi d'Etat ou municipale qui interdise à la famille et aux avocats de l'inculpé d'assister à l'interrogatoire préliminaire. Si vous refusez, alors j'exige que mon épouse soit reçue sur-le-champ par un magistrat. Vous savez aussi bien que moi que c'est son droit le plus strict jusqu'à l'inculpation officielle. En attendant, veuillez nous donner des sièges pour qu'on puisse s'asseoir.

– D'accord, suivez-moi, marmonna le sergent.

La petite troupe lui emboîta le pas et ils entrèrent dans le bureau de l'inspecteur Queen. Les oreilles rouges de confusion, le sergent Velie chuchota à ce dernier de rapides explications. Ashton fit asseoir sa femme dans un fauteuil confortable.

– Ramon attend en bas, dit-il à Dane. Mieux vaut qu'il sache où nous sommes. Il préviendra O'Brien et Heaton quand ils arriveront.

Dane partit en courant. Quand il revint, il trouva l'inspecteur Queen conversant tranquillement avec Lutetia. Le sergent Velie assistait à la scène, la mine renfrognée. Il paraissait qu'Ashton avait passé un marché avec l'inspecteur. On l'autorisait à assister à l'interrogatoire préliminaire et il acceptait de ne pas attendre les avocats.

L'inspecteur semblait avoir été chargé de toute l'enquête. D'où sa visite au tribunal pendant les délibérations du jury, les messes basses et les messages successifs à la table du procureur. Mais pourquoi accusait-on sa mère du meurtre dont son père venait d'être acquitté ? Dane aurait bien voulu le savoir.

– Mrs McKell, c'est aussi pénible pour moi que pour vous, expliqua l'inspecteur. Je vous demande simplement de bien vouloir répondre à quelques questions, et ce sera tout.

– Je ferai de mon mieux, murmura Lutetia.

Ses mains fines étaient serrées autour de son sac, ce qui donnait l'impression que c'était le sac qui l'empêchait de s'effondrer.

– Et si vous avez besoin de quoi que ce soit, n'hésitez pas.

– Merci.

Il commença.

Les réponses de Lutetia étaient déconcertantes.

On aurait dit qu'elle n'accordait qu'une attention distraite à l'interrogatoire. Oui, elle se souvenait du soir du 14 septembre. Elle avait fait servir le dîner plus tard dans l'espoir que son mari aurait décidé de rentrer de Washington et de ne pas passer la nuit là-bas. (Est-ce qu'une légère rougeur empourpra ses joues ?) Après le repas, elle s'était installée au salon et avait essayé de lire. Elle avait donné congé aux domestiques qui de toute façon ne dormaient pas sur place.

– Je n'arrivais pas à me concentrer sur le roman de Mrs Oliphant, expliqua-t-elle. Aussi je me suis dit que je pouvais reprendre mon travail de couture que j'avais négligé...

Là elle s'égara dans ses souvenirs.

– Cela me rappelle le temps où j'étais petite fille. J'étais très studieuse, surtout en travaux manuels, et ma grand-mère était sévère avec moi sur ce point. « Quand j'étais jeune, disait-elle, j'ai appris à filer et à tisser. » À sa mort, je me souviens, tout lui est revenu. Je crois qu'elle m'a prise pour sa sœur, dont je porte le prénom, car elle m'a dit : « Lutetia, as-tu cardé le lin ? » Naturellement, j'ai répondu que oui, et j'ai eu l'impression que ça lui faisait plaisir. Alors, elle a ajouté : « Quoi que tu fasses avec tes mains, mets-y toutes tes forces. »

« En voilà assez avec tes réflexions de petite fille, maman, pensa Dane. Si tu continues, tu vas droit à la pendaison. »

L'inspecteur Queen avait écouté patiemment ce récit. (Qu'il y ait trouvé ou non un intérêt, Dane aurait été incapable de le dire.) Il attendit un moment et se racla la gorge.

– Combien de temps avez-vous cousu ce soir-là, Mrs McKell ? Vous en avez une idée ?

Elle eut l'air médusée.

– Mais je n'ai pas cousu du tout ! J'ai dit que

j'avais simplement pensé à faire un peu de couture.

– Ah bon ? Excusez-moi, Mrs McKell. Je n'ai pas dû vous écouter avec assez d'attention. Donc vous n'avez pas cousu ce soir-là. Qu'avez-vous fait alors ? Après avoir reposé votre livre, je veux dire.

À l'étonnement de tous, Lutetia émit un semblant de rire. L'inspecteur Queen parut déconcerté. Un peu comme si la reine Victoria avait roté.

– J'ai honte de le dire, inspecteur. Enfin, je suppose qu'on n'y peut rien. Oh, mon Dieu, maintenant vous allez me prendre pour une véritable écervelée. Dane, tu te souviens ce que je t'ai dit quand tu es arrivé à minuit...

L'inspecteur lança un coup d'œil aigu à Dane.

– Maman regardait la télévision, fit Dane sèchement.

Il était gêné. Pourquoi se devait-elle de faire la petite sainte ? De là à ce que le vieux flic s'imagine qu'elle jouait la comédie, il n'y avait qu'un pas. Comment ceux qui ne la connaissaient pas pouvaient-ils la croire sincère ?

– Eh bien, il n'y a pas de quoi en faire une question fédérale, commenta l'inspecteur, un peu piqué. À ce qu'il paraît, c'est un vice que vous partagez avec beaucoup de gens. Mrs McKell, pendant combien de temps avez-vous regardé la télévision ?

– Presque trois heures, confessa Lutetia.

– Vous souvenez-vous de ce que vous avez vu ?

– Oh... mon Dieu, je crains que non. Tous ces programmes se ressemblent à vrai dire. Je me souviens d'un vieux film...

Gentiment l'inspecteur insista. En pure perte. Elle ne lui apprit rien de plus. Elle n'avait pas quitté l'appartement. Personne n'était venu lui rendre visite.

– On tourne en rond, remarqua-t-il enfin.

– Parce qu'il n'y a rien de plus à dire. (Ashton McKell se leva.) Ma femme n'a pas bougé de chez elle, inspecteur. Comment se rappellerait-elle les détails d'une soirée ordinaire et qu'elle a passée seule ? Sur quoi vous fondez-vous pour l'interroger ? Pourquoi la retenez-vous ?

– Asseyez-vous, Mr McKell, répondit Queen. Il ne s'agit pas de s'acharner contre votre épouse. On n'aurait pas pris la décision de l'inculper sans des preuves solides. Voulez-vous bien vous asseoir ? S'il vous plaît ?

Ashton obtempéra.

– Reprenons notre analyse avec les données de base – mobile, occasion, moyen – dont nous disposons. J'ai horreur de remuer le couteau dans la plaie, mais vu les circonstances, il est indubitable que Mrs McKell avait certaines raisons d'en vouloir à la personne que son mari allait voir en cachette.

Ashton devint cramoisi. Lutetia saisit sa main et la tapota, ce qui eut pour effet d'accentuer sa rougeur.

– Mrs McKell avait aussi l'occasion et même plusieurs très bonnes occasions. Habitant le même immeuble que la victime, elle pouvait se rendre chez Sheila Grey quand bon lui semblait à l'insu de tous. Or, Mrs McKell affirme de son propre aveu avoir passé la soirée toute seule jusqu'aux environs de minuit, heure à laquelle son fils est arrivé. Il n'y a que quatre appartements dans l'immeuble. Les Clement sont en croisière. Personne n'occupe en ce moment l'appartement des Dill car le testament de Mr Dill est contesté et l'appartement est un des biens sur lesquels les héritiers se chamaillent. D'autre part, il n'y a pas de garçon d'ascenseur. Quant aux moyens...

L'inspecteur fit une pause.

– Normalement je ne suis pas censé vous le dire, Mr McKell. Enfin, vu qu'aujourd'hui vous venez d'être acquitté pour le même chef d'inculpation, j'estime que vous avez le droit de savoir pourquoi Mrs McKell est soupçonnée d'assassinat. Voyez-vous, on a des preuves.

– Des preuves, répéta Dane. Quelles preuves ?

Le vieil inspecteur tira des entrailles de son bureau un délicat mouchoir de dentelle noué comme s'il contenait quelque chose. Les initiales brodées dans l'angle étaient parfaitement lisibles.

– « A.L.DeW.McK. », dit-il en indiquant les lettres du doigt. Avouez que ce serait une drôle de coïncidence si une autre personne liée à Sheila Grey avait ce même monogramme brodé sur son linge. Enfin, il n'y a aucune difficulté à identifier ce mouchoir. Il vous appartient, Mrs McKell, n'est-ce pas ?

Elle avala sa salive et acquiesça de la tête. L'inspecteur ouvrit le mouchoir avec précaution comme s'il contenait une relique sacrée. Cinq cartouches de cuivre de calibre 38 apparurent. Ashton McKell resta bouche bée.

– Où les avez-vous trouvées ?

– Là où était le mouchoir, dans le tiroir du bas de la coiffeuse de votre femme. Nous avons opéré légalement, ajouta-t-il gentiment, avec un mandat d'arrêt en bonne et due forme.

« Et vous n'avez pas perdu de temps, pensa Dane. Le témoignage du barman vous a fait réfléchir. »

– Avec le mouchoir et ces cinq cartouches-là, – l'inspecteur plongea de nouveau la main dans son tiroir d'où il sortit une petite boîte – on a trouvé cette boîte de munitions qui d'après l'étiquette devrait contenir vingt cartouches de calibre 38. Voulez-vous les compter ? (Il ouvrit la boîte. Il manquait plusieurs balles.) Je vous épargnerai cette peine. Il y en a quinze. Toutefois, les cinq cartouches manquantes ne sont pas celles qui sont enveloppées dans le mouchoir. Ce sont comme les quinze autres de la boîte des balles réelles. Celles du mouchoir sont des balles à blanc.

Comment ? fit Ashton faiblement.

– Miss Grey a été tuée avec un revolver Smith & Wesson calibre 38 Terrier. Un Smith & Wesson 38 Terrier contient cinq balles... Vous alliez dire, Mr McKell ?

– Essayez-vous de nous faire croire, articula McKell, les lèvres serrées, que les cinq balles à blanc enveloppées dans ce mouchoir sont celles que j'ai mises moi-même dans ce revolver ?

– Exactement. Et quelqu'un a enlevé ces balles à blanc pour les remplacer par cinq balles réelles, les cinq manquantes de cette boîte. La question est donc : Qui est ce quelqu'un ?

Une longue pause suivit ces paroles. Lutetia avait les yeux fermés. Les lèvres de Judy étaient blêmes. Dans le silence la vieille horloge accrochée au mur égrenait son tic-tac bruyant.

– Voulez-vous bien répondre à cette question, Mrs McKell ? fit enfin Queen d'une voix doucereuse.

Lutetia ouvrit les paupières. Le bout de sa langue apparut entre ses lèvres et disparut.

– Ne réponds à aucune autre question, Lu, intervint Ashton, d'un ton rauque. Pas une de plus !

– Enfin, non, inspecteur, je... ne crois pas pouvoir... répondre, fit-elle.

Ce fut un moment pénible. Dane aurait voulu se trouver à des kilomètres de là. Judy semblait au bord de la nausée. Ashton écrasa la main de sa femme qu'il avait saisie à tâtons.

– Le mobile, l'occasion, pas d'alibi, reprit l'inspecteur. Et voici le moyen. Vous vous rappelez qu'on a pris les empreintes de tout le monde après votre arrestation, Mr McKell. On a donc celles de votre épouse. Eh bien, notre premier travail aujourd'hui quand on a mis la main sur ces balles a été de procéder à la recherche des empreintes. Sur trois balles sur cinq apparaît une partie de l'index droit et du pouce de Mrs McKell. On n'a relevé les empreintes de personne d'autre. Ce qui signifie que c'est vous, Mrs McKell, et vous seule qui avez manipulé ces balles à blanc. Vous les avez enlevées de l'arme qui a tué la victime.

Lutetia hocha la tête d'un mouvement imperceptible, comme une vieille femme qui radote. Même l'inspecteur parut se rendre compte que ce n'était guère plus un signe d'acquiescement qu'un tremblement incontrôlable.

– Un instant, fit Ashton, la voix enrouée par l'émotion. Avez-vous relevé des empreintes sur les balles réelles quand vous avez trouvé le corps de Sheila Grey ?

– Oui, et si le procureur savait que je vous l'ai dit, je me ferais sonner les cloches. Enfin, ce ne sera pas la première fois. Je tiens à ce que vous sachiez que le police n'accuse jamais par dépit. Oui, on a relevé les empreintes de Mrs McKell sur deux des cinq balles réelles. Désormais, vous savez de quoi il en retourne. Vous, et vous seule, Mrs McKell, avez remplacé les balles à blanc par des balles réelles. Vous, et vous seule, avez fait de ce revolver inoffensif une arme meurtrière. Je ne ferais pas ce métier si je n'en concluais pas que vous avez agi ainsi dans le but de commettre un assassinat. Alors, essayons encore une fois, Mrs McKell. Avez-vous quelque chose à dire ?

– Non ! cria Ashton en mettant la main sur la bouche de sa femme pour l'empêcher de parler. Pas un mot de plus, Lu ! Rien ne t'oblige à répondre à la police tant que tu n'as pas vu

O'Brien. C'est le droit de ma femme, inspecteur.

– En effet, c'est son droit. (Le vieux limier se dressa.) Je vais néanmoins poser une dernière question. Mrs McKell, avez-vous tiré sur Sheila Grey ?

– Elle ne répondra pas, répliqua Ashton, furieux.

L'inspecteur haussa les épaules.

– Mets la machine en route, Velie, dit-il à son adjoint. On laisse tomber l'inculpation de présomption de meurtre. J'en ai déjà parlé au procureur. Il est d'accord si l'interrogatoire se révèle insatisfaisant. Puisque tel est le cas, Mrs McKell est officiellement accusée d'avoir assassiné Sheila Grey.

La caution fut établie à toute vitesse.

– Il est hors de question de refuser de verser une caution au nom de principes, dit Ashton. Un idiot dans la famille, ça suffit.

Lutetia se montra docile. Si son mari le lui avait demandé, elle serait allée avec une égale soumission retrouver la compagnie des prostituées, des drogués, des voleurs à la tire et des ivrognes dans la prison de Greenwich Village, appelée par euphémisme « Maison de détention pour femmes ».

Robert O'Brien était « hors de combat », du moins de ce combat-ci. Le guerrier de la loi s'occupait d'une autre affaire, un meurtre également, pour laquelle il avait épuisé son dernier sursis légal.

– Ce type est un truand professionnel, expliqua-t-il à Ashton. Je suis persuadé qu'il a trempé au moins dans deux exécutions du milieu pour lesquelles il n'a jamais été inquiété, et à la première occasion il réitérera. Mais, ce meurtre-là, ce n'est pas lui qui l'a commis et c'est tout ce qui m'intéresse. Naturellement, dès que l'affaire Falconi sera réglée, je suis à vous, Mr McKell, mais je ne peux pas vous dire quand. Vous feriez mieux de contacter un autre avocat.

Les tapisseries qui avaient embelli les murs du château de Saint-Loy – licornes vainement poursuivies par des lévriers et des chasseurs, capturées et caressées par de belles vierges; Hélène pas encore de Troie et sa suite pour Cythère; le roi Louis convertissant les païens – assistèrent à une scène qui n'était certainement pas la plus étrange qu'elles avaient vue depuis des siècles.

Lutetia présidait le service du thé comme si de rien n'était.

– Une tasse de thé, Judy ? Vous avez l'air gelée. J'ai votre thé préféré, le Keemun. Ashton ? Dane ?

Ils échangèrent des regards désespérés.

– Je crois que personne ne veut de thé pour l'instant, maman, dit Dane. Papa était en train de parler.

– Pardonne-moi, chéri. Je n'écoutais pas vraiment.

Son mari respira profondément.

– Lutetia. As-tu remplacé les balles à blanc par des balles réelles ?

– Oui, chéri.

– Pourquoi ? s'écria Dane.

– Eh bien, mon chéri, vois-tu, quand ton père a prêté son revolver à miss Grey sous prétexte qu'elle avait peur parfois, seule dans son appartement, il m'en a parlé.

« Bien sûr, commenta Dane à part lui, l'air sinistre. Ne lui confie-t-il pas tout ? Enfin, pas exactement tout. »

– Il a ajouté qu'il chargeait le revolver à blanc par crainte d'un accident car miss Grey n'avait pas l'habitude des armes à feu. Toutefois, il avait acheté des balles réelles en même temps que le revolver. C'est comme ça que j'ai su, Ashton, que les vraies balles étaient rangées sur l'étagère du haut de ton armoire.

Ashton émit un grognement.

Lutetia continua avec le même entrain. Un jour, elle avait téléphoné chez miss Grey. La bonne qui venait dans la journée lui répondit que miss Grey était sortie. Lutetia avait raccroché sans donner son nom. Elle s'était ensuite habillée comme il convient pour une visite de voisine et était montée à l'appartement. La bonne avait ouvert à son coup de sonnette.

– Miss Grey est là ?

– Non, madame, mais elle rentrera avant six heures au plus tard.

– Il se peut donc qu'elle rentre plus tôt alors ? Dans ce cas, je crois que je vais l'attendre. Je suis Mrs McKell. J'habite au-dessous.

La bonne avait hésité un instant.

– Il n'y a sans doute pas d'inconvénient à ça, madame. Je vous avais reconnue. Entrez.

Lutetia s'était assise dans un fauteuil du salon – « Pas très confortable, d'ailleurs. Je n'aime pas le style scandinave moderne, et vous, Judy ? », dit-elle – et la bonne s'était excusée.

– Je vous laisse, madame, j'ai du travail à terminer.

Bien que ce fût sa première visite dans l'appartement depuis que Sheila Grey le louait, l'agencement des pièces lui était familier. Il y avait seulement deux chambres – dont une chambre d'ami –, séparées du salon par un couloir. Toute femme aurait reconnu au premier coup d'œil laquelle des deux était celle de miss Grey. Lutetia attendit quelques instants, puis sans bruit se leva et gagna le couloir. Elle s'était trompée à propos de la chambre d'ami. Il n'y en avait pas. Sheila l'avait convertie en atelier de travail. C'est là qu'elle créait ses modèles, le Q.G. en quelque sorte de son empire. Sans s'attarder Lutetia passa dans la pièce suivante. Par déduction logique le revolver devait être dans le tiroir de la table de chevet. En effet. Elle retira les balles à blanc, inséra les balles réelles, replaça l'arme au fond du tiroir et retourna au salon, les balles à blanc serrées dans son mouchoir. Elle avait ensuite appelé la bonne pour lui dire qu'elle ne pouvait pas attendre plus longtemps et regagna son appartement.

– J'ai rangé la boîte de cartouches avec les balles à blanc dans le tiroir de ma coiffeuse, conclut Lutetia sur son ton anodin. Il ne s'est rien passé de plus, chéri.

Au comble de l'énervement, Ashton frappa dans ses mains.

– Mais pourquoi, Lutetia, pourquoi ?

– Je ne vois pas d'autre endroit où j'aurais pu ranger ces cartouches.

– Il ne s'agit pas de ça. (Son mari se passa la main sur le visage.) Le reste. Pourquoi as-tu remplacé les balles à blanc ? Que diable avais-tu en tête ? N'as-tu pas vu le danger ?

– Tu ne comprends pas, Ashton. Le danger, comme tu dis, c'est ce qui comptait justement. Un soir où cette femme – cette jeune femme – aurait été seule, je serais allée lui dire que j'étais au courant pour vous deux, et je l'aurais menacée. Tu comprends ?

– Menacée ? répéta Ashton, atone.

– Je me serais moquée d'elle.

– Maman, souffla Dane, la voix brisée. Tu déraisonnes...

– Et poussée à bout, elle m'aurait tiré dessus.

– Te tirer dessus ? Maman !

– Vous ne saisissez donc pas ? Tout était de ma faute, ton père qui me tournait le dos et se mettait à fréquenter une autre femme. Si j'avais été une meilleure épouse, plus compréhensive, il ne se serait jamais attaché à une autre. C'était à cause de moi, vraiment. C'était moi la coupable.

– Tu mens ! s'écria Ashton. Qu'est-ce que c'est que cette histoire à dormir debout ? Tu crois que la police va croire à ces enfantillages ? Lutetia (Il la foudroyait du regard.), est-ce toi qui as tué Sheila ?

Elle le regarda, horrifiée, comme une enfant qui malgré sa sincérité se voit accusée de mensonge. Sa lèvre inférieure tremblait.

– Ashton, non ! Comment peux-tu penser une chose pareille ? Si j'ai changé les balles, c'est pour la raison que je viens de te donner. Tu ne me crois pas ?

– Non, lança-t-il.

Puis il marmonna :

– Je ne sais plus.

« Elle est folle, atteinte de ce genre de folie qui frôle sournoisement le seuil d'un autre monde, et il ne le voit pas, songea Dane. Il persiste à vouloir la juger rationnellement. »

Dane réfléchissait si fort qu'il manqua pousser un grognement. Jusqu'à cet instant il ne s'était jamais rendu compte de ce phénomène. Désormais il avait l'impression d'en avoir toujours eu conscience. Et à la lumière de la folie le comportement de sa mère s'éclairait : cette sorte de désintéressement altruiste si peu naturel, cette timidité qui reposait sur un fond d'obstination victorienne, cette propension à s'isoler, cette nostalgie d'un passé qui à ses yeux aurait dû être toujours le présent et auquel elle se raccrochait de toutes ses forces.

« Depuis combien de temps ? » se demanda-t-il.

Rétrospectivement il était incapable de dire à quel moment elle avait franchi le seuil de cet autre univers. La folie était restée latente jusqu'au jour où l'étincelle s'était produite, où la crise s'était déclarée, en fait jusqu'au jour où elle avait appris « l'infidélité spirituelle » de son mari. Alors elle avait réagi selon son système de valeurs tortueux. Elle s'était accusée de n'avoir pas su aider son mari et avait voulu se punir, tout en protégeant son maître bien-aimé et en faisant retomber la responsabilité sur les épaules de « l'autre femme ».

Dane ignorait ce que son père pensait. Cette histoire était si extraordinaire à concevoir. Son père, bien qu'acquitté, demeurait néanmoins coupable d'infidélité... Il nageait sans doute dans la plus grande confusion.

McKell l'aîné était bouche bée. Son regard impérieux avait pris un aspect vitreux et il respirait avec difficulté. Il avait l'air d'un homme en état de choc.

– Mrs McKell, n'avez-vous jamais pensé qu'en agissant de la sorte quelqu'un d'autre pouvait être victime d'un accident ? dit doucement Judy Walsh.

Judy savait.

Lutetia secoua la tête qu'elle avait baissée sur son jabot de dentelle.

– Je regrette. Cette idée ne m'a pas effleurée. C'est idiot de ma part. J'étais tellement sûre que cela n'arriverait qu'à moi. Et puis, les nuits passèrent, des nuits solitaires... Je n'ai jamais pu me résoudre à mettre mon plan à exécution.

Judy se détourna, les yeux emplis de larmes.

– Non, reprit lentement Lutetia. Je ne suis jamais retournée là-bas.

Sur les recommandations de Robert O'Brien qui n'était pas disponible, Ashton McKell s'adressa à Henry Calder Barton, avocat bien connu de la vieille école et spécialiste des affaires criminelles.

Barton, toujours assisté par Heaton, exposa à Ashton sa ligne de défense.

– L'accusation va sans doute démontrer que Mrs McKell peut avoir commis le meurtre. (C'était un homme âgé, plutôt corpulent, avec une solide toison de cheveux blancs qui encadrait un visage rouge dindon.) Néanmoins, il n'y a aucune preuve. On va donc jouer la carte du rôdeur, pour ce que ça vaut.

– Combien cela vaut-il, Mr Barton ? s'enquit Ashton, lugubre.

– Beaucoup. Après tout, Sheila Grey n'était pas une de ces vieilles filles qui croient voir des voleurs sous leur lit dès qu'une ombre bouge. Telle que je la vois, c'était une femme d'affaires avisée qui avait la tête sur les épaules, une femme d'esprit et d'action. Si une personne de cette envergure se met brusquement à avoir peur d'être seule, il est logique de penser qu'elle a des raisons d'avoir peur, ou du moins qu'elle croit en avoir. Cette année, il y a eu une flopée d'effractions de nuit sur Park Avenue. Dans beaucoup de cas, on n'a pas rattrapé les rôdeurs et certains vols ont eu lieu à proximité de votre immeuble. Par conséquent, un rôdeur peut fort bien s'être introduit dans l'appartement de Sheila Grey, avoir trouvé le revolver en fouillant les tiroirs et avoir tiré au moment où Sheila Grey le surprenait. S'il portait des gants, on n'aurait pas relevé d'empreintes. De toute façon on relève rarement des empreintes digitales sur les armes, même si leur utilisateur ne prend pas ce genre de précautions. Oui, je crois qu'on peut jouer la carte du rôdeur et s'en sortir.

Ashton McKell hocha la tête mais son esprit semblait ailleurs. Dane était convaincu que son père ne croyait pas à la théorie du rôdeur, qu'il fût réel ou fictif. De même qu'à ses yeux Sheila

Grey n'était pas uniquement une femme d'affaires « avisée qui avait la tête sur les épaules ». Dane lui-même savait qu'elle était plus que ça, et son père la connaissait encore mieux... Désormais, elle était morte, et ni la preuve de la culpabilité de l'accusée, ni celle de son innocence, ni argument, ni théorie ne changeraient cette réalité pour Ashton McKell.

Quant à Barton, Dane avait le sentiment qu'il crânait. Les empreintes digitales de sa mère relevées sur les balles à blanc et sur deux des balles réelles suffiraient à démonter la théorie du rôdeur la mieux articulée qui soit sur laquelle Barton comptait axer sa plaidoirie.

Il prit Barton à part.

– Ma mère souffre d'un déséquilibre psychique, dit-il calmement. N'est-ce pas là une meilleure ligne de défense ?

L'avocat lui jeta un regard aigu.

– Sur quoi vous fondez-vous pour affirmer que votre mère n'a pas tous ses esprits ?

– Cette histoire à propos du revolver qu'elle a chargé avec des balles réelles. Elle ne joue pas la comédie, Mr Barton, même si c'est ce que vous pensez. Je vous ai observé... Je me rends compte maintenant que ça couvait depuis longtemps.

Barton secoua la tête.

– Je ne vois pas comment utiliser ce déséquilibre psychique de façon efficace. Ce n'est pas comme si elle admettait avoir appuyé sur la détente. Je crois qu'on a une plus grande chance de s'en sortir en s'en tenant à la théorie du rôdeur. Laissons à De Angelus le souci de prouver la culpabilité de votre mère. L'affaire ne se présente pas pour lui aussi bien qu'il le croit. Il y a une grande différence entre prouver que votre mère a chargé le revolver et prouver qu'elle a tiré sur la victime,

Mr McKell. Tranquillisez-vous. On peut toujours faire intervenir les psychiatres en dernier ressort.
Dane ne fut pas convaincu pour autant.

Malgré la spontanéité avec laquelle Dane l'avait prise dans ses bras à la nouvelle de l'acquittement d'Ashton, Judy trouvait que leurs relations devenaient plus distantes. Elle ne pouvait pas lire dans ses pensées mais la froideur de son attitude à son égard n'avait rien d'équivoque. Tout comme leur premier baiser, le moment d'émotion au tribunal devint peu à peu aussi éloigné dans le temps qu'un poste militaire isolé en terrain ennemi. Est-ce que la nouvelle épreuve qui venait de s'abattre sur sa mère expliquait cette réserve croissante ? Judy ne cessait de tourner cette question dans sa tête avec angoisse. Même si c'en était une, ce n'était pas la seule raison. Impossible.

Elle l'appela un soir après un dîner tendu chez les McKell. Dane l'avait reconduite chez elle en voiture dans le silence le plus complet et s'en était allé aussi sec.

– Dane ? C'est Judy.

– Judy ?

Elle attendit. Il attendit.

– Dane, je dois savoir. Que se passe-t-il ?

– Ce qui se passe ?

– Il y a quelque chose. Tu as l'air si...

– Il se mit à rire.

– On vient de juger mon père pour meurtre, ma mère est en état d'arrestation, accusée de meurtre elle-aussi... et tu me demandes ce qui se passe ?

Pendant qu'elle refoulait rageusement ses larmes, elle entendit le déclic du téléphone. Il avait raccroché. Elle alla se coucher dans un demi-brouillard.

Elle ne le rappela plus et quand il la contacta

de nouveau, elle adopta une froideur égale à la sienne.

– Oui, Dane.

– Je ne fais que transmettre un message, fit-il, maussade. Avec papa on vient de parler à Ellery Queen. Il nous a demandé de passer le voir demain. Papa aimerait que tu viennes. C'est d'accord ?

– Bien sûr.

Elle attendit, mais il n'ajouta rien et au bout de quelques secondes elle raccrocha. C'était la première fois qu'il lui parlait d'une voix aussi éteinte. Une idée absurde lui traversa l'esprit. Ils étaient tous morts. Dane, ses parents, Ellery Queen, elle. Le seul être vivant au monde était Sheila Grey. Elle la détestait, cette Sheila Grey… Judy éclata en sanglots.

– Vous possédez des actions dans cet hôpital, demanda Dane, ou on vous y retient prisonnier ?

Ellery occupait la même chambre à l'hôpital suédo-norvégien de Murray Hill. Il était installé dans le même fauteuil, ses jambes de gardien de but de hockey en position relevée. Les plâtres avaient l'air neuf.

– Les os ne se remettaient pas bien en place. Ils ont dû un peu les traficoter. (Ellery paraissait fatigué, fébrile.) Heureusement que je n'ai pas de problèmes psychologiques graves, sinon il y aurait de quoi se prendre pour Toulouse-Lautrec.

– Pauvre garçon.

Lutetia se pencha pour lui appliquer un baiser sur le front.

– Merci, Mrs McKell, dit Ellery. On ne m'avait plus embrassé sur le front depuis longtemps.

Dane était curieux de voir quelle ligne de conduite allait adopter sa mère.

– Il me semble que je ne vous avais pas vraiment remercié d'avoir sauvé mon mari.

Il y eut un silence.

– Il va falloir faire de même pour vous, n'est-ce pas ? dit Ellery. Comment ça se présente, Mr McKell ?

Il y avait peu à raconter, et parmi ce peu, peu d'éléments nouveaux. Néanmoins, Barton se montrait toujours optimiste.

– Je ne doute pas qu'il y ait acquittement, conclut Ashton sans convaincre personne, exception faite peut-être de sa femme. Toutefois, Mr Queen, j'aimerais quelque chose de mieux que l'équivalent du verdict écossais de manque de preuves. Je veux qu'aucun doute ne subsiste.

– Dans ce métier, Mr McKell, en général on se débrouille avec ce qu'on trouve, remarqua Ellery sèchement.

Peut-être était-il piqué par le ton de commandement de McKell l'aîné.

Il se mit à bavarder avec Lutetia de choses anodines. La routine désespérante de la vie d'hôpital, le goût de Lutetia pour les fleurs – celles du vase lui plaisaient-elles ? en voulait-elle une pour l'accrocher à sa boutonnière ? Rien, pour commencer, qui pouvait lui rappeler qu'on était vendredi et que dans trois jours s'ouvrirait son procès.

Avec beaucoup de tact et de douceur, le détective amateur amena Lutetia à décrire une fois de plus les événements du 14 septembre.

– Donc, les domestiques partis, vous vous êtes retrouvée seule, Mrs McKell ?

– Entièrement seule.

– Vous n'êtes pas sortie, pas même quelques minutes ? Pour vous promener ? Prendre l'air ?

Non, elle n'avait pas bougé de l'appartement. De ça, elle en était sûre. Elle n'avait même pas bougé du salon puisque personne n'était venu lui rendre visite.

– Et le téléphone ? Avez-vous parlé à quelqu'un au téléphone ?

Elle hésita.

– Oh, mon Dieu !

– Oui ?

– Je crois que oui.

– À qui ?

– Je ne me souviens pas. Un homme, je crois.

– De quoi avez-vous parlé ?

Elle eut un sourire incertain.

– Je me sens vraiment sotte. Je ne m'en souviens pas. Si cette histoire de téléphone m'est revenue à l'esprit, c'est que j'attendais plus ou moins un coup de fil de mon mari de Washington.

– C'est quelqu'un qui vous a appelée ?

– Oui.

– Vous en êtes sûre ?

– Je crois que oui. Si c'était moi qui avais appelé, je le saurais.

Dane aurait pu la secouer.

– Maman, pour l'amour de Dieu, réfléchis. C'est peut-être d'une importance capitale. Qui t'a appelée ?

– Dane, ne me regarde pas de cette façon. Si je le savais, tu ne crois pas que je le dirais ? Pour être franche, ce soir-là, j'avais l'esprit ailleurs. Vous savez comment c'est avec la télévision, on reste assis là, dans le vide...

« Oui, pensa Dane. Un vide où tu t'es réfugiée la plus grande partie de ta vie. »

– ... Et puis tant de choses se sont passées depuis ! Du coup les détails de cette soirée me sont sortis de la tête.

– Mrs McKell, Dane a raison, dit Ellery. Ce détail peut être d'une importance capitale. Faites un effort. Qui vous a appelée ? Était-ce plutôt en début de soirée ? En fin ?

– Aucune idée.

– Un faux numéro ?

– Je ne pense pas...

Quelqu'un que vous connaissiez bien ?

– Oh, non, sûrement pas. C'était un inconnu, j'en suis certaine. (Elle déclara cela avec un certain entrain et même une légère impatience, comme si on mettait en doute ses affirmations.) C'est d'ailleurs probablement pour cette raison que j'ai tout oublié. Ça ne devait pas être un coup de fil très important.

– Sur le moment peut-être, mais aujourd'hui... En résumé, vous avez passé la soirée entière devant la télévision. C'est tout.

– C'est exact, Mr Queen.

– J'aimerais que vous réfléchissiez à cet appel téléphonique, Mrs McKell. Ça vous reviendra.

– Je vous promets de faire de mon mieux.

Ellery se renfonça dans son fauteuil et se mit à se gratter le nez.

– A priori on est sur une voie de garage. On a votre parole, Mrs McKell, que vous n'avez pas bougé de chez vous de toute la soirée. Naturellement, si vous n'êtes pas sortie, vous n'avez pas pu tuer miss Grey. L'ennui, c'est que nous n'avons que votre parole. Pardonnez-moi si j'ai l'air de jouer au comptable...

» En d'autres termes, il faut absolument justifier, preuves à l'appui, l'histoire de Mrs McKell, expliqua Ellery aux autres. Comment ? Là est le cœur du problème. Le seul contact avec l'extérieur de Mrs McKell, ce soir du 14 septembre, à moins qu'elle ne se souvienne du nom de la personne qui lui a parlé au téléphone, a été la télévision. Dommage qu'on ne vive pas dans un monde où on utilise des systèmes de télévisions avec voie de retour, comme dans les romans de science-fiction. Bref, on piétine !

Il avait l'air épuisé. Depuis leur première rencontre, à l'époque où Ashton était en prison, on avait l'impression qu'il avait changé de personnalité.

– Laissez-moi réfléchir, dit-il. J'en parlerai à mon père aussi.

– Mais c'est lui qui est chargé de l'enquête, protesta Dane.

– C'est vrai.

Au total ce fut une réunion décevante. Les McKell et Judy se levèrent pour prendre congé avec au cœur un sentiment de sinistre impuissance. Même l'atmosphère de la chambre semblait viciée. Ils étaient sur le seuil de la pièce lorsque Ellery les rappela.

– Oh, encore une chose. Il est probable que ça ne mènera à rien, mais on ne sait jamais...

– De quoi s'agit-il, Mr Queen ? dit Ashton.

– Je serais curieux de connaître le travail de Sheila Grey. J'aimerais voir les dessins de ses collections. Comment s'appelait sa maison de couture déjà ?

– La Maison Grey.

Ellery hocha la tête.

– Apportez-moi dessins, photos, publicités, tout ce que vous pourrez rassembler sur son travail de création ou tout ce qu'on vous autorise à emprunter.

– Pourquoi, Mr Queen ?

– Si je pouvais vous répondre, je n'aurais pas besoin de ces éléments. Disons que c'est une intuition.

– J'ignore si ça va être possible.

– Je m'en charge, dit Dane. Tout de suite. Autre chose, Mr Queen ?

– Quand vous m'apporterez ces documents, j'aimerais que miss Walsh vous accompagne. Vous me décrirez les collections d'un point de vue féminin, miss Walsh. Je crains d'être un piètre connaisseur dans le domaine de la haute couture, comme la plupart des hommes. Vous voulez bien ?

Ils le laissèrent en train de tirer pensivement sur sa lèvre inférieure, et de loucher sur la silhouette volumineuse de ses plâtres.

Sheila Grey était morte intestat. Ses biens tombèrent aux mains d'une seule parente qui vivait dans le Kansas, une sœur mariée à un invalide plein aux as. Mrs Potter n'avait pas besoin d'argent et la couture ne l'intéressait pas. Elle avait donc demandé au personnel de continuer à travailler pendant quelque temps, avait signé les procurations des pouvoirs, et versé à John Leslie la somme de cent dollars avec la mission de « veiller sur tout » dans l'appartement de miss Grey. Aussitôt après les funérailles, elle avait repris un avion pour le Kansas.

Dane expliqua à Leslie ce qu'Ellery désirait.

– Ma foi, je ne sais pas, Mr Dane, répondit le portier. A priori c'est impossible. Je ne dois laisser entrer personne au cas où des choses disparaîtraient. Même vous, Mr Dane, je ne peux pas vous laisser entrer. J'aurais des ennuis.

– Et si la police était d'accord ? dit Dane. Vous accepteriez, John ?

– Bien sûr.

Dane contacta Ellery. Ellery contacta son père. L'inspecteur contacta le sergent Velie. En fin de compte, Dane obtint satisfaction.

Comme l'inspecteur le remarqua :

– Si Ellery peut « emprunter » un prisonnier, je ne vois pas ce qu'il y a de mal à l'autoriser à rassembler quelques dessins.

Sheila Grey était très méthodique dans son

classement. Sous l'œil vigilant du sergent Velie, Dane et Judy fouillèrent l'atelier de travail de la victime. Depuis 1957 les dossiers des collections étaient rangés à leur place par ordre chronologique. Sous l'œil du sergent, ils transférèrent le contenu des classeurs dans des boîtes apportées à cette fin. Dane signa un reçu que le sergent contresigna. John Leslie s'en alla tout heureux et à dix heures le samedi matin, Dane et Judy se présentaient, *cum* les boîtes, à l'hôpital suédo-norvégien.

Ellery s'anima en les voyant. Il feuilleta rapidement une partie des documents et montra les murs nus de la chambre.

– J'ai chargé ma Walkyrie de faire main basse sur tous les rouleaux de scotch du quartier. Commençons en partant de la droite de la porte. On va afficher les documents par ordre chronologique... tout autour de la pièce : dessins, photos, publicités, ce qu'il y a. Si on manque de place, on utilisera le sol. Vous remarquerez, j'ai réussi à convaincre les autorités médicales de m'autoriser à abandonner mon fauteuil habituel pour un fauteuil roulant. Comme ça, je peux me déplacer. Judy, classez les documents. Dane, vous scotcherez. Je poserai des questions en fonction de mon ignorance et de mes observations.

Judy se mit au travail. Elle tendit à Dane les dessins concernant la première collection de Sheila Grey, celle de l'automne 57, et il les fixa au mur. Très vite Judy ne résista pas au plaisir d'exprimer son enthousiasme.

– Ces modèles Lady Sheila sont toujours incroyables, s'exclama-t-elle. Même s'ils datent de six ans.

– Lady Sheila ? fit Ellery.

– C'est le nom de la collection, expliqua la jeune femme. Chaque défilé de mode a un nom, voyez-vous. L'année suivante, 1958, la collection s'appelle Lady Nella. Un nom confère plus de cachet à une collection qu'une simple date. Ça, c'est en 1959...

– Lady Ruth, dit Ellery. Hum. Sheila, c'est son propre prénom, ce qui paraît logique. Nella sonne un peu fantaisiste, et je suppose qu'une note exotique est un plus dans ce commerce mystérieux des chiffons. Mais pourquoi Ruth ? Le prénom type d'une pas-jolie ? A moins que... Ah, oui, je vois !

– Que voyez-vous, Mr Queen ? dit Dane qui par contre restait dans le noir complet.

– Ruth, d'après la matrone du même nom dans *Le Livre de Ruth*. Je parie que c'est une allusion à la Bible. J'ignore quel serait l'avis d'un archéologue mais ces robes – du moins certaines – feraient l'affaire dans n'importe quel péplum hollywoodien qui se respecte. Moi en tout cas, je n'y verrais que du feu. La belle simplicité antique de ces modèles et de ces drapés. N'est-ce pas, Judy ?

– Oh oui, fit celle-ci.

Ses yeux brillaient d'excitation tandis qu'elle découvrait la collection suivante, celle de 1960, appelée Lady Lorna D., aux riches imprimés et harmonies de tons whisky, allusion aux traditionnels plaids et tartans – jupes qui évoquaient le kilt, chapeaux qui rappelaient le tam o' shanter et le bonnet du Highlander, sacs-gibecières dans les mêmes tissus que les jupes, portés à la manière d'escarcelles en peau.

– Lady Lorna D., fit Ellery, pensif. D. for Doone[1], je suppose. C'est écossais ? Enfin, ce n'est pas important. Ensuite, Judy ?

1. *Lorna Doone* : roman très populaire de Blackmore (1825-1900) dont l'histoire s'inspire des célèbres bandits Doone à la fin du XVIIe siècle qui se réfugiaient au cœur de l'Exmoor en Angleterre.

En suivant mur après mur la farandole de dessins, photos et pages élégantes de *Vogue* et du *Harper's Bazaar*, venait ensuite la collection Lady Dulcela de 1961. Lady Dulcela n'évoquait rien d'exotique sur le plan de l'histoire ou de la géographie. Elle avait eu pour cible le futur et certains modèles seraient bien allés avec un casque d'astronaute.

Judy secoua la tête.

– J'aime moins ces modèles, comparés aux autres, bien sûr. Je suis sûre que cette collection n'a pas eu autant de succès que les précédentes. Naturellement Sheila Grey n'a jamais fait de défilé qu'on peut qualifier d'échec.

– Dulcela... je me demande bien pourquoi, fit Ellery. Une idée, Judy ?

Judy avait l'air hésitante. En fait, elle était déjà captivée par la collection de 1962, Lady Thelma, caractérisée par des lignes et des couleurs audacieuses, et d'une façon générale par quelque chose de théâtral.

– N'est-ce pas merveilleux ? Il n'est pas étonnant que ça ait fait sensation.

Dane avait recouvert tous les murs disponibles et la dernière collection fut étalée par terre.

– Et ça, qu'est-ce que c'est ? marmonna Ellery.

Il s'agissait de la collection sur laquelle travaillait Sheila Grey juste avant de mourir. Les documents rassemblés ne comprenaient bien sûr ni articles de journaux, ni photographics, ni illustrations de magazines, mais des dessins à des degrés divers de finition, allant d'esquisses grossières à d'autres au trait presque achevé, en passant par des ébauches plus élaborées.

– Il semble qu'elle n'en ait terminé aucun, dit Ellery. Même parmi ceux qui ont un air fini.

Il les examinait avec attention. Judy en prit un.

– Celui-ci a l'air fini, dit-elle en le lui tendant. C'est le seul du paquet.

Au bas de la feuille était inscrit ce qui de toute évidence était le nom de la collection 1963. À l'encre et en lettres capitales : « Lady Norma ».

– Et voilà, c'est tout, conclut Judy.

Assis dans son fauteuil roulant, Ellery était courbé en deux, penché au-dessus des dessins. Il hocha lentement la tête.

– Je me demande si la mort de Sheila Grey a un lien avec les rivalités intenses qui existent dans le monde de la mode. A priori on a peine à imaginer qu'une maison de couture réputée ait pu envoyer un tueur ou un voleur dans l'appartement de miss Grey. Mais un individu en solo qui agirait pour son compte – un espion industriel en free-lance – aurait fort bien pu s'introduire chez miss Grey avec l'intention de revendre ce qu'il trouverait.

Dane se souvint des propos de Sheila à ce sujet. Ellery l'écouta avec intérêt, l'interrompant de temps à autre :

– A-t-elle cité des noms ? Paraissait-elle inquiète ?

Puis il abandonna cette piste et se tourna vers Judy pour lui demander son opinion. Mais Judy ne put suggérer aucune hypothèse pertinente qui eût justifié le meurtre de la styliste. Enfin, Ellery fit un tour de chambre dans son fauteuil roulant, examinant les uns après les autres les documents accrochés aux murs avec une attention concentrée. Il était toujours plongé dans la contemplation silencieuse du travail de Sheila Grey, lorsque l'infirmière et le médecin firent irruption dans la chambre.

– Excusez-moi, Judy et Dane. Je crois qu'il faut que vous partiez.

– On revient cet après-midi ? demanda Dane.

– Non, accordez-moi un peu de temps pour digérer tout ça.

Dans le couloir Dane et Judy échangèrent un

regard désespéré. Et ils n'auraient été guère réconfortés de savoir que dans sa chambre d'hôpital, Ellery offrait le même visage désemparé.

Judy et Dane se virent le dimanche. Ni l'un ni l'autre n'avaient grand-chose à dire. Enfin Judy ne supporta plus ce silence.

– Tu te sens découragé, toi aussi ?

– Autant que toi.

– Tu sais, on n'a rien dans le ventre tous les deux, dit Judy. Ça ne sert à rien de rester là à broyer du noir et à comparer nos états d'âme. Pourquoi ne pas retourner chez Sheila Grey ? Peut-être que quelque chose nous a échappé.

– Impossible et pour deux raisons. Primo, on n'a pas le droit. Deuzio, la police a passé l'appartement au peigne fin une demi-douzaine de fois et il est fort peu probable qu'on mette la main sur quoi que ce soit. (Seuls dans le salon des McKell, ils se tenaient très droits sur leurs sièges respectifs. Ashton et Lutetia s'étaient rendus à un service religieux d'après-midi.) Rien ne leur a échappé. Point final.

– On peut toujours essayer. Quel mal y a-t-il ?

– Je te l'ai dit. On n'a pas le droit d'entrer dans l'appartement !

– Dane McKell, n'élevez pas la voix avec moi ! Je m'efforce simplement d'être utile.

– Alors propose quelque chose d'utile.

Judy explosa.

– Pourquoi es-tu aussi agressif à mon égard ?

– Je ne suis rien du tout.

– Ça, tu peux le dire. Ecoute, mon petit, je sais ce qui te tracasse. Tu t'en veux parce qu'un soir, pendant quelques malheureuses secondes, tu as oublié que la petite secrétaire de ton père ne venait pas du même milieu que toi.

– Oh, voyons, Judy, fit Dane d'un ton las.

– J'ai aussi la malchance d'être irlandaise, et de ne rien avoir d'une petite arriviste !

– Tu pourrais être une Hottentote que ça me serait complètement égal.

– Tu me traiterais aussi mal ?

– Voilà que tu me fais une scène de jalousie. Ce n'est pas à cause de toi, Judy. C'est moi qui ne vais pas bien.

– Ne me sers pas ces idioties, répliqua Judy, acerbe. Tout allait bien entre nous jusqu'à ce que j'oublie ma place. Depuis tu ne m'as pas adressé un seul mot aimable.

– Judy, essaie de comprendre. (Elle se tut. Une certaine hésitation dans la voix de Dane, son visage torturé lui imposèrent le silence.) Ça vient de moi. C'est quelque chose de personnel que je ne peux pas expliquer. Je ne pourrais peut-être jamais l'expliquer. Même à toi. Surtout à toi.

– Je ne comprends pas.

– Allez, viens. Peut-être que John Leslie voudra bien nous laisser entrer chez Sheila Grey après tout. Tentons le coup.

C'était plus un prétexte pour mettre un terme à leur conversation.

Leslie qui, au fur et à mesure que le temps passait, donnait l'impression d'éprouver un respect de plus en plus grand pour la loi, demeura inébranlable. Même les prières de Dane furent sans effet. Les deux jeunes gens parlementèrent avec lui sans trop de conviction tout en se lançant quelques réflexions mordantes. Vexée, Judy partit et refusa que Dane la raccompagne chez elle. Le lendemain, un lundi, quand le procès reprit, Dane et Judy prirent chacun place dans la salle du tribunal à une extrémité du banc.

Le procès de Lutetia McKell ne fut pas une réplique exacte de celui de son mari. D'abord, le jury fut rapidement constitué. Ensuite, la procédure se développa dans une atmosphère tout à fait différente, une ambiance du style « et nous y voilà de nouveau » qui suscitait plus de curiosité que de passion. Une fois de plus, la rumeur que l'accusation allait se ridiculiser faisait son chemin. Comme un journaliste l'expliquait dans son article, « si vous vous plantez avec le mari, tentez votre chance avec la femme ». C'était plutôt injuste pour De Angelus, mais le souci de la presse est rarement un souci d'équité.

Henry Barton saisit l'occasion au vol. Le ridicule devint son arme de prédilection, arme pas si secrète que ça qu'il choisit d'utiliser dans le contre-interrogatoire des témoins de l'accusation. Toute résistance à son esprit caustique était sapée par ses insinuations malveillantes. Par exemple, lorsque le détective Mack mentionna ses visites successives avec le sergent Velie chez les McKell, l'avocat de la défense enchaîna :

– Détective Mack, vous êtes attaché à ce commissariat depuis... combien de temps ?

– Deux ans.

– Prenons les six derniers mois. Avez-vous eu l'occasion de vous rendre dans d'autres appartements du quartier de Park Avenue au cours des six derniers mois ?

– Oui, monsieur.

– Pour votre travail ?

– Oui.

– En tant qu'officier de police ?

– Oui, monsieur.

– Pour enquêter sur des cas d'effractions, de vols à main armée, de cambriolages, etc ?

– Oui, monsieur.

– N'y a-t-il pas eu une aggression pas plus tard que le mois d'août dernier dans l'immeuble voisin de celui des McKell ?

– Oui, monsieur, mais...

– La bonne a été ligotée, sa maîtresse attaquée, la maison cambriolée ?

Le procureur objecta vigoureusement en invoquant le prétexte habituel : la défense se livrait à un contre-interrogatoire abusif. Il s'ensuivit un jeu de scène secondaire entre les deux avocats et le juge, qui aboutit à l'invalidation des questions et réponses dans ce domaine. Néanmoins Barton avait atteint son but. Dans l'esprit du jury était ancrée l'idée que le quartier des McKell était la proie régulière des rôdeurs.

Le matin du troisième jour de procès, Ellery étudiait, morose, la photographie en couleurs d'une robe du soir de la collection Dulcela portée par un mannequin décharné, lorsque McKell père et fils firent irruption dans sa chambre.

Il se redressa, sa curiosité éveillée, installant ses jambes plâtrées dans une position moins inconfortable.

– Du nouveau ?

– La semaine dernière, lorsque vous avez interrogé ma femme, commença Ashton, les yeux brillants, vous vous souvenez, n'est-ce pas, avoir conclu que la télévision avait été le soir du crime son seul contact avec l'extérieur ?

– Oui.

– Tenez, regardez.

– C'est arrivé ce matin au courrier, ajouta Dane.

C'était une enveloppe libellée à l'adresse de Mrs Ashton McKell, Park Avenue. La lettre écrite sur du papier de la compagnie des savons Princesse était signée par un certain Justin A. Lattimoore, 4e vice-président.

Ellery lut, un sourire aux lèvres :

« Chère Mrs McKell,

» Notre département de comptabilité m'apprend

que votre chèque de cinq cents dollars (500 dollars) qui vous a été adressé maintenant il y a plus de trois mois, n'a toujours pas été encaissé. Ce chèque correspond au prix que vous avez gagné le soir du 14 septembre à notre concours « Le Numéro de la chance » organisé pendant notre émission de télévision « L'Heure Princesse ».

» J'aimerais savoir si vous avez bien reçu le chèque mentionné ci-dessus. Si vous ne l'avez pas reçu ou si pour une raison quelconque vous souhaitez ne pas l'encaisser, je vous prie de bien vouloir nous prévenir dans les meilleurs délais.

» Recevez l'assurance de nos sentiments distingués, etc. »

– Eh bien, fit Ellery. Voilà qui risque d'être le coup de grâce pour l'accusation.

– Ça l'est, dit Dane. Il le faut.

– Enfin, ne nous laissons pas entraîner par nos espérances, conseilla son père, lui aussi tout excité. Ce que je ne comprends pas, c'est le silence de Lutetia.

– Tu ne connais pas maman, papa. Elle a oublié, tout bêtement.

– Mais l'argent d'un prix, un chèque, murmura Ellery.

– Qu'est-ce que l'argent pour elle, qu'est-elle elle-même ?

La citation véritable est : « Qu'est Hécube pour lui, qu'est il lui-même pour Hécube ? » *Hamlet*, acte II, scène 2.

– « Pour l'argent ? », cita joyeusement Dane dans une adaptation improvisée de la tirade de *Hamlet*. De plus, gagner un concours crée toujours un peu de publicité. L'esprit de ma mère se ferme instinctivement à ce genre de choses. On tient le bon bout, Mr Queen. J'en suis presque sûr.

– On va voir. Contactez ce Lattimoore et tâchez de le faire venir ici. Il faut le plus de renseignements possible sur cette histoire de concours, et tout de suite.

Un coup de fil de la part de l'éminent Ashton McKell assura la présence du 4e vice-président J.A. Lattimoore dans la chambre d'Ellery Queen l'après-midi même.

Lattimoore se révéla être un individu à la mise soignée, dont le teint évoquait exactement un fard gras couleur chair et qui – Ellery en aurait mis sa main au feu – portait perruque. Il semblait partagé entre deux attitudes possibles : se sentir honoré d'être ainsi mandé par un capitaine d'industrie, ou jouer la carte du dédain à la vue d'un vulgaire écrivassier de polars aux deux jambes cassées. Dans le doute il s'arrangea pour donner l'impression d'être en compagnie d'au moins un égal…

– … un programme le matin de trois quarts d'heure pour Sudsy Chippos, expliquait Lattimoore – visiblement l'occasion exigeait à ses yeux une récapitulation du calendrier à la radio et à la télévision des programmes de la compagnie des savons Princesse – et un quart d'heure et au milieu de l'après-midi pour nos articles de toilette Princesse Belinda et Princesse Anita. En d'autres termes le matin il y a « La Famille du Dr Dolly » et l'après-midi « La Vie et Laurie Lewis ». L'Heure Princesse de la dernière saison à la télévision a été une émission de variétés animée par le comédien Bo Bunson.

» Je serai franc, messieurs, avoua le vice-président, cette émission a été un échec retentissant, de la mousse dans les tuyaux, comme on dit dans notre jargon. Sur le plan financier, ça a été la catastrophe. Pour cette saison, donc, un des jeunes cadres les plus brillants de notre agence de publicité a eu une idée géniale. Voyez-vous, on ne peut pas renoncer à cette émission de variétés – Lattimoore toussota –, notre président y tient beaucoup et estime que Bunson est le présentateur le plus drôle. Alors, on a trouvé une astuce. On a organisé un jeu. Tout au long de l'émission – diffusée le mercredi soir aux heures d'écoute maximale, de 10 à 11 heures du soir sur la côte Est, comme vous devez le savoir – donc, tout au long de l'émission les opérateurs de notre standard téléphonique ont appelé des gens dont le nom est relevé au hasard dans l'annuaire et dans tous les États-Unis – selon un procédé dont je vous épargnerai la description. On leur a demandé s'ils étaient en train de regarder les variétés de l'heure Princesse. Naturellement la plupart d'entre eux ont dit que oui et se sont immédiatement branchés sur notre programme s'ils ne l'étaient pas. Entre divers numéros de variétés, Bo Bunson a parlé à chaque téléspectateur contacté par notre standard, chaque conversation étant retransmise en direct à l'antenne, et lui a demandé de deviner le « numéro de la chance » de l'émission de ce soir-là. Le « numéro de la chance » est un nombre allant de un à dix mille choisi au hasard par un ordinateur IBM juste avant le début de l'émission. Personne, pas même le présentateur ne le connaît. Bo Bunson l'avait dans une enveloppe cachetée et à des moments stratégiques de l'émission il brandissait l'enveloppe et faisait quelques plaisanteries là-dessus, histoire de créer un peu de suspense, voyez-vous.

Ellery marmonna tout bas qu'il voyait en effet. Néanmoins à son ton de voix, on devinait que pour les besoins du sujet discuté il aurait souhaité avoir temporairement perdu la vue. Pendant une fraction de seconde, une vague incertitude assombrit le visage poupin de Mr Lattimoore – on eût dit qu'il se frottait à chaque diffusion de « L'Heure

Princesse » avec les savons Princesse Belinda et Princesse Anita, et peut-être aussi avec Sudsy Chippos – puis, son sourire rejaillit sans un kilowatt de moins.

– L'astuce du jeu est que tout le monde gagne. Le premier prix, de dix mille dollars, est décerné à ceux qui donnent un chiffre compris entre vingt-cinq chiffres avant et vingt-cinq chiffres après le numéro de la chance. Par exemple, le numéro de la chance est 8951. Les numéros gagnants vont de 8926 à 8976. Si plus d'un participant donne un chiffre situé dans cette fourchette, le chiffre le plus proche du numéro de la chance est considéré comme le numéro gagnant, le suivant décroche le deuxième prix qui est de deux mille dollars, puis le troisième, le troisième prix de mille dollars, et le quatrième, le quatrième prix de cinq cents dollars. Les autres participants reçoivent cent dollars comme prix de consolation.

» Une idée géniale, non ? (Le visage de Lattimoore rayonna un instant avant de se rembrunir.) L'ennui, c'est que ça n'a duré que quatre semaines. B.T. a estimé que c'était un ratage complet parce que, selon lui, la crédibilité des produits Princesse en souffrait. B.T., c'est B.T. Worliss, le président de notre compagnie. Et puis, pour être franc, euh, il y avait de graves problèmes de légalité avec la CFC, la commission fédérale de la communication, liés aux lois anti-loterie. La CFC... (Lattimoore se tut, les initiales abhorrées formant comme une boule dans sa gorge. Il s'éclaircit le gosier.) Eh bien, voilà l'histoire du jeu des numéros de la malchance, conclut-il sur un ton légèrement ironique. Que puis-je vous dire d'autre, messieurs ?

– Donc le soir du 14 septembre, murmura Ellery en se protégeant les yeux de l'incandescent Lattimoore, Mrs McKell a été l'une des heureuses élues choisies par votre standard ?

– C'est cela. Elle s'est placée quatrième à notre petit jeu de devinettes et a remporté le prix de cinq cents dollars.

– Et le chèque n'a jamais été encaissé.

Ashton McKell exhiba un papier rose.

– Le voici, Mr Queen. Tout simplement Lutetia n'a pas l'habitude de s'occuper des affaires d'argent. Elle avait l'intention d'en faire don au foyer de notre paroisse pour lequel elle fait également de la couture. Ça lui est sorti de l'esprit.

Lorsqu'il se leva pour commencer sa plaidoirie, Henry Calder Barton arborait une expression de triomphe qui contrastait de façon frappante avec la confiance hautaine qui se lisait sur son visage les jours précédents. L'acteur était mis à nu. Henry Barton avait soudain un bon atout dans son jeu et il pouvait se dispenser de miser sur la carte psychologique. Il passa à l'attaque sans tarder.

– Mr Graves, vous êtes aide-comptable chez Newby, Fellis, Hindsale et Levy, une agence de publicité située sur Madison Avenue. Votre société gère la comptabilité de la compagnie des savons Princesse pour la radio et la télévision, n'est-ce pas ?

Barton dirigea adroitement le témoin dans sa description du fonctionnement du défunt jeu « Le Numéro de la chance », récemment programmé le soir à la télévision au cours de « L'Heure Princesse ».

– Merci, Mr Graves.

De Angelus ne contre-interrogea pas le témoin. Il fit objection. L'entretien de la défense avec le juge Everett Hershkowitz satisfit de toute évidence Son Honneur car l'objection fut rejetée. Le procureur reprit sa place et se mit à se ronger furieusement un ongle. La nouvelle expression de Barton ne lui avait pas échappé.

– J'appelle miss Hattie Johnson. Miss Johnson, quel métier exercez-vous ?

– Je suis opératrice de téléphone.

– Travaillez vous pour une compagnie de téléphone en particulier ?

– Non, monsieur, je travaille pour Tel-Operator, Incorporated.

Tel-Operator, Incorporated se révéla être une société qui mettait des opérateurs téléphoniques à la disposition de compagnies privées ayant temporairement besoin d'un service supplémentaire de renseignements par téléphone que leurs standards ne pouvaient assurer. En général ce service n'était valable que pour une période limitée de temps. Par exemple, lors d'une offre de promotion organisée par un grand magasin.

– Les qualités requises sont la précision et la rapidité, conclut le témoin.

– Et vous avez été une des opératrices affectées à l'émission télévisée du « numéro de la chance » de la compagnie des savons Princesse ?

– Oui, j'y ai travaillé tous les mercredis soir pendant les quatre semaines qu'a duré l'émission.

– Vous souvenez-vous de l'émission du 14 septembre, miss Johnson ?

– C'est la première émission sur laquelle on a travaillé.

– Voici une conversation retranscrite. La reconnaissez-vous ?

– Oui, monsieur. Il s'agit de la copie d'une de mes conversations téléphoniques avec une des téléspectatrices que j'ai appelées ce soir-là.

– Quel est le nom de cette téléspectatrice ? Veuillez le lire à voix haute.

– Mrs Ashton McKell, 610 Park Avenue, New York City.

Le juge Hershkowitz dut recourir à son marteau. On remarqua que le procureur De Angelus inspira à fond comme après une longue course et croisa les bras sur sa poitrine dans une attitude défensive. Le contenu de cette pièce à conviction lue à voix haute par le témoin faillit provoquer la suspension de l'audience et la cour manqua casser son marteau. Quant au procureur, il était anéanti. Quand le silence revint enfin, Barton appela Lutetia McKell.

– ... mais comment avez-vous pu oublier cet appel téléphonique, Mrs McKell, alors qu'il est d'une importance primordiale ?

– Je l'ignore, répondit Lutetia d'un ton où perçait un certain désarroi. Je me souvenais bien d'avoir parlé au téléphone à un homme...

– Il s'agit de Bo Bunson, le maître de cérémonie de l'émission de variétés produite par la compagnie des savons Princesse, n'est-ce pas ?

– Oui, maintenant je me rappelle, mais je crains que cette conversation ne m'ait pas paru très importante sur le moment. Cela semblait si bête, en vérité, que ça m'est tout simplement sorti de la tête.

– En tout cas, depuis, cet appel téléphonique vous est revenu en mémoire ?

– Oui.

– Vous êtes une femme très riche, Mrs McKell ?

– Pardon ? Sans doute...

Et qui s'occupe des questions d'argent dans votre ménage ? Votre mari ? Votre avoué ? Les banques ?

– Oh oui.

– Ainsi vous n'avez pas l'habitude de vous en charger ?

– Non.

Le procureur observait Lutetia avec une expression admirative et presque affectueuse. La même expression à des degrés d'intensité divers se peignit sur les traits du juge, de Barton lui-même et de l'inspecteur Queen qui avait témoigné pour l'accusation.

– Veuillez nous rapporter la conversation téléphonique que vous avez eue ce soir-là avec Bo Bunson.

– Je crois n'avoir pas très bien compris le jeu. En règle générale je ne regarde pas la télévision et ça faisait longtemps que je n'avais pas participé à un concours. Lorsque Mr... Bunson – c'est cela ? – m'a demandé de deviner le numéro de la chance, j'étais incapable de dire un chiffre, même n'importe quel chiffre. C'était si étrange. Mon esprit s'est comme figé. Cela vous est-il déjà arrivé ?

Assise dans le fauteuil du témoin, Lutetia était à demi tournée vers Henry Barton et le juge Hershkowitz, et c'est en hommage à son désarroi véritable que les deux hommes acquiescèrent de la tête avec compassion.

– Alors, j'ai remarqué sur l'écran de télévision, au-dessus de la tête de l'animateur, l'horloge du studio et comme je ne voulais pas décevoir ce garçon, je lui ai demandé s'il était possible de donner un chiffre qu'on voyait quelque part. Il a dû faire une réponse amusante car le public du studio d'enregistrement s'est mis à rire. Je ne me rappelle pas de ce que c'était. J'ai dit : « Oh, mon Dieu, le seul numéro qui me vient à l'idée, c'est celui de l'horloge que j'aperçois au-dessus de votre tête, 10 h 22. » J'ai donc dit : mille vingt-deux.

– Mille vingt-deux, dit Henry Barton au jury dans son exposé final. Retenez bien ce chiffre, mesdames et messieurs, car c'est grâce à ce chiffre que vous allez pouvoir disculper ma cliente de l'accusation de meurtre pour laquelle elle est jugée. Dix. Vingt. Deux. À dix heures vingt-deux minutes le même soir Sheila Grey était assassinée et Lutetia McKell répondait au téléphone. Vous avez examiné la preuve photostatique du rapport manuscrit de l'opérateur du standard où figurent le nom, l'adresse, le numéro de téléphone de Mrs McKell, l'heure exacte à laquelle on l'a appelée, l'heure à laquelle elle a répondu. Vous avez entendu un extrait de l'enregistrement sur bande de l'émission diffusée en direct, et la voix de Mrs McKell, fort reconnaissable, bavardant avec Mr Bunson pendant que l'émission passait à l'antenne. Vous avez également entendu Mrs McKell lire l'heure que l'horloge du studio affichait et l'utiliser comme « numéro de la chance ».

» Mille vingt-deux. Non, même en cherchant bien, il ne s'agit pas d'un coup monté. L'agence de publicité n'a pas organisé ce jeu, la compagnie des savons Princesse n'a pas financé la production et la diffusion de cette émission dans le but de procurer à Mrs McKell un alibi. De même que Mrs McKell aurait été bien incapable de prévoir qu'on l'appellerait au téléphone précisément à une heure qui lui fournirait un alibi. Je m'appuie sur des preuves sérieuses et les preuves sérieuses ne mentent pas.

» À 10 h 22, Lutetia McKell, qui se trouve dans son appartement, parle au téléphone et est entendue par des millions de téléspectateurs. À 10 h 23, Sheila Grey est assassinée dans son appartement au dernier étage de l'immeuble des McKell.

Barton fit quelques pas en silence devant le jury pour laisser à ses paroles le temps de faire leur effet.

– Mesdames et messieurs du jury, je n'envie pas le métier de l'accusation. Malgré toutes les preuves qu'il a présentées – cartouches, revolver et empreintes digitales –, malgré sa théorie du mobile – Mrs McKell aurait agi par jalousie –, le procureur se voit dans l'impossibilité de demander au jury composé d'hommes et de femmes intelligents d'accepter « sa » vérité. En effet, comment croire qu'après sa conversation téléphonique avec Bo Bunson, Mrs McKell, qui paraît certes encore très jeune mais a néanmoins dépassé l'âge d'un sprinter des Jeux Olympiques, aurait quitté son appartement, appelé l'ascenseur ou serait montée quatre à quatre au dernier étage de l'immeuble – Pouvez-vous imaginer Mrs McKell monter quatre à quatre les deux étages qui la séparent de l'appartement de miss Grey ? – et se serait introduite à pas de loup chez la styliste ? Là, je rappelle qu'à aucun moment il n'a été prouvé que Mrs McKell s'est effectivement introduite chez miss Grey. Donc, elle se serait faufilée jusqu'à la chambre de miss Grey, aurait cherché le revolver, l'aurait trouvé, se serait glissée dans le bureau de miss Grey, aurait fait face à miss Grey suffisamment longtemps pour que la malheureuse crie et enfin aurait tiré… Tout cela en soixante secondes ! Je défie Jesse Owens à la fleur de l'âge d'y réussir. J'invite le procureur à essayer. C'est tout simplement impossible. Impossibilité physique. Impossibilité temporelle.

– Mesdames et messieurs, vous avez une seule question à considérer pour juger si l'accusée est coupable ou innocente. Le soir du 14 septembre, à précisément 10 h 23, Lutetia McKell a-t-elle tué Sheila Grey dans l'appartement de cette dernière, oui ou non ? La réponse est non. Elle n'a pas tué Sheila Grey et vous savez désormais pourquoi. Parce qu'elle n'a pas pu. Elle n'aurait pas eu le temps.

Le jury se retira pour délibérer à 11 heures

moins le quart le 23 décembre, après que le juge Hershkowitz eut rapidement formulé l'acte d'accusation :

– Vous devez vous pencher sur une seule question : l'accusée a-t-elle tiré sur Sheila Grey le soir du 14 septembre à 10 h 23 ? Si oui, l'accusée est donc reconnue coupable de meurtre ainsi que le stipule l'inculpation. Si vous jugez qu'elle n'a pas tiré, l'accusée est donc reconnue innocente. Avant de prendre votre décision, vous devez considérer le témoignage entendu dans cette salle, à savoir l'enregistrement de la conversation téléphonique que l'accusée a eue quasiment à la même heure. Si vous estimez ce témoignage valable, vous devez alors examiner le problème du temps. La cour estime que la question du temps est dans cette affaire-ci primordiale...

À midi et demi, le jury était prêt à rendre son verdict alors que le procureur et l'avocat de la défense n'étaient pas encore revenus de déjeuner. Le juge, lui, en vieux routier qui connaît la musique, avait pris son repas dans son bureau. On alla donc prévenir Barton et De Angelus qui regagnèrent la salle d'audience à la hâte, leur déjeuner à moitié ingurgité.

Le gros titre du premier tabloïd à annoncer la nouvelle « Lu libre » n'était pas comme un étranger angliciste aurait pu l'interpréter un impératif, mais la traduction journalistique du verdict rendu par le jury. La mère de Dane était acquittée comme son mari quelques semaines auparavant.

– Votre décision est justifiée par les témoignages que vous avez pu examiner au cours de ce procès, conclut le juge Hershkowitz en s'adressant au jury... Jusqu'à ce jour deux inculpations ont été formulées et deux acquittements ont été prononcés après examen des preuves et des dépositions. Par conséquent, le meurtrier est toujours en liberté. Nous ne souhaitons pas qu'un innocent soit jugé coupable, mais nous ne souhaitons pas non plus que le coupable échappe à la justice.

Cette dernière phrase fut comprise – correctement d'ailleurs– par la police, le procureur et la presse comme une boutade juridique et une invitation formelle à retrouver l'assassin, et le bon.

Les McKell, eux, étaient trop heureux pour saisir ces nuances.

– Quel merveilleux cadeau de Noël ! s'exclama Ashton. On sera tous ensemble le 25, enfin débarrassés de cette épée de Damoclès qui planait au-dessus de nos têtes. Mr Barton, comment vous exprimer ma reconnaissance ?

L'avocat secoua la tête.

– Ce n'est pas moi qu'il faut remercier, mais le vice-président Lattimoore et son chèque non encaissé de cinq cents dollars. Je n'ai fait que reconstituer le puzzle. Avec une preuve pareille n'importe quel avocat fraîchement diplômé aurait obtenu l'acquittement de son client.

La seule personne qui se taisait et paraissait indifférente à l'euphorie générale, c'était Lutetia.

– J'aurai toujours ce remords sur la conscience, expliqua-t-elle à son fils qui lui demandait pourquoi elle avait ce visage soucieux.

– Quel remords, maman ?

– C'est moi qui ai remplacé les balles à blanc par des balles réelles. Pourquoi ? Elle serait encore en vie...

– Arrête, maman. Tout de suite.

Ce ne fut pas sans peine qu'ils parvinrent à lui remonter le moral. Dane eut même l'impression fugitive que sa mère se serait volontiers constituée prisonnière pour subir un second procès.

– Dieu merci, heureusement que la loi du procès unique[1] existe, dit-il à son père.

Henry Barton s'attarda dans la salle. Les McKell partirent donc sans lui. L'avocat s'approcha du procureur qui discutait avec l'inspecteur Queen.

– Comme dirait Son Honneur, Henry, *mazel tov*, fit De Angelus d'un ton aigre.

– Pourquoi le féliciter ? grogna le vieux Queen. Un nourrisson s'en serait aussi bien sorti avec un témoignage pareil. Une compagnie de savon !

Barton leur adressa un large sourire.

– Je suis entièrement de votre avis, inspecteur. Euh, monsieur le procureur, je sais que ce n'est guère le moment idéal pour aborder ce sujet, mais je voulais vous proposer un marché : dans l'affaire du gosse Gogarty, laissez mon client plaider l'homicide involontaire. Ça économiserait du temps et de l'argent. Qu'en pensez-vous ?

– En effet, ce n'est guère le moment, grommela De Angelus. Vous vous rendez compte que dans l'affaire Grey la foudre m'a frappé à deux reprises ? Et que Dick Queen qui se trouvait sous le même arbre a écopé lui aussi ?

– Ce n'est pas une raison pour vous en prendre à Gogarty.

– Revenez m'en parler demain. Aujourd'hui je ne conclurais même pas un marché avec ma propre mère.

– Voyons, Teddy, vous n'allez pas râler parce que deux innocents n'ont pas été reconnus coupables, non ?

– Écoutez, Henry, je ne suis pas content, l'inspecteur Queen non plus. Personne ne l'est, à part les McKell et vous. Alors, on en reste là et Joyeux Noël, hein ?

1. Le « double-jeopardy » est une garantie énoncée dans le 5e amendement de la constitution américaine : nul ne peut être jugé deux fois pour le même délit.

Ellery n'était pas content non plus. Ces joyeuses fêtes de Noël qui approchaient ne lui avaient jamais paru aussi sinistres. Primo, il était condamné à passer Noël à l'hôpital et la demi-promesse du médecin qu'il sautillerait sur des béquilles d'ici le nouvel an et pourrait donc rentrer chez lui lui faisait l'effet d'être aussi peu fiable que n'importe quelle demi-promesse en général. Il se déplaçait désormais en fauteuil roulant et se promenait dans les couloirs. Il put donc aider la plantureuse infirmière blonde à décorer le sapin de Noël de leur étage, et se dérida presque pendant le réveillon suédois. Néanmoins, la seule chose qui lui faisait vraiment plaisir, c'était la joie de la famille McKell.

Son mécontentement s'expliquait également par une autre raison. Il était déçu de lui-même et en ressentait un vif dépit. Le détective-fauteuil ! Toute la satisfaction qu'il avait éprouvée à élucider l'affaire Ashton McKell – la phase 1, disait-il – avait été éclipsée par le rôle inexistant qu'il avait joué dans la phase 2. Il n'avait trouvé aucune piste de son propre cru pour aider Lutetia. La lettre de la compagnie des savons Princesse qui avait permis l'acquittement de l'accusée était arrivée par courrier, un beau matin, uniquement grâce à la courtoisie de l'inénarrable Lattimoore. L'importance de cette pièce à conviction n'aurait pas échappé à un bleu des forces de police.

Avec ça, comme l'avait souligné le juge Hershkowitz, l'assassin de Sheila Grey courait toujours. Et le grand homme qu'il était n'avait pas une seule idée qu'on pouvait qualifier de prometteuse pour résoudre cette énigme.

– Enfin, soupira Ellery. Du moins les ennuis des McKell sont-ils terminés.

Les ennuis des McKell se terminèrent exactement le temps d'un week-end. Père, mère et fils passèrent ensemble d'agréables, sinon de joyeuses fêtes de Noël. La veille ils assistèrent au service religieux dans la grande cathédrale inachevée, incognito parmi la foule des fidèles. Le lendemain matin ils choisirent de se rendre pour écouter la messe dans l'église d'un quartier déshérité. L'assemblée était presque entièrement composée d'étrangers et le journal d'expression de leur ethnie n'avait pas publié de photographies de la famille McKell. Le reste de la journée de Noël se passa tranquillement à la maison. Ils s'offrirent des cadeaux, écoutèrent la *Missa solemnis* sur la hi-fi et lurent les journaux.

Le lundi matin, Lutetia exprima le désir de voir l'océan. C'était jour de congé pour Ramon car Ashton McKell ne travaillait pas. Pour les sociétés McKell comme pour la plupart des entreprises, le lundi de Noël était jour férié. Dane conduisit donc ses parents jusqu'à Long Beach où ils firent une promenade de presque deux heures sur la plage. L'océan gris qui déferlait depuis l'Europe balayait le rivage et revenait sans cesse à la charge. La marche leur avait ouvert l'appétit et de retour à la maison, Lutetia s'amusa à concocter un solide dîner composé d'une bonne soupe et de steaks d'aloyau. Ashton lut à voix haute un passage de saint Mathieu. Ils écoutèrent la musique ensorcelante de la *Missa Brevis* de Buxtchude et le majestueux *Elijah* de Mendelssohn, merveilleusement interprété par la Huddersfield Choral Society. Enfin, ils décidèrent de « s'en tenir là pour aujourd'hui » et d'aller se coucher.

Dane continuait à prendre petits déjeuners et dîners chez ses parents. Il se disait que cette vie familiale prendrait fin dès qu'il lui serait possible de renouer avec sa routine à lui, une occasion qu'il guettait ces derniers jours.

Il prenait donc son petit déjeuner avec ses parents, deux jours après Noël, quand Ramon, qui attendait Ashton pour le conduire à son bureau, apporta le courrier et entre autres une grosse enveloppe marron.

Ashton fit le tri et tendit la grosse enveloppe en papier kraft à son fils. Dane l'ouvrit, regarda son contenu. La tasse qu'il tenait à la main heurta bruyamment la soucoupe.

– Dane ? dit Lutetia. Quelque chose ne va pas ?

Il continua sa lecture. Son visage était devenu couleur papier mâché.

– Fiston, que se passe-t-il ? s'enquit Ashton.

– Maintenant il va falloir que ça sorte, marmonna Dane.

– De quoi s'agit-il ?

Dane se leva.

– Je t'expliquerai, papa, mais d'abord j'ai un coup de fil à donner.

Comme un automate il gagna sa chambre et s'assit à son vieux bureau. Il se cacha le visage dans les mains et resta ainsi quelques secondes. Puis, il se ressaisit, attrapa le téléphone et composa un numéro.

– Judy ?

– Dane.

Elle semblait lointaine.

– Judy, maintenant, je peux te dire ce que je gardais pour moi – les mots se bousculaient dans sa bouche – ... ce qui me préoccupait, qui faisait que j'étais dur avec toi... S'il te plaît. Tu veux bien, tu peux, me retrouver tout de suite à l'hôpital dans la chambre d'Ellery ?

– Entendu, fit Judy, hésitante.

Elle raccrocha.

– Dane, tu as dit que tu m'expliquerais, dit Ashton du seuil de la pièce.

Juste derrière son mari Lutetia apparut, l'air inquiet.

– Viens avec moi, papa. Je vais voir Ellery Queen. Mais pas toi, maman.

– Ta mère restera ici.

– Si tu juges que c'est mieux ainsi, chéri.

Restée seule, Lutetia regarda par la fenêtre panoramique de la salle à manger. Le monde extérieur se pressait, se hâtait... Des tracas, toujours des tracas. Toujours depuis... Elle fit taire ses pensées. Si elle n'y mettait pas un frein, c'était la voie libre au désespoir. Heureusement on avait toujours son devoir à accomplir, même une simple bagatelle vous servait de refuge.

Elle sonna la bonne.

– Margaret, apportez-moi mon ouvrage. Et dites à Helen qu'elle peut débarrasser la table du petit déjeuner.

Ellery exultait.

– C'est officiel, glousa-t-il. Je quitte cette bastille dans quelques jours.

Puis il ajouta sur un tout autre ton :

– Que se passe-t-il ?

Dane lui tendit l'enveloppe de papier kraft. Il regarda à l'intérieur et en sortit une enveloppe de taille plus petite. Collée sur cette enveloppe une photographie où on lisait trois mots : *Pour la police.* À l'intérieur de cette enveloppe, selon le principe des boîtes chinoises qui s'imbriquent l'une dans l'autre, se trouvait une troisième enveloppe de taille encore plus petite. Une autre photographie était collée dessus où apparaissait cette fois-ci une phrase entière : *À ouvrir seulement si je meurs de mort accidentelle.* Cette dernière enveloppe contenait la photographie d'un document olographe qui remplissait les trois quarts d'une feuille de papier ordinaire.

Ellery redressa vivement la tête.
– Sheila Grey, fit-il d'un ton sec. C'est son écriture ?
Dane acquiesça de la tête.
– Je l'ai examinée et comparée avec, euh, des lettres que j'ai, ajouta Ashton. Aucun doute. C'est bien son écriture.
Son visage ne reflétait rien, rien du tout. Seule sa voix trahissait son émotion.
Le regard d'Ellery revint à la lettre manuscrite. Chaque mot se détachait avec netteté sur la photographie qui en avait été faite.
– Miss Walsh (Il lui tendit le document.), lisez à haute voix, s'il vous plaît. J'aimerais l'entendre lu par une voix de femme.
– Mr Queen.
– S'il vous plaît.
Judy prit la photo du bout des doigts comme si c'était un papier sale, et commença à lire. À deux reprises elle dut s'interrompre pour avaler sa salive.
– « Dane McKell m'a demandé s'il pouvait monter prendre un dernier verre. Je lui ai dit que j'avais du travail mais il a insisté. Une fois chez moi il a refusé de s'en aller et rien de ce que j'ai pu lui dire ne l'a fait changer d'avis. J'ai perdu patience et je l'ai giflé. Alors, il s'est jeté sur moi et a tenté de… »
Ici la voix hésitante de Judy trébucha.
– Continuez, je vous prie, ordonna Ellery sans pitié.
– « … il a tenté de m'étrangler, chuchota Judy. Il ne s'agit pas d'une crise d'hystérie de ma part. Il a réellement voulu m'étrangler. Il me serrait le cou de toutes ses forces … et il avait l'air fou, en proie à une fureur maladive… » Je ne peux pas, Mr Queen, je ne peux pas continuer.
Ellery lut rapidement la fin de la lettre.

– « Je suffoquais et il criait qu'il me tuerait et il m'accablait d'injures. Enfin, il m'a lâchée et il est parti en courant. Une minute de plus et j'étais morte. Je suis convaincue que cet individu est dangereux et je répète son nom : Dane McKell. Il a réellement tenté de m'étrangler. Sheila Grey. »

– Moi qui croyais que la tribu McKell était tirée d'affaire, fit Dane d'une voix qui résonna.

Un rire nerveux lui échappa. Personne ne rit avec lui. Judy s'était tournée vers la fenêtre de la chambre et refoulait ses larmes. Les sourcils froncés, l'air absent, Ashton fixait des yeux Ellery, comme s'il ne le voyait pas. Ellery reposa la lettre.

– Primo, dit-il, en supposant que Sheila Grey a bel et bien écrit l'original de cette lettre, Dane, est-ce vrai ?

Dane regardait ses mains avec une étrange fixité.

– Quand j'étais en pension, il y avait un gosse qui s'appelait Philbrick, un imbécile. Je ne me souviens même plus de la tête qu'il avait, seulement de son nez toujours plein de morve. Un jour il m'a dit : « Si ton père s'appelle Ashton[1], tu devrais t'appeler Ashcan[1]. » Des bêtises de gosses, vraiment des bêtises. Mais il n'arrêtait jamais. Dès qu'il m'apercevait : « Ashcan. » Un soir, on allait se coucher. Comme des centaines de fois auparavant il ricana : « Ashcan, t'as laissé ta serviette à la douche. » J'étais furieux et mon sang n'a fait qu'un tour. Je l'ai saisi à la gorge et j'ai commencé à serrer. Je l'aurais certainement étranglé si les autres gamins ne m'avaient pas tiré en arrière. Tu te souviens, papa ? Je me suis fait pour ainsi dire vider du pensionnat.

– Oui, c'est vrai, Mr Queen, murmura Dane.

1. *Ash* : cendre. *Ton* : tonne. *Can* : boîte, bidon. *(N.d.T.)*

Sheila n'a rien inventé. Si je n'avais pas retrouvé mes esprits à temps...

– Dane a toujours eu très mauvais caractère, Mr Queen, expliqua Ashton. On s'est beaucoup tracassés, sa mère et moi, à ce sujet, quand il était enfant. (Il se tut comme pour digérer le passé évoqué à l'instant et eut un petit geste étonné de la main.) Je croyais que tout ça, c'était fini, Dane.

– Moi aussi, bon sang ! Eh bien, non.

– C'est vrai, je pensais que tu avais réussi à dominer ces mouvements d'humeur. J'en étais persuadé.

Ellery gardait obstinément les yeux baissés sur la photographie.

– Je me demande à quel moment ce soir-là cette lettre a été écrite.

– Sans doute après mon départ, dit Ashton. Souvenez-vous, j'étais chez elle juste un peu avant 10 heures et a priori rien ne laissait supposer qu'elle venait d'écrire. Elle était en larmes.

– Elle a donc écrit ce mot dans les quinze minutes environ qui ont suivi votre départ et précédé l'arrivée du meurtrier. (Il palpait la petite enveloppe.) Qu'y a-t-il là-dedans ?

– Lisez donc, maugréa Dane, et sortez votre mouchoir pour pleurer.

Ellery tira de l'enveloppe en question une feuille de papier déchirée, apparemment arrachée à un bloc-notes bon marché, sur laquelle était écrit au crayon et en lettres d'imprimerie le message suivant :

« MR DANE MCKELL. LA POLICE N'AURA PAS LA LETTRE DE SHEILA GREY SI VOUS ENVOYEZ IMMÉDIATEMENT SOUS PLI DISCRET 100 BILLETS DE 20$ NON MARQUÉS ADRESSÉS A MR IKS, POSTE RESTANTE, POSTE PRINCIPALE DE NEW YORK. PUIS 1000$ EN COUPURES DE 20$ NON MARQUÉES LE 15 DE CHAQUE MOIS

SANS FAUTE À LA MÊME ADRESSE. SINON LA POLICE SERA PRÉVENUE. JE NE PLAISANTE PAS. »

– Mr Iks, un rigolo, commenta Ellery. Je comprends que vous ne le trouviez pas marrant.

– Du chantage. (Dane laissa de nouveau échapper son rire amer.) Qu'est-ce que je fais ?

– La même chose que moi, répondit calmement son père.

– Comment ? dit Dane.

Ellery, qui contemplait par la fenêtre la silhouette nette des arbres, se retourna vivement.

– J'ai reçu une lettre similaire, reprit Ashton. Je suis sûr qu'il s'agit du même maître chanteur. Vu les conditions, le choix des termes, le papier, etc. Ça s'est passé peu de temps après, euh, mes premières visites chez Sheila Grey. (Ashton avala sa salive.) C'était idiot de ma part, je sais, mais je ne pouvais pas faire face à un scandale. Alors, j'ai payé. Deux mille dollars d'un coup et mille tous les mois. Pour moi ce n'était pas un bien grand sacrifice si je voulais éviter que mon nom et ma famille ne soient traînés dans la boue par la presse à scandale.

– Tu as pourtant continué à la voir, fit Dane lentement.

– Sheila tenait une place importante dans ma vie. Je crois que personne ne comprendrait l'attachement que j'éprouvais pour elle. (Ashton s'exprimait avec difficulté.) Bref, j'ai envoyé tous les mois les mille dollars que cette crapule exigeait jusqu'à mon arrestation. À partir de ce moment-là bien sûr il ne pouvait plus exercer son chantage et j'ai cessé de payer. Depuis je n'ai plus entendu parler de lui.

– Avez-vous conservé les lettres qu'il vous a envoyées ?

– Je n'en ai reçu qu'une, identique à celle-ci. Je l'ai brûlée.

Ellery réfléchissait.

– Dane, réexaminons cette soirée du 14 septembre à la lueur de ce nouvel élément. Vous avez quitté Sheila avant 10 heures ce soir-là. Quand vous êtes parti, elle vivait. Vous n'êtes passé chez vos parents qu'après minuit. Qu'avez-vous fait pendant ces deux heures ?

– J'ai marché un petit peu pour me calmer. J'avais honte de moi, de cette crise de rage qui avait failli mal tourner... Je savais que j'avais blessé Sheila, et j'étais parti précisément comme un assassin. Alors, j'ai décidé de retourner...

– Vous êtes retourné chez Sheila Grey ? s'écria Ellery.

Judy et Ashton demeurèrent bouche bée.

– Je suis dans un beau pétrin, hein ? fit Dane, un sourire crispé aux lèvres. Mais c'est la vérité, je suis retourné chez Sheila. Je devais m'expliquer, lui parler de ces crises de fureur, du moins lui demander pardon. J'ai regagné l'immeuble...

– Quelqu'un vous a vu ?

– À mon avis non, mais rien n'est moins sûr.

– Continuez.

– J'ai pris l'ascenseur et je me suis retrouvé devant sa porte. J'ai levé le bras pour sonner. J'ai fait le geste et puis, je n'ai pas pu. Je n'ai pu me résoudre ni à sonner, ni à frapper, ni à utiliser ma clé... Je me suis dégonflé. Je n'ai pas osé affronter Sheila.

Bizarrement il venait d'adresser ces dernières paroles à Judy, sur un ton implorant, comme s'il la suppliait de le comprendre. Le visage de la jeune femme s'adoucit.

– Dane, faites attention, reprit Ellery. Cela risque d'être d'une importance capitale. Vous dites avoir marché, pas longtemps, et être retourné chez Sheila Grey, du moins jusque devant sa porte. Réfléchissez bien maintenant. Combien de temps s'est-il écoulé entre ces deux moments ? Pouvez-vous le dire ?

– J'ai bien peur que non.

– Vraiment ? Aucune idée ?

– Si je devais deviner, je dirais une quinzaine de minutes.

– Il est donc possible que vous vous soyez trouvé devant la porte de Sheila Grey à 10 h 23, heure à laquelle l'assassin a tiré sur sa victime ?

– Je suppose que oui.

– Faites un effort. Si je dois vous aider, il me faut des réponses précises. Avez-vous entendu un coup de feu ?

– Non, je m'en souviendrais.

– Je ne crois pas que du palier on aurait pu entendre le coup de feu, Mr Queen, intervint McKell l'aîné. Les appartements sont très bien insonorisés.

– Dane se trouvait juste derrière la porte de l'appartement de miss Grey au moment où elle a été tuée, murmura Ellery. Vous rendez-vous compte de ce que cela signifie ? Vraisemblablement vous étiez sur le palier pendant que l'assassin opérait à l'intérieur. Vous n'avez rien vu ni entendu ? Combien de temps êtes-vous resté ?

Dane secoua la tête.

– Très peu de temps. Je n'ai pas pu sonner ni frapper, je suis donc reparti très vite. Je n'ai rien vu ni entendu.

– Vous êtes reparti. Où ?

– J'ai marché.

– Quelqu'un vous a-t-il vu vous en aller ? Avez-vous croisé quelqu'un que vous connaissez, Dane ? Dans l'immeuble, par exemple ?

– Je ne me souviens de personne. J'étais dans le brouillard. La seule chose que je me rappelle, c'est d'avoir été assis dans un cinéma...

– Ah, voilà quelque chose tout de même, fiston ! s'exclama son père. Quel cinéma, fiston ?

– Je ne sais pas. Un cinéma du quartier. Probablement du côté de Lexington ou dans les environs.

– Le titre du film ?

– Comment le saurais-je ? Je te dis que je n'étais pas dans mon état normal. (La colère saisissait Dane.) Je suis resté assis à regarder un western, c'est tout ce dont je me souviens, en couleurs, avec les ingrédients habituels, et puis les coups de feu ont pétaradé, les corps ont voltigé, j'en ai eu plein le dos et je suis sorti. Je suis passé à la maison. C'est tout ce que je peux dire, papa.

– As-tu gardé le ticket ?

– J'ai fait les poches de tous mes costumes. En vain. J'ai dû le jeter. Qui collectionne les billets d'entrée de cinéma ?

– De toute façon, ça n'a aucune importance, dit Ellery, les sourcils froncés. Le problème est que Dane se trouvait à l'heure du crime devant la porte de Sheila Grey. Peu importe de savoir où il est allé ensuite.

Il y eut un silence. Ellery se mit à tirer sur les poils d'une barbe inexistante. Ses yeux se posèrent sur un point invisible loin, très loin. Mal à l'aise, Dane, son père et Judy demeurèrent immobiles, assis sur leurs sièges. Un camion eut un raté. Ils sursautèrent. Un chariot roula dans le couloir. Il y eut un rire. Au loin la sirène d'une voiture de police s'évanouit.

Au bout d'un long moment Ellery redescendit de ses nuages.

– Bien, ça, c'est le passé, dit-il lentement. Quelle est la situation présente ? D'abord, le maître chanteur. Qui est-ce ? On possède deux lettres anonymes, chacune exigeant un premier versement de deux mille dollars, suivi d'un versement mensuel de mille dollars, et spécifiant que les billets doivent être en coupures de vingt dollars. Les deux lettres sont rédigées en caractères d'imprimerie – la vôtre était aussi au crayon, Mr McKell ? – et donnent l'adresse : « Mr Iks, poste restante, poste principale ». Les similitudes sont trop frappantes pour qu'il s'agisse d'une simple coïncidence. Je suis d'accord avec vous, Mr McKell, ces lettres anonymes sont l'œuvre d'une seule et même personne. Donc… on a affaire à un seul maître chanteur.

Le visage d'Ellery, devenu pâle à la suite de plusieurs mois d'emprisonnement dans une chambre d'hôpital, venait de reprendre des couleurs.

– Bien sûr, la question est : Existe-t-il un rapport entre le meurtrier et le maître chanteur, et si oui, lequel ?

– En effet, ça paraît logique, dit Judy, songeuse. Je n'y avais pas pensé.

– Il existe sans aucun doute un lien entre ces deux individus. Le maître chanteur tient Dane parce qu'il possède l'original de la lettre écrite par Sheila Grey juste avant qu'elle soit tuée. Comment a-t-il pu s'en emparer ? Voyons si nous pouvons reconstituer l'enchaînement des événements le soir du meurtre.

Judy, Dane et Ashton s'étaient penchés en avant vers Ellery qui poursuivit posément son analyse.

– Dane et Sheila ont une violente dispute. Il la saisit à la gorge, elle s'étouffe, il se ressaisit à temps. Quand il la laisse, elle est encore vivante. Quelques minutes plus tard, Mr McKell, vous arrivez. Vous restez à peine, le temps que miss Grey vous demande de vous en aller, ce que vous faites. Il est 10 heures passées de quelques minutes. L'heure de l'assassinat n'a pas été remise en question au cours des deux procès. Il semble donc juste d'admettre que le coup de feu entendu par le policier de service à l'autre bout du fil est bel et bien le coup de feu qui a tué Sheila Grey. L'heure de ce coup de feu noté dans le rapport de l'officier de police est 10 h 23. Selon le médecin légiste, Sheila Grey est morte sur le coup. Par conséquent elle a écrit la lettre relatant sa dispute avec Dane, lettre qu'elle destinait à la police, entre 10 heures passées de quelques minutes, c'est-à-dire, Mr McKell, après votre départ, et 10 h 23.

– On a déjà dit tout ça, s'impatienta Dane.

– Il se peut qu'on ait à se répéter encore souvent avant que vous soyez tiré d'affaire, Dane, répliqua Ellery d'un ton sec. Bon. Les policiers en patrouille que le commissariat 17 a contactés par radio arrivent quelques minutes à peine après le coup de feu. À partir de ce moment-là, la police investit les lieux. Néanmoins il est à noter que bien que l'appartement ait été fouillé – on a le droit de le penser – de fond en comble, la police n'a pas trouvé cette lettre. Étant donné son caractère explosif, elle ne serait pas passée inaperçue. Première conclusion : la lettre n'est déjà plus là. Deuxième conclusion : elle a donc disparu avant l'arrivée de la police. Troisième conclusion : puisque nous savons désormais qu'il existe un maître chanteur, tout porte à croire que c'est ce dernier qui s'en est emparé. Il la trouve, la photographie. Apparemment il l'a toujours en sa possession.

– Comment le maître chanteur l'a-t-il trouvée ?

Ellery haussa les épaules.

– Qui est dans l'appartement entre le moment où Sheila Grey écrit la lettre et le moment où la police arrive ? L'assassin. À moins de décréter qu'entre le départ de l'assassin – qui n'a pas pu avoir lieu avant 10 h 23 – et l'arrivée de la police à peine quelques minutes plus tard, une troisième personne – qui serait le maître chanteur – surgit chez la victime, fouille l'appartement, trouve la lettre et file à l'insu de tous, y compris de la police... donc, comme je disais, à moins de décréter qu'une théorie aussi tirée par les cheveux est la bonne, la seule conclusion possible est que *l'assassin de Sheila et celui qui a trouvé la lettre, le maître chanteur, sont une seule et même personne.*

» Si on met la main sur ce mystérieux individu, ce Mr Iks, reprit Ellery doucement, on a par la même occasion le meurtrier de Sheila Grey. Il ne s'agit plus d'un boulot d'amateur. On a besoin de l'aide de professionnels, c'est-à-dire de mon père.

– On ne peut pas faire ça, Mr Queen ! s'écria Judy.

– Je suis de l'avis de Judy. Il faudrait révéler le contenu de la lettre de Sheila. (Ashton McKell secoua la tête.) Ce serait trop compromettant pour mon fils, Mr Queen.

– Tout ce que j'ai l'intention de dire à mon père, c'est qu'on fait chanter Dane, expliqua Ellery. Mais je ne dis pas un mot sur l'information que détient le maître chanteur. Vous voulez bien laisser l'inspecteur Richard Queen à l'expert que je suis, non ? Je sais comment le prendre. J'ai déjà pas mal d'entraînement ! D'accord, Danc ?

Dane gardait le silence. Enfin il leva les bras au ciel.

– Je suis prêt à vous suivre, Mr Queen.

Judy Walsh quitta l'hôpital, une douce euphorie au fond du cœur. Comme le malheureux Dane avait dû souffrir ! Et elle qui, aveuglée par sa jalousie de femme, lui avait fait des scènes ! Désormais... tout serait différent entre eux. Elle était persuadée que grâce à son amour, sa compassion, son soutien actif, Dane réussirait à surmonter le grave problème de ces crises de fureur incontrôlée. S'il le fallait, elle réussirait à le convaincre de consulter un psychiatre. Une fois le maître chanteur assassin sous les verrous, éliminé de leur existence, l'affaire serait close à jamais. Sheila Grey ne serait plus qu'un souvenir désagréable qui s'estomperait peu à peu. A eux deux ils retrouveraient la paix, se construiraient une nouvelle vie... bref, ils seraient heureux pour toujours.

– On fait donc chanter Dane McKell et je suis censé ne pas poser de questions, dit l'inspecteur Queen. C'est bien cela, Ellery ?

– Exactement.

Ellery rayonnait de satisfaction.

– Eh bien, n'y comptez pas. Je n'achète pas chat en poche comme dit le sacré proverbe. Même à vous.

– Papa, vous ai-je déjà causé du tort ?

– Des milliers de fois, répondit l'inspecteur. Des milliers de fois.

– Citez-moi un seul exemple.

– Volontiers. Quand...

– C'est égal, interrompit Ellery. Écoutez-moi cette fois encore. Si je n'étais pas immobilisé, je ne vous tracasserais pas. Il s'agit simplement de tendre un piège à ce maître chanteur.

– Pourquoi fait-on chanter Dane ? s'enquit le vieil inspecteur.

– Je ne peux pas vous le dire.

– C'est lié à l'affaire Grey, bien sûr.

– Je vous dis que je ne peux pas parler. Vous saurez tout après. Vous n'avez plus confiance en moi ?

– Je ne me fais même plus confiance ces derniers temps, fit Queen d'un air lugubre. Le procureur et moi, on ne s'adresse pratiquement plus la parole. Je n'ai jamais vu une affaire pareille.

– Vous voulez la résoudre ?

– Naturellement que je veux la résoudre.

– Alors, écoutez-moi, papa.

– Mais c'est du chantage !

– Tout juste, fit Ellery avec bonne humeur. Bon, marché conclu ? Vous placez vos hommes dans la poste avec pour mission de surveiller le guichet de la poste restante. Les postiers coopéreront. Ils feront signe quand le type en question se pointera.

– Et s'il y a erreur ? dit Richard Queen d'un ton aigre. Et si la municipalité est poursuivie pour arrestation arbitraire avec moi au milieu de tout ça ? Comment je justifie l'arrestation d'une personne que je ne peux accuser d'aucun délit ? Qu'est-ce que je fais ? Je vous appelle à mon secours ? Rien à faire, Ellery.

Mais Ellery avait réponse à tout ce matin-là. On pouvait placer avec les policiers un des gardiens employés par la société McKell pour surveiller les entrepôts, les docks, les usines et les bureaux McKell. Quand le maître chanteur apparaîtrait, le vigile procéderait à l'arrestation. Une arrestation civile permettrait à la police de rester à l'écart, à moins que le maître chanteur ne résiste. Dans ce cas elle interviendrait – n'était-ce pas son devoir ? – en toute impunité.

L'inspecteur Queen écouta en silence. Il était tenté, grandement tenté. Depuis le début l'affaire Grey lui donnait un mal de tête tenace qui se transformait peu à peu en une sérieuse migraine. S'il était vrai, comme l'avait pensé Ellery, que le maître chanteur était l'assassin de Sheila Grey, il serait tiré d'affaire. Peut-être même serait-il félicité par ses supérieurs ?

Ellery l'avait prévu. Le vieux Queen finit par céder.

Ainsi, dès le lendemain les officiers et policiers en civil de l'inspecteur Queen, sans oublier le vigile de la société McKell, s'éparpillèrent-ils aux quatre coins de la grande poste qui se situe juste derrière la gare de Pennsylvania. La direction de la poste avait accepté de coopérer. Le paquet contenant les deux mille dollars en coupures de vingt dollars – à l'inverse des instructions de Mr Iks les billets étaient marqués – avait été fait, posté, et attendait qu'on vienne le réclamer au guichet de la poste restante.

Le piège était tendu, prêt à fonctionner.

Il ne fonctionna pas.

Personne ne vint réclamer le paquet.

Impossible de dire si le maître chanteur avait repéré les policiers à l'intérieur de la poste, ou s'il avait soudain reculé, tourmenté par sa propre conscience. Toujours est-il que la souris ne vint pas grignoter l'appât.

Le 28 décembre s'écoula ainsi.

Et le matin du 29...

La véritable explosion eut lieu la veille, tard dans la soirée, à l'hôpital suédo-norvégien.

L'inspecteur Queen y fit irruption, les heures des visites étant passées depuis longtemps, rouge de colère, gonflé à bloc et triomphant.

– Je m'en fiche, de vos règlements, rétorqua-t-il à l'infirmière de nuit, indignée, tout en lui mettant sous le nez son insigne d'inspecteur. Et n'envoyez aucune de vos Florence Nightingale à la rescousse si vous m'entendez étrangler votre patient ! Il l'a bien cherché.

Là-dessus, il bloqua la porte de la chambre avec le dossier d'une chaise.

Ellery était au lit en train de lire.

– Papa ? (Il scruta la demi-pénombre.) Alors, vous l'avez attrapé ?

– Écoutez-moi bien, mon petit, fit l'inspecteur. (Il se tira une chaise et arracha le livre des mains d'Ellery.) Je vais vous dire ce que j'ai attrapé. Des brûlures d'estomac et une indigestion, de vous surtout. Vous ne pouvez pas me dire pourquoi on fait chanter Dane McKell, hein ? Vous m'étonnez ! C'est inutile de toute façon. Je suis au courant de cette sale affaire dans ses moindres détails. Vous devriez avoir honte. M'avoir caché à moi, votre père, une information de cette importance…

– À quoi rime cette tirade enflammée ? s'enquit Ellery, vexé.

– Je vais vous le dire, à quoi ça rime.

– Ne criez pas, papa. C'est un hôpital.

– Ça concerne votre précieux Dane McKell ! Vous savez ce qui s'est passé ce soir ?

– C'est précisément ce que j'essaie de comprendre, en vain jusqu'à présent.

– On a reçu au commissariat une enveloppe en exprès. Voilà ce qui s'est passé. Un courrier plein de renseignements intéressants, oui, monsieur. Toutes sortes d'informations. Le plus juteux de cette missive est une lettre adressée à la police, de la main de Sheila Grey, écrite le soir même de son assassinat. Qu'est-ce que vous pensez de tout ça ?

– Oh !

– Oh ! et ah ! Vous étiez parfaitement au courant, n'est-ce pas ? Pourtant vous ne m'en avez pas soufflé mot. À votre propre père, votre père qui est chargé de l'enquête. Pas un mot. Il faut que j'apprenne la nouvelle grâce aux bons soins d'un expéditeur anonyme.

– Papa.

– Arrêtez avec vos « papa » ! Je sais ce que vous allez dire. C'est le maître chanteur qui a envoyé ces documents…

– Et comment les a-t-il eus ? s'enquit Ellery, impassible.

– Comment le saurais-je ? D'ailleurs, je m'en fiche. Il les a eus et il nous les a envoyés. Point final. Et maintenant qu'ils sont en ma possession, la famille McKell va s'en mordre les doigts. Surtout ce... ce copain à vous... ce Hamlet à la manque, ce Dane !

– Enfin, calmez-vous, dit Ellery. Vous n'êtes plus très jeune. Expliquez-moi donc tout ça de façon intelligible. Vous voulez bien, inspecteur ?

– À votre service, gloussa son père. C'est comme ça que se déroule le scénario. D'abord, ce maître chanteur alias Mr Iks ne va pas à la poste. Il a probablement flairé le piège qu'on lui tendait. Il sait que désormais il ne peut plus espérer un seul *cent* de ces papiers qu'il détient. Alors il les envoie à la police. Que ce soit par esprit de vengeance, par dépit, par malveillance, ce n'est pas nos oignons. Ça n'arrange pas ses affaires, certes, mais pour nous, les flics, c'est exactement ce que nous a prescrit le docteur. Bien. On avance dans l'affaire Grey. Pour la première fois depuis le début, on est armés de véritables preuves et on est sur la bonne piste. On s'est trompés au sujet des parents, mais cette fois-ci, il n'y a pas d'erreur. L'assassin, c'est Dane. Le troisième McKell, c'est le bon. Il n'y aura pas d'acquittement à son procès, je vous le garantis.

– Vous ne me dites pas tout, s'écria Ellery, agité. Quelle preuve avez-vous en dehors de la lettre de Sheila Grey ? Vous voyez bien que la lettre établit que Sheila Grey vivait quand Dane l'a quittée...

– Oh, cette lettre établit beaucoup plus, mon fils, mais ne perdons pas de temps avec ces détails insignifiants. Abordons le problème de façon scientifique. Vous voulez des faits concrets ?

– Je veux des faits concrets.

– Eh bien, je vais vous en donner. Écoutez ça. On a un témoin, un témoin fiable, qui a vu Dane remonter chez miss Grey.

Ellery ne broncha pas.

– Pas de réaction ? tonna l'inspecteur. C'est donc que vous saviez ça aussi. Dieu merci, je vous ai élevé pour faire de vous un sale menteur ! Ellery, je ne comprends pas. Pourquoi m'avoir caché ces renseignements ? Comment les avez-vous découverts ?

– Je n'ai pas dit que je les avais découverts.

– Allons, fiston.

– Bon, très bien, dit Ellery brusquement. Dane me l'a avoué. De lui-même. Aurait-il avoué s'il avait à craindre quoi que ce soit ?

– Bien sûr. S'il est intelligent. S'il s'est dit que tôt ou tard, on l'apprendrait. Donc, vous savez qu'il a pris l'ascenseur jusqu'au dernier étage. Vous voulez l'heure ou vous la savez aussi ? Ne vous en faites pas. C'était 10h19, fiston, quand il a mis le pied dans l'ascenseur et il est monté droit jusqu'au dernier étage. Quatre minutes avant l'assassinat de Sheila Grey, Dane McKell montait chez elle. Mon témoin a vu du hall d'entrée l'aiguille de l'ascenseur indiquer le numéro de l'étage. L'ascenseur ne s'est pas arrêté en cours de route.

– C'est le portier, je suppose.

– Votre supposition est exacte. On a eu du mal à le faire parler ce soir, John Leslie, mais il a fini par lâcher le morceau. Pour une raison qui m'échappe, il se taisait par loyauté pour les McKell. Heureusement on a fini par en venir à bout, de sa loyauté. Désormais, je n'accepte plus les bobards des uns et des autres dans cette affaire. J'en ai assez.

– Il a dit autre chose ?

– Parfaitement il nous a dit autre chose. Il nous a dit que Dane McKell se rendait régulièrement chez Sheila Grey. Voilà un détail dont votre ami ne s'est pas vanté. Comme son vieux fréquentait Sheila Grey, l'idée ne nous a pas effleurés que le fils pouvait lui aussi avoir une liaison avec elle. Ce soir, on a procédé à une vérification rapide mais complète. Dane McKell et Sheila se voyaient d'une façon qui n'a rien d'équivoque. Le voilà donc, le mobile du crime. Dane était l'amant de Sheila. Toutefois, il semble que les fréquentations de la dame ont été plutôt chaotiques. Dane venait chez elle un jour et s'en allait le lendemain. Elle a dû vouloir rompre avec Dane qui ne s'est pas résigné à cette séparation ou n'a pas voulu s'y résigner. Alors, vlan ! D'abord, il manque l'étrangler, se ressaisit à temps, s'en va, puis une demi-heure plus tard, il revient et règle son compte à cette maîtresse capricieuse avec le revolver que sa mère, par une sage précaution, a justement rechargé de balles réelles.

– Et le maître chanteur ? articula Ellery d'une voix sans ressort.

– Je sais tout sur le maître chanteur. Vous me direz qu'il s'est trouvé sur le lieu du crime à peu près en même temps que l'assassin puisqu'il a pu s'emparer de la lettre-dénonciation de Sheila Grey. Bon, je suis d'accord. Mais pourquoi pas précisément à la même heure ?

– Que voulez-vous dire ? demanda Ellery, déconcerté.

– Je veux dire que c'est Dane McKell qui a pris la lettre après avoir tiré sur Sheila Grey. Je veux dire que cette histoire de chantage, c'est de la poudre aux yeux qu'il nous a envoyée.

– Non, non, ce serait vraiment idiot. Il aurait donc envoyé à la police l'original de la lettre ? Dans quel but ? Pour se faire accuser d'homicide volontaire alors que personne ne le soupçonnait ? Faut trouver mieux que ça, papa.

– Peut-être a-t-il senti l'étau se resserrer autour de lui. Qui sait ? De toute façon, on n'a pas à s'inquiéter de ça. C'est son problème. Vous savez quoi, fiston ? On a notre procès. Et cette fois-ci, ça va marcher.

Le lendemain matin, 29 décembre, l'inspecteur Queen en personne marchant en tête, le sergent Velie et le silencieux détective Mack sur ses talons se rendirent chez les McKell réunis autour de la table du petit déjeuner.

« Décidément les catastrophes arrivent toujours à ce moment-là », pensa Dane plus tard.

– Vous ne connaissez pas d'autre famille dans la ville ? dit Ashton McKell froidement. Que se passe-t-il encore ?

Un sourire de bête féroce découvrit la dentition de l'inspecteur Queen.

– J'ai un mandat d'arrêt contre Dane McKell.

LE QUATRIÈME CÔTÉ

Dane

Le jury d'accusation, l'assignation, la caution – ça commençait à évoquer une démonstration de manège bien rodée. Comme avait dit Dane :

– Et c'est reparti pour un tour !

Dans le couloir du commissariat des policiers en uniforme parlaient de lui, sans se soucier de sa présence. D'autres ne bronchaient pas, pareils à des statues.

– Tu crois qu'il s'en sortira lui aussi ?

– Écoute, le procureur a deux handicaps contre lui : le père et la mère. Encore une gaffe et on le met sur la touche. Il ne peut plus se permettre d'erreur.

– Non, le fils va s'en tirer comme les parents. Je suis prêt à parier.

– Ils ont le blé pour gagner.

– Je ne crois pas. Pas cette fois. Cette fois, son argent, il peut en tapisser son fauteuil d'accusé.

Dane passa devant eux, guère rassuré.

Faisait désormais partie du carrousel le conseil de guerre établi dans la chambre d'hôpital et présidé par un Ellery à l'humeur aigrie. En effet, les autorités médicales avaient décidé au dernier moment de le garder quelques jours de plus, le temps qu'il s'habitue aux béquilles. En outre, en ce qui concernait l'inculpation de Dane, il n'était pas non plus rassuré.

Il avait accepté le contrat, si on pouvait dire. Néanmoins il était loin de déborder de confiance, car au fond de lui, il avait l'intime conviction que la roue de secours qui avait sauvé les parents de Dane ne fonctionnerait pas cette fois-ci. Il ne pouvait pas y avoir d'alibi pour Dane. Au moment crucial où Ashton se trouvait dans un bar parfaitement identifiable, en train de bavarder avec un barman tout aussi identifiable, et où Lutetia de son côté répondait au téléphone pour une émission de télévision diffusée dans tout le pays... de son propre aveu, Dane était sur les lieux du crime, devant l'appartement de Sheila Grey, séparé du tueur et de sa victime par l'épaisseur d'une porte. Et sur ce palier minuscule, il était resté seul, sans être vu de quiconque, et en vérité personne n'aurait pu le voir car il n'y avait pas d'ouverture sur le palier. Par conséquent aucun témoin ne pouvait certifier qu'il était resté quelques instants devant la porte et qu'il était reparti sans être entré dans l'appartement.

Non, cette fois, il fallait faire ce qu'ils auraient dû faire depuis le début.

– Je n'aurais pas attendu le dernier moment si je n'avais pas été immobilisé dans cette chambre d'hôpital, dit-il à Dane, Ashton et Judy. La seule solution pour tirer Dane de ce mauvais pas, c'est de retrouver l'assassin de Sheila Grey. Si on avait pu agir à l'époque de votre inculpation, Mr McKell, on aurait évité tout ce qui a suivi, y compris l'inculpation de Mrs McKell et celle de Dane. Enfin, ça n'a pas été possible. Assez de regrets et au travail.

Ellery installa ses jambes douloureuses dans une position tout aussi inconfortable.

– Jusqu'à présent on s'est placés du point de

vue de l'accusé. On a essayé de prouver que l'accusé n'avait pas pu commettre le meurtre – l'approche négative. Désormais il faut aborder le problème par l'autre bout. Impérativement. D'accord ?

Les trois interlocuteurs d'Ellery avaient suivi le raisonnement du détective. Ils étaient d'accord, ils acquiescèrent, mais sans enthousiasme. Ils se sentaient épuisés. Judy Walsh avait les yeux régulièrement rouges et gonflés. Pleurer faisait désormais partie de sa vie comme se brosser les dents. Elle était assise, accrochée au bras de Dane comme si elle cherchait à l'empêcher de tomber du sommet d'une falaise.

– L'origine, la source de tout, c'est Sheila elle-même, reprit Ellery. « Ma fin explique mon commencement », a dit Mary, reine d'Écosse. (Il eut le tact de ne pas mentionner les circonstances dans lesquelles elle avait prononcé ces mots.) Où « commence » Sheila ? Dans son travail, par exemple. L'un de vous ne m'a-t-il pas dit, quand on a étudié ses dessins de mode, qu'elle avait eu un associé au tout début de sa carrière ?

– Si, un certain Winterson, intervint Ashton McKell en hochant la tête. Elisha Winterson. Sheila m'a dit un jour qu'il était toujours à New York.

– Bien, alors commençons par lui. Voyez s'il peut nous retrouver ici cet après-midi.

– Il viendra, dussé-je employer la force.

De telles extrémités ne furent pas nécessaires. Elisha Winterson était grandement flatté qu'Ashton McKell en personne se déplace jusque chez la « comtesse Roni », le salon de couture de la 5e Avenue dont il était le copropriétaire. La comtesse parut également flattée.

– Quelle histoire épouvantable ! s'écria-t-elle avec un fort accent italien. (Habitant les États-

Unis depuis plus de vingt ans, elle avait eu un mal fou à conserver la saveur de Rome dans son parler. Néanmoins, la volonté avait triomphé.) Pauvre Sheila ! Et cette persécution contre votre famille, Mr McKell. Lish, il faut les aider. Il n'y a pas un instant à perdre.

Ramon les ramena à l'hôpital. En route, Elisha Winterson fut intarissable. C'était un petit homme pimpant, au crâne chauve dont le sommet était comme enfoncé, ce qui faisait que vu de dessus, comme l'avait observé un jour la comtesse Roni – elle mesurait un mètre quatre-vingts – on eût dit un cratère sur la lune.

– Roni est adorable et *simpatica*, disait Winterson. Vous savez, elle n'est pas italienne du tout, bien qu'elle ait longtemps vécu en Italie. C'est là-bas qu'elle a rencontré ce pauvre vieux Sigi. J'ai vu de mes propres yeux son titre de noblesse, des mètres et des mètres de vieux parchemin moisi au bout duquel pendaient des cachets de cire. Le Saint Empire romain, mort en 1806, mais comme je le dis, qui s'en soucie ? Pas moi en tout cas. Quant à Sheila…

– Mr Winterson, interrompit Ashton, cela vous ennuierait-il de ne pas aborder ce sujet tant que nous ne sommes pas chez Queen ?

La tête au sommet affaissé pivota d'un coup.

– Queen ? De quel Queen s'agit-il ?

– Ellery Queen.

– L'écrivain ? Il vous aide ? Mais naturellement, Mr McKell. Je suis à vos ordres. (L'espace d'un instant il hésita, à la fois déchiré par le respect craintif que lui inspirait la nouvelle et par le désir de se livrer à une de ses petites facéties.) J'attendrai comme du bon vin qu'on veuille bien me déboucher !

Dans la chambre d'hôpital, Elisha Winterson jacassa, alluma des cigarettes turques, bombarda

Ellery de louanges et enfin offrit qu'on « débouche sa bouteille de bon vin ».

– Vous désirez me poser des questions au sujet de Sheila Grey, Mr Queen ? Ouvrez le feu quand vous êtes prêt.

– Parlez-moi de votre association avec miss Grey, dans quelles circonstances, quand et où vous vous êtes rencontrés, comment vous en êtes venus à vous associer, etc.

– J'ai rencontré Sheila en 1956, commença Winterson, à une de ces petites soirées pour lesquelles Roni – la comtesse Roni, la styliste américaine avec qui je travaille aujourd'hui – est si célèbre. À l'époque, je jouissais, si j'ose dire, d'une bonne réputation dans notre métier. Mais Sheila était déjà en passe de devenir une personnalité internationale de la haute couture. Aussi j'ai plutôt été flatté par sa proposition d'association.

– C'était en 1956.

– Début 1957. Voyez-vous, Sheila pouvait avoir tous les associés qu'elle voulait. Cette fille avait du flair, un goût impeccable et le sens inné du « bon moment », ce qui est essentiel. Elle dessinait elle-même tous ses modèles aussi. Travailler avec elle, ça a été une chance extraordinaire. Je ne parle pas que sur le plan de ma carrière. C'est la femme la plus fascinante que j'aie jamais rencontrée. J'étais amoureux d'elle bien avant qu'on monte la Maison Grey. Je serai franc mais impartial...

Il lança un rapide coup d'œil à Judy.

– Je plais beaucoup aux femmes, fit-il avec un petit rire. On ne croirait pas à me voir. Néanmoins, je ne suis pas un débauché.

Il voulait Sheila et la courtisait à « sa façon », s'arrangeant ainsi pour donner l'impression que « sa façon » était un procédé subtil et secret qu'il n'avait pas l'intention de révéler à son auditoire.

Au départ leur relation était une relation de travail. Pas de plaisir. Il avait presque abandonné tout espoir d'être jamais autre chose pour Sheila qu'un simple associé, lorsque un soir, sans préambule, elle le prit comme amant.

– C'était comme ça avec Sheila, dit-il avec un demi-sourire teinté de mélancolie. Pendant des mois on était camarades et puis, ça y était ! Pardonnez-moi l'expression, miss Walsh. Personne n'a jamais réussi à vendre quoi que ce soit à Sheila Grey quand elle n'était pas disposée à l'acheter. En ce qui concerne les hommes, c'était la femme la plus avisée qui fût et elle menait une liaison à la fois.

Saisi soudain d'une haine violente pour ce petit individu propret qui avait tout d'un singe habillé, Dane se surprit à serrer les poings.

– Le premier défilé de mode de la Maison Grey a eu lieu la même année, en 1957. La collection a fait fureur, aussi bien aux États-Unis qu'à l'étranger. Avec Lady Sheila – c'est le nom de notre première collection – on est arrivés d'un coup au sommet de la gloire.

– Je voulais justement vous parler de... intervint Ellery.

– De Lady Sheila ? Sheila avait eu l'idée de baptiser chaque collection. Elle a choisi le nom de Lady Sheila pour celle de 1957, mais en vérité, Sheila ce n'était pas son vrai prénom.

– Comment ? s'écrièrent en chœur les McKell.

– Son vrai prénom était Lillian et son nom de famille s'épelait G.R.A.Y. Lorsqu'on a monté la maison de couture, elle a décidé de remplacer le a de Gray par un e. D'autre part, la collection Lady Sheila a obtenu un tel succès qu'elle a fait changer légalement son nom de Lillian Gray en Sheila Grey.

– Ceci se passait donc en 1957 ?

– Oui, Mr Queen.
– Combien de temps a duré votre association ?
– Laquelle ?
– Les deux.
– Bien. (Winterson prit un air timide.) Nous avons été amants quelques mois à peine. J'étais heureux et je m'imaginais qu'elle l'était aussi. On s'entendait bien, vous savez. (Dane ferma les yeux. La vision de ce nabot bien propre tenant Sheila dans ses bras lui était presque intolérable.) On sortait ensemble, on vivait notre amour et notre travail avec l'enthousiasme des adolescents. Oui, c'était merveilleux, et puis…

» Je n'oublierai jamais ce jour. (Winterson ne souriait plus.) C'était juste avant qu'elle se mette à dessiner la collection de 1958, Lady Nella. Je suis allé dans son bureau pour lui montrer des esquisses sur lesquelles je venais de travailler. Je les ai posées sur sa table et je me suis penché pour l'embrasser. (Il était devenu cramoisi.) Elle m'a évité et a continué son travail. J'étais troublé et je lui ai demandé ce qui se passait. Elle a levé la tête et m'a dit aussi froidement que si elle parlait du temps qu'il faisait : « C'est fini entre nous, Lish. À partir d'aujourd'hui, on est associés, c'est tout. » Comme ça. Sans transition. Comme ça avait commencé.

Il lui avait demandé pourquoi, ce qu'il avait fait.

– Tu n'as rien fait. Simplement je n'ai plus envie de toi.

Winterson eut un haussement d'épaules mais le rouge ne disparut pas de son visage.

– C'était ainsi avec Sheila. Tout ou rien. Quand elle se donnait, c'était totalement. Quand elle était lasse de vous, vlan, vous vous retrouviez à la porte. Fermée, verrouillée, cadenassée, la porte… Que voulez-vous, elle était ainsi faite. Mais moi, non. J'étais toujours amoureux d'elle et incapable de me résigner à notre séparation. La tension entre nous est devenue insupportable. On ne pouvait pas continuer ainsi. Ce fut l'affaire de quelques mois – trois mois, je crois.

Sheila avait racheté les parts de Winterson, devenant ainsi l'unique propriétaire de la Maison Grey.

– Bien sûr, mon départ de la maison de couture n'a en rien perturbé le succès croissant de l'entreprise, précisa-t-il avec une remarquable absence de dépit. Je ne me suis jamais fait d'illusions sur mes compétences, surtout comparées à celles d'une styliste de l'envergure de Sheila. Elle est donc devenue l'une des plus grandes créatrices de mode du monde et roulait sur l'or. Non pas qu'elle attachât beaucoup d'importance à cela...

– Revenons un peu en arrière, Mr Winterson, fit Ellery. Elle menait une liaison à la fois, avez-vous dit. En êtes-vous sûr ?

Elisha Winterson tira une longue bouffée de sa cigarette Spahi. Il rejeta l'épaisse fumée âcre par la bouche avant de répondre.

– J'en suis sûr, et je vais vous dire pourquoi. (Une expression rusée se peignit sur ses traits.) Elle m'avait bouté hors de son lit et je ne cessais de me demander qui avait pris ma place. Rétrospectivement je ne suis pas très fier de ma réaction. C'était une muflerie, mais vous savez, un amoureux mis au rebut... (Il se mit à rire.) J'ai donc fait appel à un détective privé. Je me souviens encore de son nom. Weirhauser. « Envisage la situation sous tous ses angles, comme Dick Tracy. » Son bureau se situait sur la 42e Rue près de Times Square. Il a surveillé Sheila et m'a donné une foule de renseignements sur ce qu'elle faisait, où elle allait et avec qui. Toutefois, il n'y avait personne dans sa vie. Elle ne m'avait pas laissé tomber pour un autre. Elle m'avait laissé tomber, point final.

» Plus tard, cette même année, poursuivit Elisha, il y eut un autre homme. Je suis sûr que peu de temps après leur rencontre, il prenait le chemin de son lit comme moi auparavant, si vous voulez bien me passer l'expression.

– Qui était-ce ? demanda Ellery.

– Eh bien. (Winterson passa le bout de sa langue sur ses lèvres.) Un honnête homme sait se taire, dit-on. Mais si je comprends bien, les circonstances sont particulières, n'est-ce pas ? Si cela peut vous rendre service, Mr Queen.

– C'est fort possible.

Winterson risqua un regard alentour. Rassuré par le silence attentif de son auditoire, il reprit rapidement :

– On faisait de plus en plus de publicité pour la Maison Grey. Sheila s'était adressée à l'agence Gowdy-Gunder qui connaît bien le monde de la mode. À la même époque la Maison Grey engageait un directeur commercial, un directeur de production, ouvrait ses propres ateliers et quittait les petits bureaux minables du quartier des Rues 50 Est où l'on avait démarré pour s'installer sur la Cinquième Avenue. Naturellement, travailler pour Sheila Grey, c'était pour Gowdy-Gunder un boulot en or et ils lui envoyèrent leur jeune homme le plus brillant.

» Une souris de choix pour Sheila, bien que, j'imagine, l'expérience ait été plutôt bénéfique pour ce jeune homme, fit Winterson d'un air mécontent. Il s'appelait Allen Bainbridge Foster et elle l'a dévoré tout cru. A la fin de l'année…

– Allan comme dans Edgar Allan Poe ?

Ellery venait de saisir son bloc de papier et prenait des notes.

– Non, Allen avec un e.

– Bainbridge Foster ?

– C'est cela. Je disais donc, à la fin de l'année, elle en a eu assez de ce Foster et lui a rendu à lui aussi sa liberté.

– La faisiez-vous toujours suivre, Mr Winterson ? s'enquit Ellery, non sans malice.

– Oh, non, j'y avais renoncé depuis longtemps. Cependant, Sheila et moi avions de nombreux amis et connaissances en commun, la comtesse Roni et d'autres. J'étais donc au courant des derniers potins. Vous savez comment c'est...

– Maintenant je le sais. Et après Foster ?

– Je peux du moins témoigner de l'existence de trois amants au cours des quatre années suivantes. Sheila n'avait aucune fausse honte quand il s'agissait de l'amour. Elle se souciait de sa réputation comme de sa première chemise. Je parle de sa réputation sur le plan personnel, et si elle ne faisait pas étalage de ses aventures amoureuses, elle ne cherchait pas non plus à dissimuler quoi que ce soit. Cela dit, son attitude ne portait aucun préjudice à la Maison Grey. Loin de là. Après tout, Sheila ne dessinait pas des retables pour églises. Au contraire, sa désinvolture semblait ajouter à son prestige. Son indépendance attirait les hommes dans son salon par troupeaux.

– Vous avez mentionné l'existence de trois amants au cours des quatre dernières années. Qui étaient-ils ? En avez-vous une idée ?

– Bien sûr. Il y a eu Jack Hurt.

– Jack Francis Hurt III, le coureur automobile ?

– Lui-même. Jack ne cachait pas sa liaison. Il gardait dans son portefeuille une photo de Sheila pour que la chance lui sourie. Il la montrait à la ronde au départ d'une course. « Je suis fou de cette petite », disait-il. Ce n'est sûrement pas l'intelligence que Sheila appréciait chez lui. Jack était plutôt beau gosse, du style mâle musclé.

Pour être franc, il avait tout de la bête sauvage. Elle le poursuivait jusque dans les garages sur les circuits. Elle l'avait vraiment dans la peau. Et puis un beau jour, au 89e tour de piste, Jack arriva dans son bolide vrombissant pour un problème de lubrifiant ou d'eau à changer... Pas de Sheila ! Au beau milieu de la course, elle avait changé d'avis et était rentrée chez elle. Il faut préciser que Jack ne l'a pas pleurée longtemps. Il a mis aussitôt le grappin sur une petite blonde qui avait brodé sur son blouson le nom de Hurt, une pauvre midinette qu'il a épousée peu de temps après.

– Voilà donc pour Jack Hurt III, conclut Ellery. Qui lui a succédé ?

– À Hurt ? Ronald Van Vester de la très haute société des Van Vester qui vivent sur les intérêts de leurs intérêts. J'ignore où Sheila l'a remarqué, mais elle s'est mise à rôder autour des terrains de polo et avant de savoir comment, il lui faisait les yeux doux. (Winterson gloussa.) Il n'en fallait guère plus à miss Sheila et voilà notre Maître Ronny en piste. Je suppose qu'elle s'est vite lassée de l'odeur du crottin. Aussi exit Ronny.

» Ensuite, il y a eu... Voyons. (L'inénarrable Elisha se tapota les dents d'un index à l'ongle manucuré.) Ah oui ! Un drôle de zigoto. Odonnell, l'acteur. Edgar ? Edmond ? Je ne sais plus. Personne ne l'appelle par son vrai prénom qui n'apparaît que dans les programmes. Vous devez vous souvenir de lui, Mr Queen. Des yeux noirs de braise, un profil en lame de couteau. Le premier à avoir joué Hamlet selon la Méthode. D'ailleurs c'est depuis cette réprésentation mémorable qu'on le surnomme Hamlet Odonnell.

– Vous avez dit trois en quatre ans.

Winterson expliqua qu'il avait passé l'année 1961 à l'étranger.

– J'ignore ce qui s'est passé pendant que je me trouvais à Paris et à Rome. Sheila peut fort bien avoir jeté son dévolu sur l'adjoint au commissaire des services d'hygiène publique pour autant que je sache. À mon retour en 1962, Hamlet était l'heureux élu, et depuis…

Winterson fit une pause.

Le silence se propageait comme une tache d'encre sur un papier buvard. Dane paraissait proche de la nausée. Ashton McKell avait un teint cadavérique.

« Tous deux ignoraient le passé de Sheila », observa Ellery à part lui.

Quant à Judy, elle agrippait les bras du fauteuil comme les bords d'un toboggan géant avant de se laisser glisser.

– J'aurais peut-être dû deviner que tôt ou tard Sheila finirait mal, conclut enfin Winterson. Pourtant, elle était adorable lorsqu'elle était amoureuse. Elle avait besoin d'amour. C'était, je crois, ce qui l'aidait à aller de l'avant, ça et son métier… Dieu, quel gaspillage ! Elle avait le monde à ses pieds.

Soudain le ridicule petit individu pommadé, au crâne affaissé, qui faisait vaillamment face à son auditoire, parut se métamorphoser. Son visage portait le masque douloureux de la tragédie.

« Il est toujours amoureux d'elle », songea Ellery.

Sans transition Winterson bondit sur ses pieds.

– Au cas où vous auriez autre chose à me demander, voici ma carte. Je vous en prie, n'hésitez pas à m'appeler. Au revoir, miss Walsh. Mr McKell. Je vous souhaite bonne chance, dit-il à Dane.

– Ma voiture… commença Ashton.

– Merci, mais je préfère marcher un peu.

Et adressant un signe de tête à la ronde, un

sourire figé sur les lèvres, il quitta rapidement la chambre, laissant derrière lui le souvenir de son visage tourmenté et l'odeur tenace du tabac turc.

– Voilà une confession que Mr Winterson avait sur le cœur, remarqua Ellery. Je serais curieux de savoir depuis combien de temps il guettait inconsciemment l'occasion de s'en libérer.

– C'était répugnant.

Judy fit une grimace.

– Il nous a donné néanmoins une mine de renseignements et il faut en profiter. Je suis obligé de demander à l'un d'entre vous ou à tous les trois d'être mes yeux, mes oreilles et mes jambes.

– Dites-nous ce qu'on doit faire, Mr Queen, dit McKell l'aîné.

– Il faut vérifier l'alibi des quatre personnes mentionnées par Elisha Winterson pour le soir du 14 septembre... Non, pas des quatre, mais des cinq en comptant Winterson. Oui, commencez d'ailleurs par lui, ensuite Foster, puis... (Il jeta un coup d'œil sur ses notes.)... Hurt, Van Vester et enfin Odonnell.

Dane aidait déjà Judith à enfiler son manteau.

– Je m'en occupe tout de suite, Mr Queen, dit Ashton McKell. Je vais engager des détectives de Pinkerton. Tout un escadron s'il le faut.

– Bien. Et communiquez-moi les rapports au fur et à mesure.

Enfin il était seul. Comme un athlète qui consciemment relâche ses muscles sur la table du masseur, l'un après l'autre, Ellery laissa aller la tension de son esprit et s'immergea dans ses pensées. Il y avait quelque chose... quelque chose...

Il agita la main pour chasser l'odeur entêtante des cigarettes de Winterson. Ses yeux se posèrent sur le papier qui lui servait d'éventail. C'était la carte de visite que Winterson lui avait donnée avant de partir. Distraitement il la lut.

Soudain son visage devint aussi blanc que le papier. Était-il possible que… ?

Comme il reprenait des couleurs, il se murmura à lui-même des mots incohérents à propos de son manque de perspicacité. Et c'est avec une impatience grandissante qu'il attendit les rapports de l'agence Pinkerton.

Dès qu'il reçut les rapports de l'agence de détectives, Ashton McKell les envoya à Ellery. Celui-ci les étala côte à côte sur sa table : Winterson, Foster, Hurt, Van Vester, Odonnell, et procéda à l'analyse de leur contenu.

Le soir du 14 septembre :

– Winterson se trouvait dans un avion de la compagnie Air-France en direction de Rome via Paris. À Orly où il faisait escale la presse française lui demanda son opinion sur les tendances de la mode actuelle, nota ses platitudes courtoises et le photographia comme il montait à bord de l'avion pour l'Italie. À l'aéroport de Rome, la presse italienne se livra à la même besogne.

– Foster, lui, était à Chicago. Peu de temps après sa rupture avec Sheila Grey, il avait quitté l'agence de publicité Gowdy-Gunder et s'était installé avec sa femme et ses deux enfants à Windy City où il vivait depuis. Au moment du meurtre, il assistait à la réunion des hauts dignitaires d'une entreprise de gaines et soutiens-gorge où il représentait son agence publicitaire en compagnie d'une flopée de vice-présidents.

– John F. dit « Jack » Hurt III n'appartenait plus au monde des fous du volant. En 1961, dans une course de stock-cars en Floride, il avait dérapé dans un virage. Quand on le retira de l'épave en flammes, il était mort.

– Van Vester n'était plus non plus. Mort noyé l'année précédente au cours d'une promenade en mer au large des îles Key au sud de la Floride.

– Eddwin « Hamlet » Odonnell jouait en Angleterre le rôle pour lequel il avait été le plus acclamé. Au moment du crime, il se livrait au cours d'une soirée à Londres à une imitation d'Elizabeth Taylor dans *Cléopâtre* devant plusieurs douzaines de stars de la scène et du petit écran britanniques à des degrés divers d'ébriété. Dame[1] Vesta Morisey en personne se portait garante.

Par conséquent aucun des cinq ex-amants de Sheila Grey n'était l'assassin.

Mais cela, Ellery l'avait déjà compris.

Lorsque Dane arriva à l'hôpital le matin du 31 décembre, la chambre d'Ellery était sens dessus dessous. Vêtements, livres valises ouvertes gisaient, épars, les vases étaient vidés de leurs fleurs et Ellery sautillait sur ses béquilles d'aluminium en ronchonnant joyeusement.

– Vous sortez donc en définitive ? demanda Dane. Je croyais que les médecins avaient changé d'avis.

– Je les ai convaincus de rechanger d'avis, expliqua Ellery. Je veux bien être pendu si je reste dans ce lazaret une année de plus. Je crois d'ailleurs qu'ils ne sont pas mécontents de se débarrasser de moi. Si seulement j'arrivais à évoluer avec grâce sur ces maudites béquilles... Oh, pardon, Kirsten !

La plantureuse infirmière suédoise trébucha et en voulant la retenir, Ellery perdit l'équilibre. Dane se précipita pour le rattraper et éviter qu'il n'y ait des fractures supplémentaires.

– Mr Queen, dit l'infirmière de rêve, il faut pas comme ça avec les béquilles, mais comme ça...

1. Dame : titre de noblesse en Angleterre.

– Je suis fatigué, répondit Ellery. (Il s'assit.) Au fait, Dane, ce soir, c'est l'an neuf comme disent les Écossais et j'organise une petite fête à l'appartement…

– Chez qui ?

– Chez moi. Kirsten, vous vous rappelez ce que je vous ai dit ? Pour fêter le jour où on m'enlève ces pantalons de béton ?

– Oh, dommage, je peux pas, dit-elle en rougissant. Sture, son bateau vient. On sort ensemble ce soir, vous voyez.

– Qui est Sture ?

Elle murmura un mot en suédois.

– Oh, mon boy friend, non, oui, mon fiancé. Il est second. Maintenant on rentre Suède et il a un travail dans le bureau de compagnie de bateaux. On va se marier.

Le visage écarlate, elle quitta la chambre en courant.

– Et c'est une bonne chose, fit Ellery d'un air sombre. Partager jour après jour ce réduit avec cette déesse que je ne pouvais pas toucher, ç'a été insupportable. Sture ! Décidément les Suédois ont toutes les chances. Enfin, je n'avais pas vraiment l'intention d'inviter Kirsten à mon réveillon. C'est une soirée strictement entre amis. Je peux donc compter sur vous, vos parents et Judy ? Parfait. Vous voulez bien me donner un coup de main pour finir mes valises ?

L'arbre de Noël qu'Ellery n'avait pas pu voir le jour même de sa consécration était encore là quand Judy Walsh et les trois McKell arrivèrent à l'appartement de Queen à 9 heures et demie ce soir-là. En partie à cause du Noël retardé d'Ellery, en partie à cause de la vieille tradition Knickerbocker du nouvel an, les McKell avaient apporté des cadeaux. Ramon en avait les bras pleins.

L'inspecteur Queen était aussi présent, l'humeur plutôt sombre.

– Que croyez-vous faire ? avait-il dit à Ellery. Ce n'est déjà pas assez d'inviter les parents qui ont été inculpés à tort, une affaire déplorable dans laquelle j'ai ma part de responsabilité ? Non, il y a en plus leur crétin de fils que j'ai arrêté moi-même en personne ! Vous n'avez vraiment pas la manière pour réussir une soirée.

– Papa, faites-moi confiance.

– Vous faire confiance ? s'était récrié l'inspecteur, cinglant.

Ellery s'était donc expliqué et Richard Queen avait aidé son fils à préparer l'appartement. En homme qui sait rendre service quand on a besoin de lui, il accueillit donc les invités, tout sourires, endossant le rôle du père vieillissant avec l'aisance de l'acteur consommé qu'il était.

– Tous ces cadeaux ! fit Ellery, radieux. J'ai moi aussi un cadeau de nouvel an pour la famille McKell, mais je vous l'offrirai plus tard. Est-ce que je peux utiliser les services de Ramon ?

– Naturellement, dit Ashton.

– Quelle charmante attention, Mr Queen, dit Mrs McKell.

L'anxiété de Lutetia était tempérée par le sentiment infaillible que tout finirait par s'arranger. Tôt ou tard, la justice acquitterait son fils comme elle avait acquitté son mari et elle-même. Ashton y veillerait, ou Ellery Queen, ou les deux.

– Mon cadeau n'est pas encore prêt, mais si Ramon veut bien revenir un peu après 11 heures et faire une petite course pour moi…

– Certainement, dit Ashton. Ramon, revenez à, disons, 11 heures et quart.

– Bien, monsieur, dit le chauffeur.

Et il s'en alla.

La présence de l'inspecteur avait jeté un froid.

Ellery se donna beaucoup de mal pour jouer son rôle d'hôte. Il mit de la musique élisabéthaine sur la hi-fi et présida, tel un lanceur de base-ball, à la distribution du punch, préparé selon une recette suédoise que lui avait donnée un médecin à l'hôpital. Judy l'aida à servir le dîner exotique qui allait du canard laqué aux petits gâteaux de sarrasin.

– Le canard se déguste selon un rite, dit Ellery. Mr McKell, voulez-vous bien le découper ? (Là, l'inspecteur émit un grognement que seul son fils entendit.) Merci... D'abord on prend une de ces petites crêpes fines ou knishes. Ça ressemble un peu aux tortillas, non ? On pose dessus des tranches de canard... des oignons de printemps... la sauce au soja, les autres sauces... on roule le tout en refermant les extrémités pour que la sauce ne dégouline pas et à l'attaque ! Dane, encore un peu de punch chaud, et skôl à vous tous !

Il raconta l'histoire d'une jeune infirmière stagiaire qui était sortie, affolée, de la chambre d'un malade en criant que son pouls battait à 22. Tout le monde était accouru, le médecin avait vérifié et s'était mis à rire. « Qu'avez-vous fait ? Vous avez compté sur quinze secondes ? Le pouls bat à 88. » La pauvre fille avait oublié de multiplier par quatre.

Il s'escrima à créer un peu d'ambiance. Néanmoins, les coups d'œil fréquents qu'il jetait vers la porte d'entrée n'échappèrent pas à son père et ce n'est que lorsque la sonnette retentit que la nervosité d'Ellery disparut soudain.

– C'est Ramon, dit l'inspecteur qui était allé répondre.

– Entrez, Ramon. Un verre de punch ?

Le chauffeur lança un regard furtif à son employeur qui hocha la tête en signe d'assentiment. Ramon accepta un verre du liquide rouge brûlant, murmura un « à votre santé » en espagnol et but d'un trait.

– Merci, monsieur, dit-il à Ellery. Où dois-je me rendre ?

– À cette adresse. (Ellery lui tendit une carte.) Donnez cette carte et on vous remettra un paquet. Faites le plus vite possible.

– Bien, monsieur.

Ramon parti, Ellery demanda à Dane d'aller chercher un seau à champagne. Judy alluma la télévision. Times Square était bondé, avec son quota habituel d'imbéciles heureux, comme disait Dane, qui célébraient le nouvel an.

– Ces gens avec leur style bon enfant, commenta Dane, ce sont les mêmes qui encombrent les plages l'été et bondissent sur leurs pieds dès que la caméra se tourne de leur côté.

Mais personne ne sourit. L'approche des douze coups de minuit mettait les nerfs à fleur de peau, comme si un événement sinistre était imminent. Et quand le timbre de la sonnette électrique retentit de nouveau, tout le monde sursauta. Ce n'était que Ramon.

– Il n'est pas tout à fait minuit, dit Ellery. Merci, Ramon. Prenez un verre de champagne avec nous.

– Si Mr McKell n'y voit pas d'inconvénient.

– Certainement pas, Ramon.

Il avait ramené un paquet tubulaire, long d'une soixantaine de centimètres. Une drôle de forme pour un cadeau. Ellery le posa avec précaution sur la cheminée.

– Voilà le premier coup de minuit du Times Building, dit-il. Remplissons nos verres.

Et quand le compte à rebours du présentateur à la télévision arriva au douzième coup et que de Times Square s'élevèrent des cris de joie, Ellery leva son verre.

– À la nouvelle année !

Quand ils eurent tous vidé leur coupe, il alla éteindre le téléviseur et se tourna vers ses invités.

– Je vous ai promis un cadeau. Le voici. Je suis en mesure de vous donner le nom de l'assassin de Sheila Grey.

L'inspecteur Queen recula jusqu'au montant de la porte du bureau d'Ellery. Ashton McKell agrippa des deux mains le dossier de la chaise devant lui. Lutetia, qui était assise, reposa son verre sur la table et un peu de champagne se renversa. Judy s'appuya contre Dane qui, pareil à un chien de garde, ne quittait pas des yeux Ellery.

– Voici donc pour la dernière fois le récit des événements du soir du 14 septembre. Quelques minutes avant 10 heures, Dane sort de chez Sheila. Quelques minutes après, vous, Mr McKell, vous arrivez chez Sheila pour en repartir aux environs de 10 h 03, c'est à dire presque aussitôt. 10 h 19 : Dane, vous remontez chez Sheila. 10 h 23 : Sheila est tuée dans son appartement. Il faut quelques minutes à peine à la police pour arriver sur les lieux. Le policier de garde du commissariat ayant entendu le coup de feu, c'est pratiquement au même moment qu'il contacte par radio une voiture de patrouille. Les policiers découvrent le corps de Sheila Grey et procèdent aussitôt à la fouille de l'appartement. Ils mettent la main sur le revolver, sur les cartouches, sur tout, sauf sur la lettre de Sheila Grey qui relate la visite de Dane et son agression.

Le ton impassible d'Ellery ne suffisait pas à détendre l'atmosphère. Il semblait néanmoins inconscient de la tension de son auditoire et poursuivit son récit avec le même calme.

– Pourquoi les policiers, les premiers à être sur

les lieux du crime, ne retrouvent-ils pas cette lettre qui de surcroît leur est adressée ? De toute évidence parce que la lettre a déjà disparu. Qui l'a prise ? Réfléchissons. Qui l'avait en sa possession il y a quelques jours à peine et l'a envoyée à la police ? Le maître chanteur qui ne peut l'avoir prise que chez Sheila Grey. Examinons maintenant la question de la lettre sous l'angle du minutage. Quand Sheila a-t-elle écrit cette lettre ? Entre le premier départ de Dane et l'arrivée d'Ashton ? Peu probable car il n'a pas pu s'écouler plus de cinq ou six minutes entre les deux et Sheila était encore sous le choc de l'agression. Vous-même, Mr McKell, avez affirmé que Sheila Grey était bouleversée à votre arrivée, encore trop bouleversée pour pouvoir écrire une lettre de cette longueur destinée à la police. On peut donc supposer avec raison qu'elle l'a écrite plus tard. Quand ? Puisque vous êtes parti à 10 h 03, Mr McKell, ça ne peut être qu'entre 10 h 03 et 10 h 23, l'heure du crime. Et la lettre a été subtilisée avant l'arrivée de la police. De plus, la lettre étant adressée à la police, il est impossible que Sheila Grey l'ait donnée au maître chanteur. Là encore, nous aboutissons à la conclusion suivante : c'est le maître chanteur qui a dérobé la lettre. Voyons maintenant si on peut resserrer notre analyse.

Quelqu'un laissa échapper un soupir furtif. L'inspecteur jeta un coup d'œil rapide sur les invités de son fils. Qui que ce fût, il avait repris son masque d'auditeur attentif.

– Qui, à notre connaissance, se trouve dans l'appartement, entre le moment où la lettre est écrite et l'arrivée de la police ? Le maître chanteur. Qui d'autre ? Le meurtrier. Vu le peu de temps qui s'est écoulé avant l'arrivée de la police, il semble raisonnable de conclure que maître chanteur et assassin sont une seule et même personne. Néanmoins, nous savons autre chose sur ce maître chanteur meurtrier. La lettre anonyme envoyée à Dane n'est pas sa première tentative de chantage. Il y avait déjà eu une victime, vous, Mr McKell.

À ces mots, l'inspecteur Queen lança un regard chargé de reproche à son fils, digne de le faire blêmir si ce dernier l'avait croisé. Mais toute l'attention de l'écrivain-détective était tournée vers ses invités captivés.

– J'ai déjà exposé la théorie qui démontre que dans les deux cas, on est confronté au même maître chanteur. Aussi, je n'y reviens pas. La question clé est la suivante : pour quelle raison fait-on chanter Ashton McKell ?

Là, Ellery s'adressa à Lutetia crispée sur sa chaise.

– Pardonnez-moi d'appeler un chat un chat, Mrs McKell, mais il s'agit d'une affaire grave que nous devons traiter avec sérieux. On fait chanter Mr McKell parce qu'il rend régulièrement visite à Sheila Grey. Qui est au courant de ces visites ou qui pourrait l'être ? Combien de personnes ? Qui sont-elles ?

Il se tut un instant. Les bruits de fête qui fusaient des autres appartements et de la rue troublaient de temps à autre le silence qui suivit.

– Je compte cinq personnes. Il y a d'abord Sheila Grey elle-même. Aurait-elle pu faire chanter Ashton McKell ? C'est peu probable. Elle l'admirait et le respectait. (Ashton serra encore plus fort le dossier de la chaise devant lui.) Si en dépit des circonstances difficiles, voire grotesques, auxquelles elle se trouvait confrontée, elle désirait l'amitié toute platonique d'Ashton, si elle tenait à cette communion d'esprit qui les unissait, c'est justement à cause de ce respect et de cette admiration qu'elle éprouvait pour lui. Cette relation n'avait aucun point commun avec le genre de rapports que la société considère d'un regard malveillant, ce qu'elle n'aurait pas manqué de faire si cette liaison était devenue de notoriété publique. Sheila était également loin d'avoir des soucis d'argent, et quand bien même, elle aurait eu d'autres solutions que celle du chantage. Elle n'aurait eu qu'à demander à son entourage et on lui en aurait donné, plus que le nécessaire même. Je me trompe, Mr McKell ?

– Non, bien sûr que non, fit Ashton avec hauteur.

– Bien sûr. Ce n'est donc pas Sheila qui fait chanter Ashton McKell. Qui d'autre est au courant de cette liaison ? Ashton. Impossible que ce soit lui. Pourquoi se ferait-il chanter ? Ça ne tient pas debout. On élimine donc Ashton McKell. Qui encore ? Vous, Mrs McKell, et vous aussi, Dane. Néanmoins, vous êtes tous les deux riches, et en admettant que vous ayez besoin d'argent, vous auriez d'autres moyens que le chantage pour vous en procurer. Naturellement vous en voulez tous les deux à Ashton, mais le chantage n'est pas la réponse qui convient à ce genre de sentiment. Si vous aviez voulu punir, vous, Mrs McKell, votre mari, vous, Dane, votre père, pour ce qui vous paraissait une odieuse tromperie, vous auriez choisi l'un et l'autre un autre moyen. C'est d'ailleurs ce que vous avez fait, chacun à votre manière.

» Voilà, conclut Ellery. Cinq personnes étaient au courant de la liaison d'Ashton et de Sheila, ou auraient pu l'être. On vient de rejeter quatre maîtres chanteurs sur cinq éventuels. C'est donc le cinquième qui est le vrai maître chanteur et par conséquent l'assassin de Sheila Grey.

– Je ne comprends pas, marmonna Dane.

Cinq ? Je ne vois pas qui peut bien être le cinquième.

– On verra ça plus tard, Dane. En attendant, que savons-nous d'autre sur ce Janus de service, cet homme aux deux visages ? Chose curieuse, nous ne manquons pas de renseignements, mais pour y arriver, il faut creuser un trou plutôt profond. Suivez-moi bien. On commence par la mine d'or d'informations que Winterson, l'associé de Sheila Grey dans les premiers temps de la Maison Grey, nous a communiquées. Que nous a-t-il dit ? Que Sheila avait eu une succession d'amants, en commençant par lui. Ceux d'avant – j'imagine qu'il y en a eu – ne nous intéressent pas. Qu'a-t-il dit d'autre ? Que Sheila n'était pas le vrai prénom de miss Grey qui s'appelait Lillian. Quand a-t-elle changé de prénom ? Après le succès de sa première collection, Lady Sheila. Pourquoi avoir choisi Lady Sheila ? Pourquoi Sheila en tout cas, prénom qui à cette époque n'était pas encore le sien, mais qui cependant lui plaisait au point de le troquer légalement contre celui de Lillian ? Cette histoire de prénoms me tracassait terriblement, et puis soudain j'ai compris... Quel est le prénom de Winterson ?

– Elisha, fit Judy, perplexe.

– Elisha. (Ellery attendit. Personne ne broncha.) Ne voyez-vous donc pas le rapport entre « Elisha » et « Sheila » ?

– Sheila est l'anagramme d'Elisha ! s'écria Judy.

– Oui, Sheila est une transposition d'Elisha. Quand je m'en suis rendu compte, je me suis dit qu'il pouvait fort bien s'agir d'une simple coïncidence. J'ai donc examiné le nom de la collection suivante, celle de 1958, Lady Nella. Quel autre événement important a marqué la vie de Sheila Grey cette même année ? Elle avait renvoyé Elisha Winterson, comme associé et comme amant. A-t-elle pris un nouvel associé ? Non. Un nouvel amant ? Winterson a dit oui et nous a donné son nom. Vous vous en souvenez ?

– Foster, non ? dit Dane.

– Nom et prénom.

Un autre silence suivit.

– J'y suis, dit enfin Judy. Quelque chose comme Edgar Allan Poe... Oui ! Vous avez demandé à Mr Winterson d'épeler le prénom de Foster. C'est Allen.

– Allen – avec un e – Bainbridge Foster. (Ellery hocha la tête.) Allen est l'anagramme de Nella, le nom de la collection de 1958. Une autre coïncidence ? Voyons donc la suite. Winterson a en effet mentionné trois autres personnes qui ont été les amants de Sheila Grey au cours des quatre années suivantes. En 1959, c'est John Francis « Jack » Hurt III, le démon de la vitesse en course automobile. En 1960 il y a le joueur de polo Ronald Van Vester. En 1961 Winterson est à l'étranger, il ne peut donc nous donner aucun nom pour cette année-là. Mais en 1962 il y a Eddwin Odonnell, l'acteur shakespearien.

– John Hurt en 1959, reprit Ellery, et le nom de la collection de 1959 ? Lady Ruth. Ruth, Hurt. Ruth anagramme de Hurt. Ronald Van Vester et le nom de la collection de 1960 ? Lady Lorna D. D pour Doone ? Non, erreur grossière. Lorna D. anagramme de Ronald. Le schéma est donc établi. Quatre années, quatre anagrammes obtenus à partir de quatre noms... J'avoue que l'année 1961, année de la collection Dulcela, m'a intrigué et m'intrigue toujours. Dulcela, c'est un nom étrange vraiment, à tel point qu'il semble avoir été fabriqué de toutes pièces. Si on mélange les lettres, on obtient « Claudel »... Curieux. Bien sûr on ignore s'il a existé en 1961 un « Claudel » dans la vie de Sheila ou si Sheila prenait simplement une année sabbatique...

– Un instant, intervint Ashton McKell. Claudel... Oui, Sheila m'a beaucoup parlé d'un Français, un écrivain de théâtre qui est venu à New York en... Quand était-ce ? En 61, je crois bien. Oui, en 61. On jouait une de ses pièces à Broadway. À la façon dont elle parlait de lui... en y réfléchissant...

– Paul Claudel ? dit Dane lentement. Bon Dieu, ne me dites pas que...

– 1961, Claudel, Dulcela. (Ellery acquiesça de la tête.) Ça colle trop parfaitement à notre schéma pour qu'il s'agisse d'une coïncidence. Je crois qu'on a le droit de supposer que Mr Claudel a été le numéro 1 au hit-parade 1961 de miss Grey, du moins une partie de l'année.

– Mais pour 1962 ? ne put s'empêcher de demander l'inspecteur Queen.

Il était tout aussi fasciné que les autres par le système des anagrammes.

– D'après Winterson l'heureux élu était Odonnell, l'acteur de théâtre, dont le véritable prénom n'apparaît d'ailleurs que sur les programmes de ses pièces. Eddwin – avec deux d – Odonnell est en réalité surnommé Hamlet depuis son interprétation magistrale du héros shakespearien. Et quel est le nom de la collection de 1962 ? Lady Thelma. Thelma, anagramme d'Hamlet. Le nom des amants de Sheila Grey a donc inspiré le nom de chacune de ses collections.

La pièce était un sas de silence, à peine troublé par les joyeuses célébrations du nouvel an qui éclataient au loin et par les gémissements du vent qui ajoutaient à l'agitation tapageuse de la rue. On entendit soudain le tic-tac sonore de l'horloge comme si elle venait de se mettre en marche à l'instant. Une chaise craqua, quelqu'un respira bruyamment. Dans ce silence accentué, une voix tendue, celle de Lutetia, s'éleva.

– Mr Queen, poursuivez, je vous en prie.

– Finalement, la boucle est bouclée, dit-il. Le dernier défilé de mode de la Maison Grey est celui de l'année Hamlet-Odonnell-Lady Thelma. Néanmoins, juste avant de mourir, Sheila Grey préparait une nouvelle collection. Elle a commencé plusieurs brouillons et esquisses, mais n'a achevé qu'un seul dessin. Puisque avec Sheila Grey, collections et amants vont de pair, qui a été son dernier amant ? Qui a-t-elle fréquenté au cours de cette année ? Pardonnez ma brutalité, Mr McKell, mais ce n'est pas vous. Vous, vous occupiez une place à part dans la vie de Sheila. En outre, on n'obtient pas d'anagramme à partir de votre nom. (Le visage d'Ashton demeurait crispé, comme pris dans du plâtre de moulage.) Est-ce vous, Dane ? Oui, mais dans un sens limité, pour autant que je puisse en juger. Votre amitié avec Sheila n'a pas eu le temps de se développer. Peut-être seriez-vous devenu son amant. De toute façon, elle avait quelqu'un avant vous. Qui donc auriez-vous remplacé ? Car il y avait bel et bien quelqu'un d'autre dans la vie de Sheila, quelqu'un que vous ne soupçonnez pas.

À l'entendre Ellery semblait aussi épuisé que son auditoire était déconcerté. Il rappela, en rapportant les propos de Winterson et ceux de Sheila en personne, que la jeune femme avait pour habitude de rompre avec ses amants de façon aussi imprévisible qu'elle jetait son dévolu sur eux. Si au moment où Dane surgissait dans sa vie, elle avait déjà rompu avec son dernier amant en date – on supposait qu'il avait existé – ou si la rupture n'avait pas encore eu lieu mais que son amant devinait que cette créature déroutante s'apprêtait à le laisser tomber, alors on tenait là le mobile parfait du meurtrier de Sheila Grey. Certes on disait qu'une femme dédaignée était plus dangereuse que l'enfer, mais les statistiques sur le crime passionnel aux États-Unis établissaient qu'il y avait plus d'assassins hommes que d'assassins femmes.

– Il existe un moyen de vérifier si Sheila avait un amant au moment de sa rencontre avec Dane, l'amant que Dane allait supplanter, précisa Ellery. A-t-elle donné un nom à sa collection ? (Ellery voulut se lever, puis il se laissa retomber sur son siège avec une grimace.) Ces maudites jambes, fit-il. Ramon, s'il vous plaît, le paquet sur la cheminée.

Le chauffeur lui apporta le paquet en question. Ellery l'ouvrit et une feuille de papier épais apparut. Il la déroula, l'examina d'un rapide coup d'œil, hocha la tête et la présenta à ses invités à hauteur d'yeux pour que tout le monde puisse voir.

C'était le dessin parfaitement fini d'un mannequin en tenue de sport. Les vêtements étaient reproduits avec beaucoup de finesse et de détails.

– Voici le seul dessin que Sheila Grey a eu le temps de terminer, commenta-t-il. Elle avait choisi le nom de sa collection. Il est inscrit en bas de page et en lettres d'imprimerie : Lady Norma.

» Lady Norma, enchaîna-t-il vivement – toute trace de fatigue semblait l'avoir abandonné – et j'insiste, Norma est l'anagramme du nom de la cinquième personne à être au courant de la liaison d'Ashton McKell, c'est-à-dire – les quatre autres ayant été éliminées – l'anagramme du maître chanteur et de l'assassin de Sheila Grey. Qui pouvait savoir qu'Ashton McKell se rendait chez Sheila Grey ? Le chauffeur qui chaque mercredi déposait son patron devant son club et allait l'y rechercher en fin de soirée. Seul le chauffeur pouvait trouver ces expéditions hebdomadaires suspectes et désirer en avoir le cœur net. C'est donc le chauffeur, qui se trouve être le prédécesseur de Dane dans la vie sentimentale de Sheila, qui a assassiné la jeune femme par dépit. En effet, elle s'apprêtait à rompre avec lui... Papa, attention à Ramon !

Ramon avait reculé jusqu'au hall d'entrée. Son teint était devenu couleur mastic et sous l'effet combiné de la surprise, de la colère et de la peur, ses narines étaient pincées et blanches. L'éclat de ses dents luisait au milieu de son visage mat.

L'inspecteur Queen, Dane et Ashton McKell se précipitèrent vers l'entrée. Ramon saisit une lourde chaise qu'il jeta sur ses poursuivants avant d'ouvrir la porte et de s'échapper dans les escaliers. La chaise heurta l'inspecteur qui tomba, fit trébucher Ashton, lequel fit trébucher Dane. Pendant plusieurs minutes les trois hommes se démenèrent dans une confusion de bras et de jambes. Enfin, les McKell sautèrent sur leurs pieds et se ruèrent sur le palier.

– Non, cria l'inspecteur Queen. Non, il risque d'être armé. Laissez-le partir !

Ils s'arrêtèrent, haletants.

– Il ne peut pas aller bien loin, reprit l'inspecteur. J'ai posté des hommes à chaque sortie de l'immeuble. Il va leur tomber dans les bras.

Plus tard dans la soirée, tandis qu'ils sirotaient tous un verre de cognac, histoire de reprendre leurs esprits – néanmoins Ashton McKell était encore trop bouleversé par ce dernier coup de théâtre pour retrouver son teint naturellement coloré –, Ellery fournit des explications supplémentaires.

– Oui, c'est Ramon, dont le prénom a inspiré le nom de la collection Lady Norma, qui a été le dernier amant de Sheila Grey. (Par égard pour

Ashton, il évita de le regarder.) C'est Ramon que Sheila laissait tomber lorsqu'elle s'est intéressée à vous, Dane, et la fierté tout espagnole de ce dernier l'a conduit à commettre un meurtre.

Ellery renonça à évoquer les goûts éclectiques de Sheila en matière d'amants car il devinait qu'Ashton était en partie choqué d'apprendre que son propre chauffeur avait tenu dans ses bras la femme de ses rêves. Les amants de la jeune femme formaient un groupe hétérogène. Il supposait que le côté ténébreux – Ramon avait une certaine beauté qu'on pouvait qualifier de méditerranéenne – lui avait plu.

– Le soir du 14 septembre, Ramon s'introduit en douce chez Sheila. Il sait que le revolver est dans sa chambre à coucher. Pardonnez-moi une fois encore d'insister, mais de toute évidence il a eu nombre d'occasions de se familiariser avec les lieux. Puis, il entre dans le bureau de Sheila et tire sur la jeune femme à bout portant alors qu'elle vient d'appeler la police. Il replace le combiné du téléphone sur l'appareil, remarque la lettre que Sheila destine à la police, s'en empare et prend la fuite. Il garde la lettre pour faire chanter Dane, ou au cas où sa tentative échouerait – ce qui s'est d'ailleurs passé – pour faire peser les soupçons sur Dane... ce qui s'est également passé. Encore un peu et il réussissait son coup...

Il y eut peu de commentaires. Puis on frappa à la porte. L'inspecteur Queen ouvrit. C'était le sergent Velie, un sourire victorieux aux lèvres.

– Vous l'avez rattrapé, c'est ça ?

– Oui, inspecteur. Il est sage maintenant, une vraie image. Vous nous retrouvez en bas ?

– Le temps de prendre mon manteau et mon chapeau.

Quand la porte se referma sur les deux policiers,

comme si un signal venait d'être donné, des exclamations de joie fusèrent dans le salon.

– C'est fini, terminé.

– Comment vous remercier, Mr Queen ?

– Bon Dieu, il a réussi. Mr Queen... Ellery...

– Voilà qui mérite un autre toast !

– Quel merveilleux cadeau de nouvel an, s'écria Ashton McKell. On a assez de champagne pour arroser ça ?

On trouva d'autres bouteilles de champagne à la cuisine. Les verres tintèrent joyeusement. Ashton chanta une chanson de ses années de collège. Lutetia fut saisie d'un léger hoquet et éclata d'un petit rire canaille. Judy dansa sur l'air de « La Lavandière irlandaise » fredonné par l'assemblée même.

Ellery remarqua :

– Je vous avoue que je suis remonté dans ma propre estime.

Puis ce fut Lutetia McKell qui s'écria :

– Au détective au fauteuil roulant et à son estime retrouvée !

Ils burent jusqu'à la dernière goutte de champagne. Ellery souriait, tout joyeux.

Lorsqu'on apprit que c'était le chauffeur qui avait fait « le coup », comme disait l'homme de la rue, le sentiment général fut une profonde lassitude. Décidément, dans l'affaire Grey, on vous faisait tourner en bourrique. Un peu comme si on tenait en haleine un mordu de littérature policière en brouillant les pistes pendant 250 pages pour annoncer à la 251e page que l'assassin est le maître d'hôtel.

D'autres nouvelles firent la une des journaux, l'affaire Grey n'apparut plus qu'en bas de page pour être bientôt reléguée à la page 6 et au-delà.

Les McKell disparurent complètement de l'actualité.

C'était un soulagement merveilleux. Ashton se remit au travail avec acharnement. Il avait trop longtemps négligé ses affaires et n'était pas du genre à se satisfaire du travail de ses subordonnés. La récolte de cacao au Ghana, les affrètements de sucre depuis le Pérou, le problème des ersatz pour le tabac de La Havane, les efforts d'une demi-douzaine de pays pour créer leurs marines marchandes. Il réglait tout cela avec l'assurance d'un jongleur conscient de ses prouesses. Judy déjeunait avec lui au bureau à cause des monceaux de travail dont il l'accablait.

Lutetia avait repris, la joie au cœur, sa couture de bienfaisance, allant jusqu'à engager une couturière – la première fois en vingt ans – pour l'aider à rattraper le retard accumulé dans la confection de layettes pour enfants illégitimes.

Quant à Dane, il entreprit de terminer son roman, doutant néanmoins au fond de lui d'en voir jamais le bout. Trop de souvenirs de l'été y étaient associés. L'été où il rencontrait Sheila, où il l'observait, où il la courtisait, où il l'aimait... L'été de Sheila. Ce ne serait jamais rien d'autre dans son esprit. Et c'était aussi l'été où il l'avait perdue à jamais.

Sans conviction il joua avec l'idée d'abandonner le roman en cours pour en commencer un autre, projet qu'il remit à plus tard, se promettant d'établir un programme efficace dès qu'il serait officiellement disculpé. La seule nouvelle qu'il avait reçue depuis l'arrestation de Ramon, c'était que ses avocats avaient obtenu le renvoi de son procès à une date ultérieure non arrêtée en attendant le rejet de son inculpation. Cependant les jours s'écoulaient, il n'entendait parler de rien et son irritation grandissait.

Il téléphona au commissariat.

L'inspecteur Queen avait l'air bizarre. Il lui suggéra d'abord de contacter le bureau du procureur. Puis il changea d'avis :

– Finalement c'est peut-être tout aussi bien. Écoutez, Mr McKell, puisque vous m'avez appelé...

– Oui ?

– On a quelques questions à tirer au clair...

– Quelles questions ?

– Écoutez, voilà comment on va faire. J'aimerais que mon fils soit présent, alors rendez-vous chez moi à deux heures, entendu ?

Dane se pointa chez Richard Queen, Judy et ses parents dans son sillage.

– J'ignore ce qui se passe, expliqua Dane aux Queen. Quand j'en ai parlé à la maison, mon père a pensé qu'on devait tous être là.

– Moi aussi, j'ignore ce qui se passe, répondit Ellery en jetant un regard scrutateur à son père. Alors, papa, c'est fini ces mystères ?

– On a interrogé Ramon Alvarez jour et nuit, dit l'inspecteur, depuis... ça me semble une éternité... un drôle de zèbre...

– Que voulez-vous dire, papa ?

– Eh bien, j'en ai cuisiné, des individus présumés assassins, des centaines au cours de ma carrière, mais c'est la première fois que j'en rencontre un qui présente ce mélange curieux de franchise et d'entêtement. Il a admis des faits importants. Par exemple, il a reconnu s'être trouvé dans l'appartement de Sheila grosso modo au moment du meurtre, mais il s'obstine à dire qu'elle était en vie quand il l'a quittée. Il n'en démord pas.

– Pourquoi avouerait-il ? fit Ashton McKell. Les assassins ne nient-ils pas toujours leurs crimes ?

– Pas aussi souvent qu'on le croit. De toute façon, à mon avis il dit la vérité.

– C'est idiot, papa, dit Ellery. Il est coupable, je l'ai prouvé...

– Vous n'avez peut-être rien prouvé du tout, fiston.

Ellery le regarda, bouche bée.

– En tout cas, inspecteur, grommela Ashton, c'est votre problème, pas le nôtre. Pourquoi remettre de nouveau Dane dans le coup ?

– Parce qu'il peut nous aider à tirer ça au clair une bonne fois pour toutes.

– Revenons donc en arrière, dit-il en prenant laborieusement le taureau par les cornes.

Et il énuméra les événements de la soirée fatale et l'heure à laquelle ils s'étaient succédé.

– Sheila Grey renvoie Ashton quelques minutes après dix heures, à 10 h 03. Puis elle écrit une lettre dénonçant l'accès de fureur de Dane, lettre qu'elle cachette et adresse à la police. On a récrit plusieurs fois le texte à la main en essayant de respecter un certain rythme. La dispute était encore fraîche dans son esprit. Il y avait une sorte d'urgence et de crainte, elle n'a donc pas écrit ce texte lentement. Cinq policiers se sont livrés à cette petite expérience. Le temps le plus bref est de quatre minutes et quelques secondes. Le temps le plus long est de presque six minutes. Admettons que la lettre ait été rédigée en presque six minutes. Après le départ de Mr McKell, Sheila s'installe donc à son bureau, prend du papier et un stylo, et écrit. Imaginons même qu'elle prend le temps de se relire, ce qu'elle n'a peut-être pas fait. Elle cachette ensuite la première enveloppe, écrit dessus « À n'ouvrir que si je meurs de mort accidentelle », la glisse dans une seconde enveloppe et adresse le tout à la police. On a vérifié toutes les étapes. De quelque manière qu'on s'y prenne, il est impossible qu'elle ait mis plus de dix minutes pour l'opération complète. À mon avis, dix minutes, c'est encore compter trop large. Huit minutes serait plus vraisemblable. Enfin, disons dix minutes, ce qui signifie que la lettre est écrite à 10 h 13 au plus tard. Or Sheila Grey est tuée à 10 h 23. Que se passe-t-il pendant ces dix minutes ? D'accord, le meurtrier arrive. Il lui faut donc dix minutes pour prendre le revolver dans le tiroir et tuer Sheila Grey ?

– Ils ont parlé, suggéra Dane.

– Et sous la menace de l'assassin elle prend le téléphone et appellé le commissariat ? Ça ne marche pas. Rappelez-vous de ce qu'elle dit à l'opérateur : « C'est urgent. » et lorsqu'elle a le commissariat, elle chuchote : « Il y a quelqu'un chez moi. » Le policier de garde a bien précisé qu'elle chuchotait comme si elle ne voulait pas qu'on l'entende. Non, elle n'a pas passé du temps en bavardages avec le meurtrier. Enfin, c'est ainsi. On se représente mal ce qui s'est passé pendant ces dix minutes, entre le moment où la lettre est écrite et le moment où le coup de feu que le sergent a entendu au bout du fil est tiré.

– Je ne vois pas ce qui vous chiffonne, papa, répliqua Ellery un peu vertement. C'est simple. À un moment donné pendant ces dix minutes, Ramon arrive et tire sur Sheila. Peu importe s'il y a des minutes en trop. Avant l'arrivée de Ramon, Sheila était à son bureau en train de travailler à un dessin ou de faire tout autre chose, quelque chose d'anodin, histoire de passer le temps.

– Pourtant, Ramon affirme être arrivé chez elle à 10 heures et quart et n'être resté pas plus de quatre ou cinq minutes, insista l'inspecteur Queen. Pas plus. Sur ce point, il est catégorique. Ceci nous amène à, disons, 10 h 20. Si Ramon dit vrai, quelqu'un a eu amplement le temps de s'introduire dans l'appartement après.

– S'il dit vrai ! répéta Ellery, caustique. Ou si

son calcul est exact, ce qui me paraît à moi fort improbable. Qu'est-ce qu'il veut nous faire croire ? qu'il avait un chronomètre ? Il s'agit de minutes, papa, pas d'heures. Vraiment je ne comprends pas ce qui vous arrive aujourd'hui !

L'inspecteur garda le silence et Ellery, ulcéré, le foudroya du regard avant de reprendre :

– Il y a autre chose. Ramon nie avoir tué Sheila. Que faisait-il alors chez elle ?

– Il venait chercher l'argent du chantage.

– Comment ?

– Ramon faisait également chanter Sheila ? s'écria Ashton.

– Exact. Il courait deux lièvres à la fois.

– Mais pourquoi Sheila acceptait-elle de le payer ?

– D'après lui, pour vous couvrir, Mr McKell. Elle ne se souciait pas de sa réputation, mais elle tenait à sauvegarder la vôtre. Donc, elle se pliait au chantage de Ramon.

Ashton se tut.

– Entre parenthèses, elle a été plus fine que vous, Mr McKell, ajouta l'inspecteur d'un ton sec. Ramon dit qu'elle a tout de suite compris que c'était lui le maître chanteur, que curieux de savoir où vous passiez l'après-midi et la soirée du mercredi, il vous avait suivi et avait vu que vous vous rendiez chez elle déguisé en Dr Stone. Néanmoins, elle a joué son jeu pour vous protéger.

Le père de Dane se détourna. Le visage de Lutetia, qui s'était fermé, se radoucit. Elle se pencha vers son mari et lui prit la main.

– D'ailleurs, Ramon déclare que ce soir-là il avait l'intention de lui réclamer encore plus d'argent. Elle lui versait mille dollars par mois, elle aussi, mais il perdait aux courses beaucoup plus vite qu'il ne ratissait les gens. Il n'osait pas exiger plus d'argent de vous, Mr McKell. Il pensait avoir plus de chance en s'adressant à Sheila Grey car il s'imaginait qu'une femme était plus vulnérable. Il la trouva affalée dans un fauteuil, l'air malade, à moitié inconsciente, se tenant le cou. Il s'est dit que ça sentait mauvais et il a filé après avoir empoché la lettre adressée à la police. Il a pensé qu'il risquait d'y avoir quelque chose de juteux pour lui. Voilà son histoire, et je la crois.

– Par où est-il parti ? fit Ellery, rageur. Par quelle porte ? L'a-t-il dit ?

– Par la porte de service et l'ascenseur de service.

– Ce qui expliquerait pourquoi Dane ne l'a pas croisé, marmonna Ellery.

Il se tut. Il y eut un long silence que personne n'osa rompre.

– Je ne vois pas en quoi ceci me concerne, remarqua Dane.

L'inspecteur ne répondit pas. Ellery remua sur son siège, mal à l'aise.

– Il est vrai, dit-il, que s'il était aussi aisé que ça de faire chanter Sheila Grey – et ça ne devrait pas être difficile de vérifier les dates des retraits de mille dollars effectués sur le compte de Sheila avec les dates de versements que nous donnerait Ramon – il paraît peu probable que Ramon ait voulu la tuer… Ce qui signifie que mon analyse du crime est fausse, que le maître chanteur n'est pas le tueur… à cause de ces dix minutes de battement… Papa, vous n'êtes donc plus qu'incliné à croire que deux personnes se sont introduites chez Sheila entre 10 h 13 et 10 h 23 ? Ramon, le maître chanteur et l'assassin ? Et que ce n'est pas Ramon qui a tué Sheila ?

– J'en suis convaincu.

– Alors, pourquoi Ramon a-t-il tenté de s'échapper quand Mr Queen l'a accusé du crime ? s'écria Judy.

– La profession de maître chanteur ne constitue pas exactement un délit mineur, miss Walsh, expliqua l'inspecteur. Il s'est affolé. Surtout quand pour comble on l'a accusé de meurtre.

Ellery secouait la tête et marmonnait, moins aux autres qu'à lui-même :

– Il y a quand même quelque chose de bizarre... On sait comment Sheila choisissait le nom de ses collections annuelles. Pendant sept ans consécutifs, elle a formé des anagrammes à partir des noms de ses amants. La dernière collection s'appelle « Lady Norma »... Norma pour Ramon. Norma serait donc l'anagramme d'un autre prénom ? Roman ? Moran ? Il ne m'en vient pas d'autre à l'esprit... Y aurait-il eu un autre homme dans sa vie depuis Eddwin Odonnell, papa ?

L'inspecteur secoua la tête.

– Alors, on en revient encore et toujours à Ramon. Il n'était pas seulement le maître chanteur de Sheila. Il était aussi son amant. Elle a voulu le laisser tomber pour Dane et la jalousie a été plus forte que l'appât du lucre. À mon avis, Ramon est bel et bien le meurtrier.

– C'est là que ça devient drôle, commenta l'inspecteur Queen. Enfin, si on peut dire. Ramon affirme n'avoir jamais été l'amant de Sheila. Jamais.

– Il affirme ! explosa Ellery. J'en ai assez de ses affirmations. Il ment.

– Calmez-vous, mon fils.

– Il n'était pas son amant ? intervint Ashton McKell d'une voix douloureuse qui trahissait toutefois un certain soulagement.

– Vraiment, cet imbroglio me dépasse, ajouta Dane.

– Je vous comprends, dit l'inspecteur. On joue un peu à cache-cache dans cette affaire. Néanmoins, sur un point, Ellery, on peut se passer des aveux de Ramon. On a une preuve.

– Qu'ils étaient amants ou qu'ils ne l'étaient pas ? répliqua Ellery d'un ton acerbe.

– Qu'ils ne l'étaient pas. Le nom sur l'unique dessin achevé de Sheila Grey le confirme. Lorsque Ramon a nié avoir eu une liaison avec la victime, on a procédé à de sérieux examens en laboratoire de ce dessin où apparaît l'inscription « Lady Norma ». J'ignore quelle est la méthode employée – sulfides d'ammoniaque ou rayons ultraviolets –, toujours est-il que les examens ont révélé un nouvel élément qui serait valable devant n'importe quel tribunal. Sous les mots « Lady Norma » apparaît un autre nom.

Ellery avait traversé beaucoup de crises dans sa vie où ses compétences en matière de déduction avaient été sérieusement remises en question. Probablement aucune ne le désorienta autant que la révélation de son père ce triste après-midi de janvier. Peut-être les longues semaines d'inactivité à l'hôpital, l'affaiblissement de ses muscles dû au manque d'exercice, avaient-ils émoussé le tranchant de son esprit, de sorte que l'effet de surprise provoqué par ce coup de théâtre fut sur lui dévastateur. Comme si on venait de lui assener un vigoureux coup de poing.

Il se couvrit les yeux d'une main. Son cerveau titubait, tentant maladroitement de réfléchir aux implications de ce nouvel élément.

Quel que fût le prénom découvert par le laboratoire, Norma n'était donc pas le véritable anagramme. Par conséquent, ce n'était pas Ramon qui avait inspiré le titre de la collection. Par conséquent il n'y avait aucune raison d'affirmer que Ramon avait précédé Dane dans le cœur de Sheila. Par conséquent le chauffeur ne mentait pas. Par conséquent la théorie du maître chanteur-assassin ne valait pas un clou et les mains de Ramon se trouvaient lavées du moins du sang de la victime.

Quelqu'un d'autre avait assassiné Sheila Grey.

Il avait entièrement fait fausse route.

Entièrement.

La voix sèche de l'inspecteur interrompit le flot engourdi de ses pensées.

– Voyez-vous, quelqu'un a utilisé un liquide correcteur pour encre – il y en avait une bouteille sur le bureau de Sheila – pour effacer le nom original inscrit sur le dessin. Puis ce même quelqu'un a réimprimé à la main sur le nom effacé « Lady Norma ». Notez bien, je dis *réimprimé* car le nom inscrit sous « Lady Norma » était écrit simplement à la main. Il nous a été possible d'ailleurs d'identifier sans erreur l'écriture du nom effacé. Il s'agit bien de celle de Sheila Grey.

– Je n'ai pas remarqué de rature, murmura Ellery. Un correcteur pour encre. Je ferais mieux de retourner au jardin d'enfants ! Papa, quel est le nom écrit par Sheila ?

L'inspecteur prit un porte-documents d'où il retira un agrandissement photographique du bas de la page du dessin.

– Le voilà, fit Ellery, avalant sa salive avec difficulté.

Deux mots tracés de la main désormais familière de Sheila Grey surgissaient, fantomatiques, à travers l'inscription « Lady Norma ».

Lady Edna.

– Lady Edna, articula Ellery péniblement tandis que les autres restaient muets de stupéfaction. Edna, anagramme de Dane.

– Ainsi Sheila Grey a bel et bien eu l'intention d'intituler sa collection de l'anagramme de votre prénom, dit l'inspecteur à Dane. (Ellery gardait le silence, un silence des plus amers.) Elle a dû prendre cette décision avant votre dispute. Et le dessin était posé sur sa table de travail ce soir-là. Maintenant que Ramon est éliminé, quelle est la seule personne qui, à notre connaissance, se trouvait sur le lieu de crime ou dans les parages, et avait tout intérêt à effacer l'anagramme de Dane pour le transformer en celui de Ramon dans le but de faire peser les soupçons sur ce dernier ? Vous pouvez nous le dire, Dane ?

Dane ne répondit pas. Son visage était soumis à une effrayante métamorphose. Ses traits réguliers semblaient se distordre dans tous les sens à la fois. Un éclair fiévreux brillait au fond de ses yeux. Ses poings se fermaient, se rouvraient et se refermaient. Une succession de grognements indistincts se firent entendre. Alors, Dane poussa un seul cri, un cri de dément, et se jeta sur l'inspecteur. Ce fut si soudain que Richard Queen, surpris, ne réagit pas. Et avant qu'il puisse se défendre, les mains de Dane le serraient à la gorge et secouaient son corps maigre, comme s'il était un simple chiot. Ellery voulut s'interposer, mais ses jambes flanchèrent et il tomba. Ce fut finalement Ashton McKell qui opposa une force brutale contre son fils et réussit à lui faire lâcher prise.

L'inspecteur gisait à terre, haletant, la main à son cou.

Comme si un contact électrique venait de se rompre et que le courant ne passait plus, Dane se ramollit d'un seul coup. Il se cacha le visage dans les mains et se mit à pleurer.

– Je n'en peux plus, je suis fatigué. Je ne pouvais pas la laisser... Judy ? Excuse-moi. Judy, Judy... Maintenant tu sais ce que j'avais. Ça me rendait fou ce que j'avais fait à Sheila. C'était déjà horrible, la première fois, quand j'avais failli l'étrangler... Mais quand j'ai perdu la tête une deuxième fois, plus tard, cette nuit de cauchemar... Je ne pouvais pas m'en aller. Je suis revenu. J'ai dit que j'étais revenu après avoir fait quelques pas dehors. Ce que je n'ai pas dit, c'est qu'en revenant vers l'immeuble, j'ai aperçu Ramon qui y entrait furtivement... furtivement sans aucun doute... À pas de loup, Ramon prend l'ascenseur de service et monte chez Sheila... Ça me revient alors, les coups de fil bizarres que Sheila recevait, ses réponses évasives parce que j'étais là. Et si ce n'était pas à mon père qu'elle parlait, comme je me l'étais imaginé ? Si... si elle avait une liaison avec Ramon ? Avec le chauffeur de mon père ! Bon Dieu ! Je le suis. Il ne me voit pas parce qu'il emprunte la porte de service et moi, j'entre chez Sheila par la porte principale. Je me déplace sans bruit et ils ne m'entendent pas. Ils sont dans le bureau. Ramon parle, de temps à autre Sheila murmure quelque chose. Impossible d'entendre. Impossible d'entendre distinctement. J'ai l'impression que Ramon parle avec familiarité et à une ou deux reprises il se met à rire d'une façon... d'une façon... Je suis persuadé qu'ils sont amants. Pour quelle autre raison serait-il monté chez elle ? Il ne me vient pas à l'idée qu'il la fait chanter. Je ne pense qu'une chose : c'est vil, honteux de la part de Sheila... Il ne reste pas longtemps, mais je l'entends dire qu'il reviendra. Je crois qu'il va passer la nuit avec elle. Une colère aveugle m'envahit. Je suis jaloux, humilié. Je tremble de tous mes membres. Et ma colère s'amplifie. Je parviens à contrôler le tremblement de mes mains. Je me fiche de Ramon. Il ne compte pas, c'est de la vermine. Mais Sheila, Sheila... Alors, je prends le revolver dans la table de chevet et mes mains cessent de trembler. Je me dirige vers le bureau. Elle est assise à sa table de travail et parle au téléphone. Je vise droit au cœur, ce cœur qui ment, qui trompe. Elle s'affaisse en avant et lâche le combiné du téléphone. Je le remets en place... Il y a autre chose. Je sais comment elle intitule ses collections. Elle me l'a expliqué. Elle m'a montré le dessin qu'elle vient de terminer avec l'anagramme de mon nom : Edna. La crise est passée et je réfléchis froidement. On ne doit pas retrouver ce nom car on comprendrait qu'Edna, c'est moi, et que je suis son amant ou que je l'ai été. Je cherche donc parmi les dessins de mode celui où l'anagramme apparaît. Je n'ose pas le détruire au cas où il en existerait une copie à la maison de couture que les employés auraient vue. J'efface le nom avec le correcteur. Et puis, j'ai une autre idée. Malgré cette précaution je risque encore d'être soupçonné. Or, si j'écris un autre nom à la place, un autre anagramme, ça brouillera les pistes. Au cas où la police ne remarquerait rien, je pourrais toujours attirer son attention sur ce détail. En un éclair, je trouve l'anagramme de Ramon. Jamais je n'ai pensé qu'il pouvait ne pas être son amant, jamais, pas un seul instant. Et puis, Ramon m'a précédé dans l'appartement de quelques minutes... et aussi, je lui en veux... J'écris donc en lettres d'imprimerie « Lady Norma » sur la rature. Je n'ai pas le temps de m'appliquer à refaire l'écriture de Sheila. Ça ne me prend pas plus de trois minutes... Papa, maman, Judy, je regrette, je regrette. Quelque chose ne tourne pas rond chez moi. Depuis toujours, depuis que je suis gosse. Et puis, rien n'a marché comme prévu. D'abord, papa, on t'a accusé. Je n'avais pas envisagé cette éventualité. Ensuite, toi, maman. C'était terrible. Oh, il faut me croire, je n'aurais pas permis qu'on vous condamne. Si on ne vous avait pas disculpés, si Queen n'avait pas su débrouiller l'affaire, si on n'avait pas retrouvé le barman ou s'il n'y avait pas eu l'histoire du jeu télévisé, je me serais constitué prisonnier. C'est vrai. Il faut me croire. J'aurais avoué… *Sheila, Sheila !*

Romans policiers

On a trop longtemps cru en France qu'il n'existait que deux sortes de romans policiers : les énigmes classiques où l'on se réunit autour d'une tasse de thé pour désigner le coupable, ou les romans noirs où le sexe et le sang le disputent à la violence. Des auteurs tels que Boileau-Narcejac, Ellery Queen, Ross Macdonald, Demouzon démontrent qu'il existe une troisième voie, la plus féconde, où le roman policier est à la foie œuvre littéraire et intrigue savamment menée.

ARNOLD Alan	**Le secret de la pyramide** 1945 ***
BAYER William	**Une tête pour une autre** 2085 ****
BOILEAU-NARCEJAC	**Les victimes** 1429 **
	Usurpation d'identité 1513 ****
BUCHAN John	**Les 39 marches** 1862 **
DEMOUZON Alain	**Adieu, La Jolla** 1207 ***
	Quidam 1587 ***
	La pêche au vif 1779 ***
	Château-des-Rentiers 2178 **
FALK Franz Rudolf	**On a tué pendant l'escale (Le paltoquet)** 1647 ***
FRANCIS Dick	**Le banquier** 2149 ****
FULLER Samuel	**La grande mêlée** 2118 ***
GARDNER Erle Stanley	**La vierge vagabonde** 1780 ***
	L'avocat du diable 2073 ***
	La prudente pin-up 2222 ***
IMBROHORIS Jean-Pierre	**La trajectoire** 1934 ****
	Toska 2245 ***
LEBRUN Michel	**Caveau de famille** 2033 **
LEONARD Elmore	**Stick** 1888 ***
LOTTMAN Eileen	**Le lendemain du crime** 2199 **
McBAIN Ed	**Pour des haricots** 1875 ***
	Blanche Neige et Rose Rouge 2072 ***
	Lightning 2177 ***
MCDONALD Gregory	**Fletch** 1705 ***
	Le culot de Fletch 1812 ***
	Fletch et les femmes mortes 1903 ***
	Fletch à Rio 2010 ***
	Fletch joue et gagne 2288 *** (déc.87)

MACDONALD Ross	Le frisson 1573 ***
	La face obscure du dollar 1687 ****
	La côte barbare 1823 ***
	A chacun sa mort 1959 ***
	La grimace d'ivoire 2034 ***
	Cadavre en eau douce 2133 ***
	Il est passé par ici 2246 ***
NORST Joel	L'arme fatale 2231 ****
PÉRISSET Maurice	Périls en la demeure 2221 **
QUEEN Ellery	La ville maudite 1445 ***
	Le roi est mort 1766 ***
	Le mot de la fin 1797 ***
	Un bel endroit privé 1811 ***
	Le quatre de coeur 1876 ***
	Le mystèrieux Monsieur X 1918 ***
	L'arche de Noé 1978 ***
	La dernière femme de sa vie 2052 ***
	Le mystère du théâtre romain 2103 ***
	Les dents du dragon 2148 ***
	La maison aux étrangers 2192 ***
	Les quatre côtés du triangle 2276 ***
QUENTIN Patrick	Puzzle pour fous 1994 ***
	Puzzle pour acteurs 2260 ***
SADOUL Jacques	L'héritage Greenwood 1529 ***
	La chute de la maison Spencer 1614 ***
SAYERS Dorothy L.	Le mort de la falaise 1889 ****
	Noces de crime 1995 ****
SPILLANE Mickey	En quatrième vitesse 1798 ***
THOMAS Louis C.	Manie de la persécution 2009 **
VILAR Jean-François	Passage des singes 1824 ***
	État d'urgence 2163 ***

Épouvante

Depuis Edgar Poe, il a toujours existé un genre littéraire qui cherche à susciter la peur sinon la terreur, chez le lecteur. Il a été illustré au cinéma par des films tels que Shining, L'exorciste, Carrie, La malédiction. *Ce sont les livres qui ont inspiré ces films, et d'autres ouvrages du même genre, que vous présente cette collection.*

ANDREWS Virginia C.	***Ma douce Audrina*** *1578* ****
BLATTY William Peter	***L'exorciste*** *630* ****
CAMPBELL Ramsey	***La poupée qui dévora sa mère*** *1998* ***
	Le Parasite *2058* ****
COYNE John	***L'enfant qui grognait*** *2121* ***
FARADAY M.M.	***La possédée*** *2059* ****
FARRIS John	***Écailles*** *2225* ****
GRANT Charles L.	***La force hideuse*** *2290* **** *(déc.87)*
HERBERT James	***Le Sombre*** *2056* ****
JETER K.W.	***Les âmes dévorées*** *2136* ****
KAHN James	***Poltergeist I*** *1394* ***
	Poltergeist II *2091* **
KAYE & GODWIN	***Lumière froide*** *1964* ***
KING Stephen	***Carrie*** *835* ***
	Shining *1197* ****
	Danse macabre *1355* ****
	Cujo *1590* ****
	Christine *1866* ****
	Charlie *2089* *****
	Simetierre *2266* ******
KOENIG Laird	***Le disciple*** *1965* ***
KOONTZ Dean R.	***Spectres*** *1963* ****
	Le rideau de ténèbres *2057* ***
	Le visage de la peur *2166* ***
MATHESON Richard	***La maison des damnés*** *612* ****
MONTELEONE Thomas	***L'horreur du métro*** *2152* ****
NICHOLS Leigh	***L'antre du tonnerre*** *1966* ***
	L'heure des chauves-souris *2263* *****
RUSSO John	***Panthère noire*** *2233* ***
SELTZER David	***La malédiction*** *796* **
STRAUB Peter	***Shadowland*** *2249* ******
TONKIN Peter	***Le Journal d'Edwin Underhill*** *2195* ***
TUTTLE Lisa	***Le couteau sacrificiel*** *2181* ***

2276
★★★

Photocomposition Communication à Champforgeuil
Impression Brodard et Taupin à La Flèche (Sarthe)
le 29 octobre 1987
1033-5 Dépôt légal octobre 1987. ISBN 2-277-22276-3
Imprimé en France
Editions J'ai lu
27, rue Cassette, 75006 Paris
diffusion France et étranger : Flammarion